Zu diesem Buch

Aus allen, teilweise miteinander verbundenen Geschichten, die Bret Easton Ellis mit satirischer Schärfe erzählt, grinst das Böse in vielfältiger Gestalt durch die glatten Oberflächen: ein tödlicher Autounfall, ein Vater-Sohn-Wochenende auf Hawaii als Fahrt ins blanke Nichts, ein Rockkonzert in Tokio, das an die letzten Tage von Kurt Cobain erinnert. Und schließlich kippt die Satire ins Surreale: Ein leibhaftiger Vampir tritt auf den Plan.

»Eine schneidend beobachtete, düster-witzige Anklage gegen eine von Geld, Autos und Drogen saturierte Kultur.« (»Times Literary Supplement«)

Bret Easton Ellis, geboren 1964 in Los Angeles, lebt in New York City. In der Reihe der rororo-Taschenbücher liegen bereits seine Romane »Einfach unwiderstehlich« (Nr. 12412) und »Unter Null« (Nr. 13286) vor.

Bret Easton Ellis

Die Informanten

Stories

Deutsch von
Clara Drechsler

rororo
Rowohlt

Die Originalausgabe erschien 1994 unter dem Titel
»The Informers« bei Alfred A. Knopf, New York

Veröffentlicht im Rowohlt Taschenbuch Verlag
GmbH, Reinbek bei Hamburg, September 1997

Umschlaggestaltung Susanne Heeder
(Foto: Tony Stone Images / David Harry Stewart)
Druck und Bindung Clausen & Bosse, Leck
Printed in Germany
1490-ISBN 3 499 13877 8

Motto

Eines Abends saß ich auf dem Bett in meinem Hotelzimmer in Bunker Hill, mitten im Herzen von Los Angeles. Es war ein bedeutsamer Abend in meinem Leben, weil ich mich wegen des Hotels entscheiden mußte. Entweder ich zahlte oder ich verschwand: das jedenfalls stand auf der Nachricht, die mir die Vermieterin unter der Tür durchgeschoben hatte. Ein großes Problem, das höchste Aufmerksamkeit verdiente. Ich löste es, indem ich die Lichter ausknipste und zu Bett ging.

John Fante
Ich – Arturo Bandini

Inhalt

1 Bruce ruft vom Mulholland Drive an 11
2 Am Ruhepunkt 15
3 Es geht aufwärts 25
4 Auf den Inseln 54
5 Im Zug 82
6 Wasser von der Sonne 97
7 Japan entdecken 121
8 Briefe aus L. A. 151
9 Noch eine Grauzone 176
10 Die Geheimnisse des Sommers 201
11 Das fünfte Rad 225
12 Am Strand 243
13 Mit Bruce im Zoo 250

1 Bruce ruft vom Mulholland Drive an

Bruce ruft, bekifft und sonnenverbrannt, aus Los Angeles an und sagt mir, wie leid es ihm tue. Er sagt, es tue ihm leid, daß er nicht bei mir sei, an der Uni. Er sagt, ich hätte recht gehabt, er hätte diesen Sommer den Workshop mitmachen sollen, und er sagt, es tue ihm leid, jetzt nicht in New Hampshire zu sein, und auch, daß er mich eine Woche nicht angerufen hat, und ich frage ihn, was er in Los Angeles treibt und gehe darüber hinweg, daß es zwei Monate waren.

Bruce sagt, alles sei schiefgelaufen, seit Robert das Apartment, das sie sich Ecke Sechsundfünfzigste und Park teilten, verlassen habe, um mit seinem Stiefvater eine Wildwasserfahrt auf dem Colorado River zu unternehmen, so daß Roberts Freundin Lauren, die ebenfalls in dem Apartment Ecke Sechsundfünfzigste und Park wohnt, und Bruce vier Wochen zusammen allein blieben. Ich habe Lauren nie kennengelernt, aber ich weiß, welche Art Mädchen Robert attraktiv findet, und ich kann mir lebhaft vorstellen, wie sie aussehen muß, und dann denke ich an die Mädchen, die Robert attraktiv finden, wunderschöne Mädchen, die so tun, als kümmere es sie nicht, daß Robert, mit zweiundzwanzig, an die dreihundert Millionen Dollar schwer ist, und ich stelle mir dieses Mädchen vor, Lauren, wie sie auf Roberts Futon liegt, den Kopf zurückgeworfen, wie Bruce sich langsam auf ihr bewegt, die Augen fest geschlossen.

Bruce sagt, die Affäre habe eine Woche nach Roberts Abreise begonnen. Bruce und Lauren waren ins Café Central gegangen, und nachdem sie das Essen zurückgehen lassen und nur etwas zu trinken beschlossen hatten, waren sie sich einig geworden, mehr als Sex sei nicht. Und dazu käme es nur, weil Robert westwärts gezogen war. Sie versicherten einander, abgesehen vom rein Körperlichen habe man nichts füreinander übrig, und dann gingen sie zurück in Roberts Wohnung und ins Bett. So lief das eine Woche lang, sagt Bruce, bis Lauren anfing, mit einem dreiundzwanzigjährigen Immobilientycoon auszugehen, der etwa zwei Milliarden schwer ist.

Bruce sagt, das habe ihn nicht gekratzt. Aber »leicht verstimmt« sei er an dem Wochenende gewesen, als Laurens Bruder Marshall, der gerade seinen Abschluß an der Rhode Island School for Design gemacht hatte, nach L. A. kam und in Roberts Wohnung Ecke Sechsundfünfzigste und Park abstieg. Bruce sagt, die Affäre zwischen ihm und Marshall habe einfach deshalb länger gedauert, weil Marshall länger geblieben sei. Marshall blieb anderthalb Wochen. Und dann kehrte Marshall nach SoHo ins Loft seines Exfreunds zurück, weil sein Exfreund, ein junger Kunsthändler, der etwa drei Millionen schwer ist, wollte, daß Marshall ihm drei funktionslose Träger in dem Loft in der Grand Street bemalt, in dem sie früher zusammen gewohnt hatten. Marshall ist etwa viertausend Dollar und ein paar Zerquetschte schwer.

Das war zu der Zeit, als Lauren ihr gesamtes Mobiliar (und einiges von Robert) in die Wohnung des dreiundzwanzigjährigen Immobilientycoons im Trump Tower schaffte. Zur gleichen Zeit hatten Roberts zwei teure ägyptische Eidechsen offenbar vergiftete Schaben gefressen und waren tot aufgefunden worden, die eine ohne Schwanz unter der Couch im Wohnzimmer, die andere auf Roberts Videorecorder – die große hatte fünftausend Dollar gekostet, die kleinere war ein Geschenk. Doch da Robert irgendwo im Grand Cañon unterwegs ist, besteht keine Möglichkeit, mit ihm in Verbindung zu treten. Bruce sagt, deshalb habe er das Apartment

Ecke Sechsundfünfzigste und Park verlassen und sei in Reynolds Haus in Los Angeles oben am Mulholland Drive gezogen, solange Reynolds, der Bruce zufolge ein paar Falafels bei PitaHut ohne Getränke schwer ist, in Las Cruces ist.

Bruce steckt sich einen Joint an und fragt, was ich so getrieben habe, was hier los gewesen sei, entschuldigt sich nochmals. Ich erzähle ihm von Lesungen, Empfängen, daß Sam mit einer Redakteurin des *Paris Review* geschlafen hat, die am Publishers' Weekend von New York gekommen war, daß Madison sich eine Glatze schneiden lassen hat und Cloris glaubte, sie mache eine Chemotherapie durch, worauf sie Madisons sämtliche Stories an ihr bekannte Redakteure beim *Esquire, New Yorker* und bei *Harper's* schickte, was alle ziemlich gaga fanden. Bruce sagt, ich soll Craig sagen, daß er seinen Gitarrenkoffer wiederhaben will. Er fragt, ob ich nach East Hampton fahre und meine Eltern besuche. Ich sage, da der Workshop so gut wie vorbei und es fast schon September sei, wüßte ich nicht wieso.

Letzten Sommer war Bruce bei mir in Camden geblieben, wir belegten beide den Workshop, und das war der Sommer, in dem Bruce und ich nachts im Lake Parrin schwimmen gingen, der Sommer, in dem er den Text des Titelsongs von »Petticoat Junction« auf meine Tür kritzelte, weil ich immer lachen mußte, wenn er den Song sang, nicht weil der Song so lustig war – es war nur, wie er ihn sang: mit todernstem, dabei völlig ausdruckslosem Gesicht. Das war der Sommer, in dem wir nach Saratoga fuhren, um uns die Cars anzusehen, und später im selben August Bryan Metro. Der Sommer war trunken und Nacht und warm und der See. Ein Bild, das ich niemals sah: wie meine kalten Hände über Bruces glatten, feuchten Rükken gleiten.

Bruce sagt, ich soll mich anfassen, gleich hier, in der Telefonzelle. In dem Wohnheim, wo ich bin, ist es ganz still. Ich verscheuche eine Stechmücke. »Ich kann mich nicht anfassen«, sage ich. Ich gleite langsam zu Boden, den Hörer noch in der Hand.

»Reich sein ist cool«, sagt Bruce.

»Bruce«, sage ich. »Bruce.«

Er fragt mich nach letztem Sommer. Er erwähnt Saratoga, den See, einen Abend in einer Bar in Pittsfield, an den ich mich nicht erinnere.

Ich sage nichts.

»Kannst du mich hören?« fragt er.

»Ja«, flüstere ich.

»Kannst du, äh, gerade nicht reden?« fragt er.

Ich starre auf eine Zeichnung: eine schaumüberladene Tasse Cappuccino und zwei in Schwarz darunter gekritzelte Worte: *die Zukunft*.

»Reg dich ab«, sagt Bruce schließlich.

Als wir aufgelegt haben, gehe ich zurück in mein Zimmer und ziehe mich um. Reynolds holt mich um sieben ab, und wir fahren in ein kleines chinesisches Restaurant am Rand von Camden, er stellt das Radio leiser, als ich sage, Bruce habe angerufen, und Reynolds fragt: »Hast du's ihm gesagt?« Ich sage gar nichts. Heute habe ich beim Lunch erfahren, daß Reynolds im Moment was mit einem Mädchen aus der Stadt namens Brandy laufen hat. Ich kann an nichts als an Robert in einem Schlauchboot denken, immer noch irgendwo in Arizona, wie er ein kleines Foto von Lauren betrachtet, aber wahrscheinlich hat er gar keins. Reynolds dreht das Radio lauter, als ich den Kopf schüttele. Ich starre aus dem Fenster. Es ist das Ende des Sommers 1982.

2 Am Ruhepunkt

»Ein Jahr ist es her«, sagt Raymond. »Auf den Tag.«

Ich habe gehofft, niemand würde darauf zu sprechen kommen, aber ich ahnte, als der Abend fortschritt, daß irgendwer etwas sagen würde. Ich hatte nur nicht gedacht, daß es Raymond tun würde. Wir vier sind bei Mario, einem kleinen italienischen Restaurant im Westwood Village, und es ist ein Donnerstag Ende August. Obwohl die Schule nicht vor Anfang Oktober anfängt, spürt jeder, daß der Sommer zu Ende geht, zu Ende ist. Es gibt wirklich nicht viel zu unternehmen. Eine Party in Bel Air, an der niemand größeres Interesse bekundet. Keine Konzerte. Keiner von uns hat ein Date. Ich glaube sogar, außer Raymond geht keiner von uns mit irgendwem. Also beschließen wir vier – Raymond, Graham, Dirk und ich –, zum Dinner auszugehen. Mir ist nicht einmal bewußt, daß es jetzt »auf den Tag« ein Jahr her ist, ehe ich auf dem Parkplatz neben dem Restaurant bin und fast einen Steppenläufer überfahre, den der Wind plötzlich vor meine Stoßstange kullert. Ich parke ein und sitze im Wagen, während mir aufgeht, welchen Tag wir haben, und ich gehe langsam, sehr bedächtig, zur Tür des Restaurants und lasse mir vor dem Reingehen einen Moment Zeit, um eine Speisekarte hinter Glas anzustarren. Ich komme als letzter an. Die Runde ist nicht sehr gesprächig. Ich versuche, die spärliche Konversation auf andere Themen zu lenken: das neue Fixx-Video, Vanessa Williams, wieviel *Ghostbusters* einspielt, welche Kurse wir vielleicht belegen sollten, ob man nicht morgen mal surfen gehen könnte. Dirk verlegt sich aufs Erzählen schlechter Witze, die wir alle schon kennen und nicht komisch finden. Wir bestellen. Der Kellner geht. Raymond spricht.

»Ein Jahr ist es jetzt her. Auf den Tag«, sagt Raymond.

»Seit was?« fragt Dirk interessiert.

Graham sieht zu mir, dann nach unten.

Lange sagt niemand was, nicht mal Raymond.

»Ihr wißt schon«, sagt er endlich.

»Nein«, sagt Dirk. »Ich nicht.«

»Doch, du weißt es«, sagen Graham und Raymond gleichzeitig.

»Nein, ehrlich nicht«, sagt Dirk.

»Na hör mal, Raymond«, sage ich.

»Nein, hör *du* mal«, sagt Raymond und sieht Dirk an, der keinen von uns ansieht. Er sitzt einfach da und stiert auf ein Glas Wasser, in dem sehr viel Eis ist.

»Mach dich nicht lächerlich«, sagt er leise.

Raymond lehnt sich mit einem Ausdruck bitterer Genugtuung zurück. Graham sieht wieder zu mir rüber. Ich schaue weg.

»Kommt einem gar nicht so lange vor«, murmelt Raymond. »Oder, Tim?«

»Na hör mal, Raymond«, sage ich noch mal.

»Seit *was?*« sagt Dirk und sieht Raymond endlich an.

»Du weißt es«, sagt Raymond. »Du weißt es, Dirk.«

»Nein, weiß ich nicht«, sagt Dirk. »Warum sagst du's uns nicht einfach? Sag's einfach.«

»Das muß ich nicht«, murmelt Raymond.

»Ihr seid vielleicht Wichser«, sagt Graham und spielt mit einer Brotstange. Er bietet sie Dirk an, der abwinkt.

»Na los, Raymond«, sagt Dirk. »Du hast damit angefangen. Jetzt sag's auch, Feigling.«

»Kannst du denen mal sagen, sie sollen die Klappe halten?« sagt Graham zu mir.

»Du weißt schon«, sagt Raymond kläglich.

»Klappe«, seufze ich.

»Sag's doch, Raymond«, stichelt Dirk.

»Seit Jamie...« Raymond versagt die Stimme. Er beißt auf die Zähne, dreht sich dann von uns weg.

»Seit Jamie was?« fragt Dirk lauter und mit schrillerer Stimme. »Seit Jamie was, Raymond?«

»Ihr Typen seid die letzten Affen.« Graham lacht. »Wie wär's, wenn ihr mal das Maul haltet.«

Raymond flüstert etwas, das für keinen von uns zu verstehen ist.

»Was?« fragt Dirk. »Was hast du gesagt?«

»Seit Jamie gestorben ist«, gesteht Raymond endlich kleinlaut ein.

Aus irgendeinem Grund stopft das Dirk den Mund, und während der Kellner das Essen auf den Tisch stellt, lehnt er sich lächelnd zurück. Ich mag keine Kichererbsen in meinem Salat und hatte den Kellner darauf hingewiesen, als wir bestellten, empfinde es aber als unpassend, irgendwas zu sagen. Der Kellner stellt einen Teller Mozzarella marinara vor Raymond. Raymond stiert darauf. Der Kellner geht, kommt dann mit unseren Drinks zurück. Raymond starrt weiter auf seinen Mozzarella marinara. Der Kellner fragt, ob alles zu unserer Zufriedenheit sei. Graham nickt als einziger von uns.

»Das hat er immer bestellt«, sagt Raymond.

»Du lieber Himmel, reg dich ab«, sagt Dirk. »Dann bestell was anderes. Bestell Abalone.«

»Die Abalone ist sehr gut«, sagt der Kellner, ehe er geht. »Die Trauben auch.«

»Ich fasse es nicht, wie du damit umgehst«, sagt Raymond.

»Wie denn? Weil ich anders damit umgehe als du?« Dirk nimmt seine Gabel in die Hand, legt sie dann zum dritten Mal wieder hin.

Raymond sagt: »Daß du so tust, als ob dir das am Arsch vorbeigeht.«

»Tut es ja vielleicht. Jamie war ein Wichser. Ein netter Typ, aber auch ein Wichser, klar?« sagt Dirk. »Jedenfalls ist es aus und vorbei. Reit nicht darauf rum, ja?«

»Er war einer deiner besten Freunde«, sagt Raymond anklagend.

»Er war ein Arsch und keineswegs einer meiner besten Freunde«, sagt Dirk und lacht.

»Du warst sein bester Freund, Dirk«, sagt Raymond. »Tu jetzt nicht so, als wär's anders gewesen.«

»Er hat mich auf seiner Jahrbuchseite erwähnt – na und?« Dirk zuckt die Achseln. »Mehr war da nicht.« Pause. »Er war ein Wichser.«

»Dir ist das scheißegal.«

»Daß er tot ist?« fragt Dirk. »Er ist seit einem Jahr tot, Raymond.«

»Ich kann nicht glauben, daß dich das nicht betroffen macht.«

»Wenn Betroffenheit heißt, hier rumzusitzen und wie eine Schwuchtel zu flennen . . .«, Dirk seufzt, dann sagt er: »Hör mal, Raymond. Es ist lange her.«

»Gerade mal ein Jahr«, sagt Raymond.

Was ich von Jamie in Erinnerung habe: mit ihm kiffen auf einem Oingo-Boingo-Konzert in der elften Klasse. Besoffen am Strand von Malibu bei einer Party im Haus eines iranischen Klassenkameraden. Ein übler Streich, den er ein paar Verbindungstypen von der USC auf einer Party in Palm Springs gespielt hat und bei dem Ted Williams ziemlich böse verletzt wurde. An den Streich selbst erinnere ich mich nicht, aber daran, wie Raymond, Jamie und ich durch einen Flur im Hilton Riviera stolpern, alle drei stoned, an den Weihnachtsschmuck, wie jemand ein Auge verliert, einen zu spät eintreffenden Feuerwehrwagen, ein Schild über einer Tür mit der Aufschrift »Kein Eintritt«. Wie ich mit ihm am Abend des

Abschlußballs auf einer Yacht gutes Koks nahm und er mir sagte, ich sei mit Abstand sein bester Freund. Während ich die nächste Line von einem schwarzen Lacktisch sniffte, hatte ich nach Dirk, nach Graham, Raymond, ein paar Filmstars gefragt. Jamie sagte, er fände Dirk und Graham nett und Raymond nicht so besonders. »Der Typ ist ein Schleimer«, waren seine exakten Worte. Nach noch einer Line sagte er, er würde mich verstehen oder irgendwas in der Art, und ich nahm noch eine Line und glaubte ihm, weil es so einfacher war.

Eines Abends Ende August versuchte Jamie auf der Fahrt nach Palm Springs einen Joint anzuzünden und verlor entweder die Kontrolle über den Wagen, weil er raste, oder ihm platzte ein Reifen, und der BMW flog vom Freeway, und er war auf der Stelle tot. Dirk war hinter ihm gewesen. Sie wollten das Wochenende auf den Labor Day im Haus von Jeffreys Eltern in Rancho Mirage verbringen und kamen von einer Party in Studio City, auf der wir alle gewesen waren, und Dirk hatte Jamies zerschmetterten, blutigen Körper aus dem Wagen gezogen und dann einen Typ angehalten, der nach Las Vegas unterwegs war, um dort einen Tennisplatz zu bauen, und der Typ fuhr zum nächsten Krankenhaus, und siebzig Minuten später kam ein Krankenwagen, und Dirk hatte in der Wüste gesessen und die Leiche angestarrt. Dirk hat nie viel darüber erzählt, nur nebensächliche Einzelheiten, die er uns in der Woche, nachdem es passiert war, verraten hat: wie der BMW sich überschlug, über Sand schlitterte, einen Kaktus plattwalzte, wie Jamies Oberkörper die Windschutzscheibe durchschlug, wie Dirk ihn rauszog, hinlegte, in Jamies Taschen nach einem übriggebliebenen Joint suchte. Ich war oft versucht, rauszufahren und mir die Stelle anzusehen, wo es passiert ist, aber ich fahre nicht mehr nach Palm Springs, weil ich jedesmal, wenn ich dann da bin, völlig am Arsch bin und mich todlangweile.

»Ich fasse einfach nicht, wie egal euch das ist«, sagt Raymond gerade.

»Raymond«, sagen Dirk und ich unisono.

»Es ist halt so, daß wir es nicht ändern können«, führe ich den Satz zu Ende.

»Ja.« Dirk zuckt die Achseln. »Was können wir dran machen?«

»Sie haben recht, Raymond«, sagt Graham. »Es ist alles so verwischt.«

»Ich fühle mich schon selbst ganz zermatscht«, sagt Dirk.

Ich sehe rüber zu Raymond und dann wieder zu Dirk.

»Er ist tot und so weiter, aber das heißt nicht, daß er kein Wichser war«, sagt Dirk und schiebt seinen Teller weg.

»Er war kein Wichser, Dirk«, sage ich zu ihm und muß plötzlich lachen. »Er war ein Flitzer, kein Wichser.«

»Wie meinst du das, Tim?« fragt Dirk und sieht mir gerade ins Gesicht. »Nach dem Scheiß, den er mit Carol Banks abgezogen hat?«

»O Jesus«, sagt Graham.

»Welchen Scheiß hat er mit Carol Banks abgezogen?« frage ich nach kurzem Schweigen. Carol und ich waren während unserer letzten beiden Schuljahre ab und zu zusammen ausgewesen. Eine Woche, bevor Jamie starb, ging sie nach Camden. Ich habe seit einem Jahr nicht mehr mit ihr geredet. Ich glaube nicht, daß sie diesen Sommer überhaupt zurückgekommen ist.

»Er hat sie hinter deinem Rücken gefickt«, sagt Dirk, und es bereitet ihm Vergnügen, mir das zu erzählen.

»Er hat sie zehn, zwölf Mal gebumst, Dirk«, sagt Graham. »Jetzt mach nicht so was wie ne heiße Affäre draus.«

Ich hatte Carol Banks sowieso nie richtig gemocht. Ein Jahr, ehe wir dann richtig miteinander gingen, verlor ich meine Unschuld an sie. Süß, blond, Cheerleader, guter Notendurchschnitt, nichts Besonderes. Carol hatte immer gesagt, ich sei nonchalant, ein Wort, dessen Bedeutung mir nie klar wurde, ein Wort, das ich in mehreren Französischwörterbüchern nachschlug und nie finden konnte. Ich hätte immer den Verdacht gehabt, daß zwischen Jamie und Carol was gelaufen war, aber da ich Carol im Grunde nie besonders mochte (außer im Bett, und selbst da war ich nicht so sicher), sitze ich gelassen am Tisch, ungerührt von dem, was außer mir alle wußten.

»Ihr habt das also alle gewußt?« frage ich.

»Du hast mir immer gesagt, du hättest dir nie viel aus Carol gemacht«, sagt Graham.

»Aber ihr wußtet alle Bescheid?« frage ich noch mal. »Raymond – hast du es gewußt?«

Raymond kneift kurz die Augen zusammen, den Blick auf einen Punkt geheftet, den er nicht sehen kann, und er nickt, ohne etwas zu sagen.

»Na und, auch kein Beinbruch, oder?« sagt Graham, und es klingt nicht wie eine Frage.

»Gehen wir jetzt ins Kino oder was?« fragt Dirk genervt.

»Ich kann nicht glauben, wie egal euch das ist«, sagt Raymond laut und unerwartet.

»Willst du ins Kino?« fragt mich Graham.

»Ich kann nicht glauben, wie egal euch das ist«, wiederholt Raymond leiser.

»Ich war dabei, Arschloch«, sagt Dirk und packt Raymond am Arm.

»Oh, Scheiße, ist das peinlich«, sagt Graham und drückt sich tiefer in seinen Stuhl. »Halt die Klappe, Dirk.«

»Ich war dabei«, sagt Dirk, ohne auf Graham zu achten, die Hand immer noch um Raymonds Arm. »Ich bin geblieben und habe ihn aus der Scheißkarre gezogen. Ich mußte ihm da draußen beim Verbluten zusehen. Also komm mir bloß nicht damit, wie egal mir das ist. Stimmt, Raymond. Es ist mir egal.«

Raymond weint schon, er reißt sich von Dirk los, steht vom Tisch auf und steuert durch den hinteren Teil des Restaurants zur Herrentoilette. Die wenigen Leute, die noch in dem Restaurant sind, sehen jetzt zu unserem Tisch. Dirks coole Pose bröckelt ein wenig. Graham macht ein leicht gequältes Gesicht. Ich erwidere das Gaffen eines jungen Paars zwei Tische neben uns, bis sie wegschauen.

»Es sollte jemand mit ihm reden«, sage ich.

»Und was sagen?« fragt Dirk. »Scheiße, was denn?«

»Na, eben einfach mit ihm reden?« Ich zucke kläglich die Achseln.

»Ich jedenfalls nicht.« Dirk verschränkt die Arme und schaut sonstwohin, nur nicht zu Graham und mir.

Ich stehe auf.

Dirk sagt: »Für Jamie war Raymond ein Arschloch. Verstehst du? Scheiße, er fand ihn *widerlich*. Er war nur mit ihm befreundet, weil wir es waren, Tim.«

Einen Moment später sagt Graham: »Er hat recht, Alter.«

»Ich dachte, Jamie sei auf der Stelle tot gewesen«, sage ich im Stehen.

»War er auch«, sagt Dirk achselzuckend. »Wieso? Warum?«

»Du hast Raymond gesagt, er sei – äh – verblutet.«

»Jesus – was macht das für einen Unterschied? Also, ehrlich«, sagt Dirk. »Jesus, seine Eltern haben die verdammte Totenwache im Spago steigen lassen, lieber Himmel. Also krieg dich wieder ein, Junge.«

»Nein, ehrlich, Dirk«, sage ich. »Warum hast du Raymond das erzählt?« Pause. »Ist das die Wahrheit?«

Dirk schaut auf. »Ich hoffe, jetzt geht es ihm schlechter.«

»Ach ja?« frage ich und unterdrücke ein Grinsen.

Dirk starrt mich herausfordernd an, dann verliert er das Interesse und läßt es. »Du blickst nie irgendwas, Tim. Die Optik stimmt, aber sonst funktioniert nichts.«

Ich verlasse den Tisch und gehe zur Herrentoilette. Die Tür ist abgeschlossen, und über dem Spülgeräusch der Toilette, die mehrmals abgezogen wird, kann ich Raymonds Schluchzen hören. Ich klopfe. »Raymond – laß mich rein.«

Die Spülung hört auf zu laufen. Ich höre ihn schniefen und sich dann die Nase putzen.

»Bin gleich wieder in Ordnung«, ruft er.

»Laß mich rein.« Ich drehe am Knopf. »Komm schon. Mach die Tür auf.«

Die Tür öffnet sich. Es ist ein kleiner Waschraum, Raymond sitzt auf dem heruntergeklappten Toilettendeckel und fängt gerade wieder an zu weinen, Gesicht und Augen rot und feucht. Ich bin so verblüfft über Raymonds Gefühlsausbruch, daß ich mich an die Tür lehne und nur glotze und zusehe, wie er die Hände zu Fäusten ballt.

»Er war mein Freund«, sagt er schnaufend, ohne zu mir hochzusehen.

Ich betrachte sehr lange eine vergilbte Kachel an der Wand und frage mich, warum der Kellner, dem ich ganz sicher gesagt hatte, daß ich einen Salat ohne Kichererbsen wollte, sich nicht darum gekümmert hat. Wo war der Kellner geboren, warum war er bei Mario's gelandet, hatte er sich den Salat nicht angesehen, verstand er nicht?

»Er mochte dich ... auch«, sagte ich endlich.

»Er war mein bester Freund.« Raymond versucht mit dem Geschluchze aufzuhören, indem er gegen die Wand hämmert.

Ich beuge mich zu ihm runter, heuchle Mitgefühl und sage »Scht-scht«.

»War er wirklich.« Raymond schluchzt weiter.

»Komm schon, steh auf«, sage ich. »Es wird schon wieder. Wir gehen ins Kino.«

Raymond schaut auf und fragt: »Ehrlich?«

»Jamie hat dich wirklich auch gemocht.« Ich nehme Raymond beim Arm. »Er hätte nicht gewollt, daß du dich so aufführst.«

»Er mochte mich wirklich«, bestätigt er sich, vielleicht ist es auch eine Frage.

»Ja, wirklich.« Ich kann mir ein Lächeln nicht verkneifen, als ich das sage.

Raymond hustet und nimmt ein Stück Klopapier und putzt sich die Nase, dann wäscht er sich das Gesicht und sagt, daß er Pot braucht.

Wir gehen beide zurück an den Tisch und versuchen etwas zu essen, aber alles ist kalt, mein Salat schon abgeräumt.

Raymond bestellt eine gute Flasche Wein, und der Kellner bringt sie zusammen mit vier Gläsern, und Raymond schlägt einen Toast vor. Und nachdem die Gläser gefüllt sind, drängt er uns, damit anzustoßen, und Dirk sieht uns an, als wären wir irre, er weigert sich und kippt sein Glas runter, noch ehe Raymond so was sagen kann wie: »Auf dich, alter Junge, verdammt, du fehlst uns.« Ich hebe wie ein Idiot mein Glas, und Raymond sieht mich an, mit geschwollenem, aufgedunsenem Gesicht, grienend und bekifft, und während dieses Ruhepunkts, als Raymond sein Glas hebt und Graham aufsteht, um zu telefonieren, erinnere ich mich so abrupt und mit solcher Klarheit an Jamie, daß es mir vorkommt, als sei der Wagen in dieser Nacht in der Wüste gar nicht vom Highway geflogen. Es kommt mir fast so vor, als sei das Arschloch direkt hier, unter uns, und daß er, wenn ich mich umdrehe, dort sitzen wird, ebenfalls mit dem Glas in der Hand, spöttisch grinsend den Kopf schütteln und stumm »Idioten« mit den Lippen formen wird.

Ich trinke einen Schluck, zaghaft zuerst, weil ich fürchte, der Schluck besiegelt etwas.

»Tut mir leid«, sagt Dirk. »Ich ... kann einfach nicht.«

3 Es geht aufwärts

Ich stehe auf dem Balkon von Martins Apartment in Westwood, in einer Hand einen Drink und in der anderen eine Zigarette, und Martin kommt auf mich zu, geht auf mich los und stößt mich mit beiden Händen vom Balkon. Martins Apartment in Westwood liegt nur im ersten Stock, darum dauert der Sturz nicht lange. Im Fallen hoffe ich aufzuwachen, ehe ich am Boden aufschlage. Ich klatsche hart auf den Asphalt, und während ich so daliege, platt auf dem Bauch, den Kopf ganz verdreht, sehe ich hoch, und mein Blick bleibt an Martins hübschem Gesicht hängen, das milde lächelnd auf mich herabschaut. Es ist die heitere Gelassenheit dieses Lächelns – und weniger der Sturz oder die eingebildete Vorstellung meines zerschmetterten, blutenden Körpers –, die mich aufwachen läßt.

Ich sehe zur Decke, dann zum Digitalwecker auf dem Nachttisch neben dem Bett, der mir verrät, daß wir fast Mittag haben, und in der vergeblichen Hoffnung, ich hätte mich bei der Uhrzeit verlesen, kneife ich die Augen zu, aber als ich sie wieder aufschlage, zeigt die Uhr immer noch kurz vor Mittag. Ich hebe leicht den Kopf und schaue auf die kleinen, flimmernden roten Leuchtziffern des Videorecorders, und sie verkünden dasselbe wie die Zeiger des melonenfarbenen Weckers: fast Mittag. Ich versuche, wieder einzuschlafen, aber die Wirkung der Librium, die ich im Morgengrauen genommen habe, hat nachgelassen, und mein Mund ist pappig und trokken, und ich bin durstig. Träge stehe ich auf und gehe ins Badezimmer, und als ich den Wasserhahn aufdrehe, sehe ich lange in den Spiegel, bis ich gezwungen bin, die neuen Fältchen um meine Augen zur Kenntnis zu nehmen. Ich wende den Blick ab und konzentriere mich auf das Wasser, das aus dem Hahn schießt und meine zur Schale geformten Hände füllt.

Ich öffne den Spiegelschrank und hole ein Röhrchen heraus. Ich schraube den Deckel ab und zähle nur vier verbliebene Librium. Ich schüttele eine der grün-schwarzen Kapseln in meine Hand, starre darauf, lege sie dann behutsam auf den Waschbeckenrand und schließe das Röhrchen und stelle es in den Medizinschrank zurück und nehme ein anderes Röhrchen heraus und lege daraus zwei Valium auf die Ablage neben die grün-schwarze Kapsel. Ich stelle das Röhrchen zurück und nehme ein anderes heraus. Ich öffne es und riskiere einen vorsichtigen Blick. Ich stelle fest, daß nicht mehr viel Thorazin übrig ist, und notiere mir im Hinterkopf, die Valium und Librium nachfüllen zu lassen, und ich nehme eine Librium und eine der beiden Valium und drehe die Dusche auf.

Ich trete in die große schwarzweiß geflieste Duschkabine und stehe da. Das Wasser, erst kalt, dann wärmer, prasselt mir ins Gesicht, und mir wird schwach, und während ich langsam in die Knie gehe und die schwarz-grüne Kapsel mir irgendwie in der Kehle festhängt, stelle ich mir einen Augenblick lang vor, das Wasser sei ein sattes, kühles Aquamarin, und ich öffne die Lippen, den Kopf in den Nacken gelegt, um etwas Wasser in die Kehle zu leiten und damit die Kapsel runterzuspülen. Als ich die Augen öffne, stöhne ich auf, als ich sehe, daß das auf mich herabströmende Wasser nicht blau ist, sondern durchsichtig und hell und warm, und die Haut auf meiner Brust und meinem Bauch rötet.

Nach dem Anziehen gehe ich nach unten, und mich quält der Gedanke, wie lange es dauert, sich für einen Tag frisch zu machen. Wie viele Minuten verstreichen, während ich lustlos durch einen großen begehbaren Schrank streife, wie lange ich brauche, um die gewünschten Schuhe zu finden, wieviel

Mühe es kostet, mich aus der Dusche aufzuraffen. Man kann das vergessen, wenn man vorsichtig, methodisch, auf jeden Schritt konzentriert, nach unten geht. Ich erreiche den unteren Treppenabsatz, höre aus der Küche Stimmen und halte darauf zu. Von dort, wo ich stehe, kann ich meinen Sohn und einen anderen Jungen auf der Suche nach Eßbarem in der Küche sehen, und das Hausmädchen, das an dem großen Massivholztisch sitzt und sich Fotos im *Herald Examiner* vom Vortag anschaut, die Sandalen abgestreift, blauer Nagellack auf den Zehennägeln. Im Fernsehzimmer läuft die Stereoanlage, und irgendwer, eine Frau, singt »I found a picture of you«. Ich gehe in die Küche. Graham schaut vom Kühlschrank auf und sagt ohne ein Lächeln: »So früh auf den Beinen?«

»Warum bist du nicht in der Schule?« frage ich und versuche, so zu klingen, als läge mir was dran, während ich an ihm vorbei nach einem Tab im Kühlschrank greife.

»Wir haben montags früher frei.«

»Oh.« Ich glaube ihm, ohne zu wissen, warum. Ich öffne das Tab und nehme einen Schluck. Es kommt mir so vor, als stecke die Pille, die ich vorhin genommen habe, immer noch langsam zerfallend in meinem Hals. Ich trinke noch einen Schluck Tab.

Graham angelt sich eine Orange aus dem Kühlschrank. Der andere Junge, groß und blond wie Graham, steht am Waschbecken und starrt aus dem Fenster in den Pool. Graham und der andere Junge tragen ihre Schuluniformen und sehen sich sehr ähnlich: Graham beim Schälen einer Orange, der andere Junge mit unverwandtem Blick aufs Wasser. Ich finde die eine Pose so enervierend wie die andere, also wende ich mich ab, aber der Anblick des am Tisch sitzenden Hausmädchens mit den Sandalen vor ihren Füßen und der unverwechselbare Geruch nach Marihuana, der aus der Handtasche und dem Sweater des Mädchens dringt, ist irgendwie noch schlimmer, und ich trinke noch einen Schluck Tab und kippe dann den Rest in den Ausguß. Ich will aus der Küche gehen.

Graham wendet sich an den Jungen. »Möchtest du MTV sehen?«

»Ich ... ich glaube nicht«, sagt der Junge und starrt in den Pool.

Ich nehme meine Handtasche, die in einer Nische neben dem Kühlschrank steht, und vergewissere mich, daß meine Brieftasche drin ist, denn bei meinem letzten Besuch bei Robinson's war sie es nicht. Ich bin schon fast aus der Tür. Das Mädchen faltet die Zeitung zusammen. Graham zieht seinen weinroten Sweater mit Schulabzeichen aus. Der andere Junge will wissen, ob Graham *Alien* auf Video hat. Im Fernsehzimmer singt die Frau von »circumstances beyond our control«. Ich ertappe mich dabei, wie ich meinen Sohn anstarre, blond und groß und gebräunt, mit leeren grünen Augen, der den Kühlschrank öffnet und sich noch eine Orange herausnimmt. Er sieht sie prüfend an, hebt dann den Kopf, als er mich neben der Tür stehen sieht.

»Gehst du weg?« fragt er.

»Ja.«

Er wartet einen Moment, und als ich nichts sage, dreht er sich um und zuckt die Achseln und beginnt die Orange zu schälen, und unterwegs zum Le Dôme, wo ich mich mit Martin zum Lunch treffe, wird mir klar, daß Graham nur ein Jahr jünger ist als Martin, und ich muß den Jaguar auf dem Sunset Boulevard an den Straßenrand lenken, das Radio leiser stellen, erst ein Fenster öffnen, dann das Sonnendach, und die Hitze der heutigen Sonne das Wageninnere wärmen lassen, während ich mich auf einen Steppenläufer konzentriere, den der Wind langsam über einen leeren Boulevard weht.

Martin sitzt an der runden Bar im Le Dôme. Er trägt Anzug und Krawatte, und er wippt mit dem Fuß ungeduldig zu der

Musik aus der Lautsprecheranlage des Restaurants. Er beobachtet mich, während ich auf ihn zugehe.

»Du bist spat dran«, sagt er und zeigt mir die Uhrzeit auf einer goldenen Rolex.

»Stimmt«, sage ich, und dann: »Setzen wir uns.«

Martin schaut auf seine Uhr und dann auf sein leeres Glas und dann wieder zu mir, und ich presse meine Handtasche fest an mich. Martin seufzt, nickt dann. Der Maître führt uns an den Tisch, und wir setzen uns, und Martin fängt an, von seinen Kursen an der UCLA zu reden, und dann davon, daß ihn seine Eltern nerven, daß sie unangemeldet in seinem Apartment in Westwood aufgetaucht seien, daß sein Stiefvater auf Martins Anwesenheit bei einer Dinnerparty bestanden habe, die er im Chasen's gab, und daß Martin keinen Bock auf eine Dinnerparty gehabt habe, die sein Stiefvater im Chasen's steigen ließ, und über das müde Wortgefecht deswegen.

Ich schaue aus einem Fenster zu einem spanischen Parkplatzwächter, der vor einem Rolls-Royce steht und murmelnd hineinstarrt. Als Martin über seinen BMW und die Höhe der Versicherung zu nörgeln anfängt, unterbreche ich ihn.

»Warum hast du mich zu Hause angerufen?«

»Ich wollte dich sprechen«, sagt er. »Ich wollte absagen.«

»Ruf nicht zu Hause an.«

»Warum nicht?« fragt er. »Ist da irgendwer, den es stört?«

Ich zünde eine Zigarette an.

Er legt die Gabel neben den Teller und schaut dann weg. »Wir essen im Le Dôme«, sagt Martin. »Also ehrlich – Herrgott.«

»Abgemacht?« frage ich.

»Ja. Okay.«

Ich bitte um die Rechnung und zahle und begleite Martin in seine Wohnung in Westwood, wo wir Sex haben und ich Martin einen Tropenhelm schenke.

Ich liege auf einer Chaiselongue am Pool. Die *Vogue* und das *Los Angeles Magazine* und der Tageskalender der *Times* stapeln sich neben meinem Liegeplatz, aber ich kann sie nicht lesen, weil die Farbe des Pools meinen Blick von den Worten ablenkt und ich sehnsüchtig in das blaß aquamarinblaue Wasser starre. Ich würde gerne schwimmen gehen, aber die Sonne hat das Wasser zu sehr erwärmt, und Dr. Nova hat mich davor gewarnt, auf Librium Runden zu schwimmen.

Ein Poolboy reinigt den Pool. Der Poolboy ist sehr jung und braungebrannt und hat blondes Haar, und er trägt kein Hemd und sehr enge weiße Jeans, und als er sich vorbeugt, um die Wassertemperatur zu prüfen, spielen seine Rückenmuskeln zart unter glatter, sauberer brauner Haut. Der Poolboy hat einen tragbaren Kassettenrecorder mitgebracht, der am Rand des Whirlpool steht, und irgendwer singt »Our love's in jeopardy«, und ich hoffe, der warme Wind in den Palmwedeln wird die Musik in den Garten der Suttons tragen. Ich bin ganz davon gefangengenommen, wie hochkonzentriert der Poolboy wirkt, wie sanft sich das Wasser kräuselt, wenn er es mit einem Netz abschöpft, wie er das Netz leert, in dem sich Blätter und buntschillernde Libellen verfangen, mit denen die gleißende Wasseroberfläche übersät zu sein scheint. Er öffnet einen Abfluß, und ganz leicht, nur einen Augenblick lang, spannen sich seine Armmuskeln. Gebannt sehe ich weiter zu, wie er in das runde Loch greift und mit dem Arm etwas aus dem Loch hochzieht, wie die Muskeln wieder kurz zukken, und sein Haar ist blond und vom Wind zerzaust, von der Sonne gesträhnt, und ich verlagere mein Gewicht auf der Sonnenliege, ohne den Blick abzuwenden.

Der Poolboy zieht langsam den Arm aus dem Abfluß, hebt zwei große, graue Fetzen hoch, läßt sie tropfend auf Beton klatschen und starrt sie an. Er starrt die Fetzen lange an. Und dann kommt er auf mich zu. Kurz überfällt mich Panik, ich rücke meine Sonnenbrille zurecht und greife nach dem Sonnenöl. Der Poolboy kommt langsam auf mich zu, und die Sonne knallt auf uns nieder, und ich habe die Beine gespreizt und reibe Öl auf die Innenseite meiner Schenkel und dann über meine Beine, Knie, Knöchel. Er steht direkt vor mir. Das Valium, das ich zuvor eingenommen habe, bringt alles durcheinander, läßt den Hintergrund in Zeitlupe vibrieren. Ein Schatten legt sich auf mein Gesicht, der es mir möglich macht, zu dem Poolboy aufzuschauen, und aus dem tragbaren Kassettenrecorder höre ich »Our love's in jeopardy«, und der Poolboy öffnet den Mund, seine Lippen sind voll, seine Zähne weiß und sauber und ebenmäßig, und mich packt das rasende Verlangen, er möge mich auffordern, in den am Fuß der Einfahrt geparkten weißen Pickup zu steigen und mit ihm raus in die Wüste zu fahren. Seine Hände, chlorduftend, würden Öl über meinen Rücken, Bauch und Hals reiben – und als er auf mich herabblickt, während aus dem Kassettendeck Rockmusik dröhnt und die Palmen sich im heißen Wüstenwind wiegen und die Sonne auf der blauen Wasserfläche des Pools gleißt, straffe ich jeden Muskel und warte darauf, ihn etwas sagen zu hören, irgend etwas, ein Seufzen, ein Stöhnen. Ich hole Luft, stiere durch meine Sonnenbrille in die Augen des Poolboys, zitternd.

»Sie haben zwei tote Ratten im Abfluß.«

Ich sage gar nichts.

»Ratten. Zwei tote Ratten. Haben sich im Abfluß verfangen oder sind vielleicht reingefallen, wer weiß.« Er sieht mich tumb an.

»Warum ... sagst du mir das?« frage ich.

Er steht da und wartet, daß ich noch irgendwas sage. Ich schiebe die Sonnenbrille ein Stück vor und betrachte die grauen Bündel neben dem Whirlpool.

»Schaff sie ... weg?« bringe ich mit gesenktem Blick hervor.

»Klar. Okay«, sagt der Poolboy, die Hände in den Taschen. »Ich weiß bloß nicht, wie sie da reingeraten sind.«

Die Feststellung, schon mehr eine Frage, erfolgt so schleppend, daß ich ihm, wiewohl sie keiner Antwort bedarf, sage: »Das muß dann wohl ... ein Geheimnis bleiben?«

Ich sehe mir das Titelbild einer Ausgabe des *Los Angeles Magazine* an. Ein riesiger Wasserstrahl reckt sich in den Himmel, ein blau und weiß und grün aufschießender Springbrunnen.

»Ratten fürchten sich vor Wasser«, belehrt mich der Poolboy.

»Ja«, sage ich. »Hab ich gehört. Ich weiß.«

Der Poolboy geht zu den beiden ersoffenen Ratten zurück und hebt sie an ihren Schwänzen hoch, die rosa sein sollten, nun aber, wie ich selbst von dort, wo ich sitze, sehen kann, blaßblau sind, und er steckt sie in etwas, das ich für seinen Werkzeugkasten gehalten hatte, und dann schlage ich das *Los Angeles Magazine* auf und suche nach dem Artikel über den Springbrunnen auf dem Titelbild, um nicht daran denken zu müssen, der Poolboy könne sich die Ratten aufheben.

Ich sitze mit Anne und Eve und Faith in einem Restaurant auf der Melrose Avenue. Ich trinke meine zweite Bloody Mary, und Anne und Eve hatten ein paar Kirs zuviel, und Faith bestellt bestimmt schon ihren vierten Wodka-Gimlet. Ich zünde mir eine Zigarette an. Faith erzählt, daß ihrem Sohn Dirk der Führerschein entzogen wurde, weil er betrunken über den Pacific Coast Highway gerast ist. Jetzt fährt Faith seinen Porsche. Ich frage mich, ob Faith weiß, daß Dirk Kokain an Zehntkläßler der Beverly Hills High verkauft. Das hat mir Graham an einem Nachmittag letzte Woche in der Küche erzählt, obwohl ich nicht um Informationen über Dirk gebeten hatte. Faiths Audi ist schon zum drittenmal in diesem Jahr in der Werkstatt. Sie will ihn verkaufen, kann sich aber nicht entscheiden, was für einen Wagen sie statt dessen fahren soll. Anne erzählt ihr, seit der alte Motor gegen einen neuen ausgetauscht worden sei, laüfe der XJ6 gut. Anne wendet sich an mich und fragt nach meinem Wagen und dem von William. Den Tränen nahe erzähle ich ihr, er laufe wie geschmiert.

Eve sagt nicht viel. Ihre Tochter ist in der Psychiatrie in Camarillo. Eves Tochter hat versucht, sich umzubringen, mit einem Schuß in den Bauch. Ich kann nicht begreifen, warum Eves Tochter sich nicht in den Kopf geschossen hat. Ich kann nicht begreifen, warum sie sich im begehbaren Schrank ihrer Mutter auf den Boden gelegt und die Waffe ihres Stiefvaters auf ihren Bauch gerichtet hat. Ich versuche mir die Abfolge der Ereignisse an diesem Nachmittag vorzustellen, die zu dem Schuß führten. Aber Faith fängt an zu erzählen, wie es mit der Therapie ihrer Tochter vorangeht. Sheila ist magersüchtig. Meine eigene Tochter kennt Sheila und ist vielleicht ebenfalls magersüchtig.

Schließlich senkt sich betretenes Schweigen über den Tisch in dem Restaurant auf der Melrose Avenue, und ich starre Anne an, die vergessen hat, die vernarbten Konturen des Facelifting zu überschminken, das sie vor drei Monaten in Palm Springs beim selben Chirurgen hat machen lassen, der es auch bei William und mir gemacht hat. Ich spiele mit dem Gedanken, ihnen von den Ratten im Abflußrohr zu erzählen, oder davon, wie der Poolboy in meinem Blick versank, ehe er sich abwandte, aber statt dessen zünde ich mir noch eine Zigarette an, und der Klang von Annes Stimme, die das Schweigen bricht, läßt mich zusammenzucken, und ich verbrenne mir einen Finger.

Am Mittwochmorgen, nachdem William aufsteht und fragt, wo das Valium ist, und ich mich aus dem Bett quäle und es aus meiner Tasche hole, und er mich erinnert, daß die Familie für acht im Spago reserviert hat, und ich die quietschenden Reifen des Mercedes in der Ausfahrt höre, und Susan mir erzählt, daß sie mit Alana und Blair nach der Schule nach Westwood will und uns im Spago trifft, und ich wieder einschlafe und von ertrinkenden, in einem dampfenden, brodelnden Whirlpool verzweifelt übereinanderkrabbelnden Ratten träume, und von Dutzenden Poolboys, die nackt über den Whirlpool gebeugt lachen und auf die ersaufenden Ratten zeigen, während ihre Köpfe einträchtig zum Beat der Musik aus den Ghettoblastern nicken, die sie mit goldenen Armen stemmen, wache ich auf und gehe nach unten und nehme mir ein Tab aus dem Kühlschrank und finde zwanzig Milligramm Valium in einem Pillendöschen in einer anderen Tasche in der Nische neben dem Kühlschrank und nehme zehn Milligramm. Aus der Küche höre ich das Hausmädchen staubsaugen, und das spornt mich an, mich anzuziehen, und ich fahre zu einem Thrifty-Drugstore in Beverly Hills und gehe an die Pharmatheke, das leere Röhrchen, das einmal schwarz-grüne Kapseln enthalten hat, eisern umklammernd. Aber der Laden ist klimatisiert und kühl, und das Flimmern der Neonleuchten und die Muzak, die irgendwo über mir als Geräuschkulisse dudelt, haben einen ausgesprochen betäubenden Effekt, und mein Griff um das braune Plastikröhrchen entkrampft und lockert sich.

An der Theke gebe ich dem Apotheker das leere Röhrchen. Er setzt eine Brille auf und sieht sich den Plastikbehälter an. Ich betrachte prüfend meine Fingernägel und versuche vergeblich, mir den Titel des Songs ins Gedächtnis zu rufen, der aus der Musikanlage des Ladens plätschert.

»Miss?« hebt der Apotheker betreten an.

»Ja?« Ich schiebe meine Sonnenbrille ein Stück vor.

»Hier steht ›Nicht nachfüllen‹.«

»Was?« frage ich bestürzt. »Wo?«

Der Apotheker zeigt auf zwei maschinegeschriebene Worte am unteren Rand des mit Klebestreifen an dem Röhrchen befestigten Zettels, neben dem Namen meines Psychiaters und dem wiederum daneben stehenden Datum 10. 10. 83.

»Ich glaube, da muß Dr. Nova sich irgendwie... vertan

haben«, erwidere ich nach einiger Zeit lahm mit einem neuerlichen Blick auf die Flasche.

»Tja«, seufzt der Apotheker. »Da kann ich auch nichts machen.«

Ich schaue wieder auf meine Fingernägel und versuche die rechten Worte zu finden und sage schließlich: »Aber... ich brauche die Tabletten.«

»Es tut mir leid«, sagt der Apotheker mit spürbarem Unbehagen und tritt nervös von einem Fuß auf den anderen. Er gibt mir das Röhrchen, und als ich versuche, es ihm zurückzugeben, zuckt er die Achseln.

»Ihr Arzt hat seine Gründe dafür, wenn er das Rezept nicht erneuert«, sagt er freundlich, als spräche er zu einem Kind.

Ich versuche zu lachen, fahre mir übers Gesicht und sage leichthin: »Oh, solche Streiche spielt er mir immer.«

Auf der Heimfahrt denke ich darüber nach, wie der Apotheker mich angesehen hat, nachdem ich das gesagt habe, und ich gehe am Hausmädchen vorbei, kurz von Marihuanageruch umweht, und oben im Schlafzimmer schließe ich die Tür ab und lasse die Jalousien herunter und stecke eine Kassette in den Videorecorder und schlüpfe zwischen frische, kühle Laken und heule eine Stunde und versuche mir den Film anzusehen, und ich nehme noch etwas Valium, und dann durchstöbere ich das Badezimmer nach einem Rest Nembutal, und dann sortiere ich die Schuhe im Schrank neu, und dann öffne ich die Fenster, und der Duft von Bougainvillea weht durch die halbgeschlossenen Jalousien herein, und ich rauche eine Zigarette und wasche mir das Gesicht.

Ich rufe Martin an.

»Hallo?« meldet sich ein anderer Junge.

»Martin?« frage ich trotzdem.

»Ähm, nein.«

Ich zögere. »Ist Martin da?«

»Ähm, muß ich mal nachsehen.«

Ich kann hören, wie der Hörer hingelegt wird, und möchte bei der Vorstellung lachen, daß irgendwer, irgendein Junge, wahrscheinlich braungebrannt, jung, blond, wie Martin, in Martins Apartment steht, den Hörer hinlegt und losgeht, um ihn, um irgendwen in einer kleinen Dreizimmerwohnung zu suchen, aber nach einer Weile finde ich es nicht mehr so witzig. Der Junge kommt wieder ans Telefon.

»Ich glaube, er ist, ähm, am Strand.« Der Junge scheint sich nicht allzu sicher zu sein.

Ich sage nichts.

»Soll ich was ausrichten?« fragt er irgendwie verschlagen, und dann nach kurzem Zögern: »Moment mal, ist das Julie? Das Mädchen, das Mike und ich an der 385. North getroffen haben? In dem Golf?«

Ich sage gar nichts.

»Ihr hattet etwa drei Gramm Koks dabei und wart in einem weißen Golf unterwegs.«

Ich sage gar nichts.

»Ja, also, hallo?«

»Nein.«

»Du hast keinen VW Golf?«

»Ich rufe zurück.«

»Meinetwegen.«

Ich lege auf und frage mich, wer der Junge ist und was er über Martin und mich weiß und ob Martin jetzt im Sand liegt, ein Bier trinkt, unter einem gestreiften Sonnenschirm im Beach Club eine Beedies raucht, die Wayfarer-Sonnenbrille auf, das Haar zurückgekämmt, den Blick in die Ferne gerichtet, wo das Land ins Meer übergeht, oder ob er statt dessen in Wirklichkeit auf seinem Bett unter dem Go-Go's-Poster liegt, für seine Chemieprüfung paukt und nebenher in den Autoanzeigen nach einem neuen BMW sucht. Ich schlafe, bis das Video im Recorder ausläuft und nur noch Schnee kommt.

Ich sitze mit meinem Sohn und meiner Tochter an einem Tisch in einem Restaurant am Sunset Boulevard. Susan trägt einen Minirock, den sie in einem Laden namens Flip auf der Melrose Avenue gekauft hat, einem Laden, der nicht weit von da liegt, wo ich mir beim Lunch mit Eve und Faith den Finger verbrannt habe. Susan trägt außerdem ein weißes T-Shirt, auf dem in roter Handschrift, die aussieht wie nicht ganz getrocknetes, noch tropfendes Blut, die Worte LOS ANGELES stehen. Susan trägt außerdem eine alte Levis-Jacke mit einem Stray-Cats-Button an einem der verwaschenen Aufschläge und eine Wayfarer-Sonnenbrille. Sie nimmt die Zitronenscheibe aus ihrem Glas Wasser, kaut darauf herum und beißt in die Schale. Ich kann mich nicht einmal erinnern, ob wir bestellt haben oder nicht. Ich frage mich, was Stray Cats sind.

Graham sitzt neben Susan, und ich bin fast sicher, daß er bekifft ist. Er schaut aus dem Fenster in die Scheinwerfer vorbeifahrender Autos. William ruft gerade im Studio an. Er ist dabei, einen Deal unter Dach und Fach zu bringen, was ja nicht zu verachten ist. William war ziemlich sparsam mit Details über den Film oder die Mitwirkenden oder wer ihn finanziert. In der Branche habe ich aufgeschnappt, es sei die Fortsetzung zu einem sehr erfolgreichen Film, der im Sommer 82 angelaufen ist und von einem vorlauten Marsianer handelt, der wie eine große, schrumpelige Grapefruit aussieht. William ist, seit wir hier sind, viermal zum Telefon hinten im Restaurant gegangen, und es kommt mir vor, als ob William den Tisch verläßt und einfach hinten im Restaurant herumsteht, denn am Nebentisch ist eine Schauspielerin, die mit einem sehr jungen Surfer zusammensitzt, und die Schauspielerin funkelt William an, sobald William am Tisch ist, und ich weiß, daß die Schauspielerin mit William geschlafen hat, und die Schauspielerin weiß, daß ich es weiß, und als sich unsere Blicke einen Moment treffen, unbeabsichtigt, wenden wir uns beide abrupt ab.

Susan fängt an, einen Song vor sich hinzusummen, während sie mit den Fingern auf den Tisch trommelt. Graham steckt sich eine Zigarette an, ohne sich darum zu scheren, ob uns das paßt oder nicht, und seine Augen, rot und halb geschlossen, tränen einen Moment lang.

»Mein Auto macht so ein komisches Geräusch«, sagt Susan. »Ich glaube, ich bringe es lieber in die Werkstatt.« Sie fummelt an der Fassung ihrer Sonnenbrille herum.

»Wenn es komische Geräusche macht, solltest du das«, sage ich.

»Tja, ich brauche es. Ich sehe mir am Freitag im Civic die Psychedelic Furs an, und da brauche ich mein Auto total.« Susan sieht Graham an. »Das heißt, falls Graham meine Karten hat.«

»Klar, ich hab deine Karten«, sagt Graham in einem Ton, aus dem größte Anstrengung spricht. »Und sag nicht dauernd ›total‹.«

»Von wem hast du sie?« fragt Susan und trommelt mit den Fingern.

»Von Julian.«

»Nein – nicht von Julian.«

»Sicher. Wieso nicht?« Graham versucht, genervt zu klingen, wirkt aber müde.

»Er ist so ein Kiffer. Hat wahrscheinlich beschissene Plätze bekommen. Er ist so ein Kiffer«, sagt Susan noch mal. Sie hört mit der Trommelei auf, sieht Graham direkt an. »Genau wie du.«

Graham nickt langsam mit dem Kopf und sagt gar nichts. Ehe ich ihn bitten kann, seiner Schwester zu widersprechen, sagt er: »Klar, genau wie ich.«

»Er dealt mit Heroin«, sagt Susan lässig.

Ich werfe rasch einen Blick auf die Schauspielerin, deren Hand den Schenkel des Surfers massiert, während der Surfer Pizza ißt.

»Außerdem ist er eine männliche Nutte«, setzt Susan hinzu.

Langes Schweigen. »Galt diese Bemerkung ... mir?« frage ich leise.

»Das ist echt total gelogen«, gelingt es Graham zu sagen. »Von wem hast du das? Von dieser Valleyschlampe Sharon Wheeler?«

»Knapp daneben. Ich weiß, daß der Besitzer vom Seven Seas mit ihm geschlafen hat, und jetzt kriegt Julian freien Eintritt und Koks, soviel er will.« Susan seufzt mit gespielter Blasiertheit: »Und es ist ja auch zu ironisch, daß beide Herpes haben.«

Darüber muß Graham aus irgendeinem Grund lachen, und er zieht an seiner Zigarette und sagt: »Julian hat kein Herpes, und er hat es schon gar nicht vom Besitzer vom Seven Seas.« Pause, hörbares Ausatmen, dann: »Er hat sich bei Dominique Dentrel was eingefangen.«

William setzt sich. »Lieber Himmel, meine eigenen Kinder quatschen über Schwule und Downer – Jesus. Jetzt nimm schon die verdammte Sonnenbrille ab, Susan. Wir sind im Spago, nicht im Scheiß-Beachclub.« William stürzt die Hälfte eines gespritzten Weißweins runter, den ich vor zwanzig Minuten habe schal werden sehen. Er linst zu der Schauspielerin rüber, dann zu mir und sagt: »Freitag abend gehen wir zu der Party bei den Schrawtzens.«

Ich nestle an meiner Serviette herum, dann zünde ich mir eine Zigarette an. »Ich will Freitag abend nicht zu der Party bei den Schrawtzens gehen«, sage ich leise, den Rauch ausatmend.

William sieht mich an und zündet sich eine Zigarette an und sagt, ebenso leise, während er mir unverwandt ins Gesicht sieht: »Was hast du statt dessen vor? Schlafen? Am Pool rumliegen? Deine Schuhe zählen?«

Graham senkt den Blick und kichert.

Susan trinkt ihr Wasser und verdreht den Hals nach dem Surfer.

Nach einer Weile frage ich Graham und Susan, wie es in der Schule läuft.

Graham antwortet nicht.

Susan sagt: »Normal. Belinda Laurel hat Herpes.«

Ich frage mich, ob Belinda Laurel es von Julian oder dem Besitzer des Seven Seas hat. Außerdem muß ich mich schwer zurückhalten, Susan nicht zu fragen, was Stray Cats sind.

Graham macht den Mund gerade weit genug auf, um zu sagen: »Sie hat's von Vince Parker. Seine Eltern haben ihm einen 928er gekauft, obwohl sie wissen, daß er voll auf Schweinedope abfährt.«

»Das ist ja echt...« Susan unterbricht sich, sucht nach dem passenden Wort.

Ich schließe die Augen und denke an den Jungen, der in Martins Wohnung ans Telefon gegangen ist.

»Ungeil...«, beendet Susan den Satz.

Graham sagt: »Ja, irrsinnig ungeil.«

William sieht zu der Schauspielerin rüber, die den Surfer betatscht, verzieht das Gesicht und sagt: »Mein Gott, ihr Kids seid krank. Ich muß noch mal telefonieren.«

Graham sieht mißtrauisch und übernächtigt aus und starrt mit einer Sehnsucht, die mich überrascht, aus dem Fenster rüber zu Tower Records auf der anderen Straßenseite, und dann schließe ich die Augen und denke an die Farbe von Wasser, einen Zitronenbaum, eine Narbe.

Am Donnerstagmorgen ruft meine Mutter an. Das Hausmädchen kommt um elf in mein Zimmer und weckt mich mit den Worten: »Telephone, su madre, su madre, Señora«, und ich sage: »No estoy aquí, Rosa, no estoy aquí...« und dämmere wieder ein. Nachdem ich um eins aufwache und draußen am Pool herumspaziere, eine Zigarette rauche und ein Perrier trinke, klingelt das Telefon im Poolhaus, und mir wird klar, daß ich mit meiner Mutter sprechen muß, um es hinter mich zu bringen. Rosa geht ans Telefon, das Geklingel hört auf, und das ist für mich das Signal, zurück ins Haus zu gehen.

»Ja, ich bin's.« Meine Mutter klingt einsam, verwirrt. »Bist du weg gewesen? Ich hab schon mal angerufen.«

»Ja.« Ich seufze. »Einkaufen.«

»Oh.« Pause. »Was denn?«

»Naja ... Hunde«, sage ich, dann: »Einkaufen«, und dann: »Hunde«, und dann: »Wie fühlst du dich?«

»Was glaubst du wohl?«

Ich seufze, strecke mich auf dem Bett aus. »Ich weiß nicht? Unverändert?« und dann, nach einer Weile: »Nicht weinen«, sage ich. »Bitte. Bitte wein doch nicht.«

»Es ist alles so sinnlos. Ich gehe immer noch jeden Tag zu Dr. Scott, und dann die Therapie, und immer sagt er: ›Es wird so langsam, es wird so langsam‹, und ich frage immer: ›*Was* wird langsam, *was* wird langsam‹, und dann ...« Meine Mutter verstummt, außer Atem.

»Setzt er dich immer noch auf Demerol?«

»Ja.« Sie seufzt. »Ich nehme immer noch Demerol.«

»Tja, das ist ... gut.«

Wieder versagt meiner Mutter die Stimme. »Ich weiß nicht, wie lange ich das noch aushalte. Meine Haut ist ganz ... meine Haut ...«

»Nicht doch.«

»... ist gelb. Vollkommen gelb.«

»Nicht doch.« Ich schließe die Augen. »Es ist alles in Ordnung.«

»Wo sind Graham und Susan?«

»Sie sind ... in der Schule«, sage ich und bemühe mich, nicht allzu skeptisch zu klingen.

»Ich hätte gerne mit ihnen gesprochen«, sagt sie. »Manchmal vermisse ich sie, weißt du.«

Ich mache die Zigarette aus. »Sicher. Tja. Sie ... vermissen dich auch, weißt du. Ja ...«

»Ich weiß.«

Um das Gespräch in Gang zu halten, sage ich: »Und was treibst du so?«

»Ich bin gerade aus der Klinik zurück und habe angefangen, den Speicher aufzuräumen, und da habe ich die Fotos gefunden, die wir damals Weihnachten in New York gemacht haben. Die, nach denen ich immer gesucht habe. Als du zwölf warst. Als wir im Carlyle übernachtet haben.«

Seit zwei Wochen scheint meine Mutter dauernd den Speicher aufzuräumen und dieselben Fotos von dieser Weihnacht in New York zu finden. Ich erinnere mich vage an dieses Weihnachtsfest. An die Stunden, die sie am Tag davor damit verbrachte, mir ein Kleid auszusuchen, und wie sie mir mit langen, leichten Strichen mein Haar bürstete. Eine Weihnachtsshow in der Radio City Music Hall, und die Zuckerstange, die ich während der Show lutschte und die an einen dünnen, verängstigt aussehenden Weihnachtsmann erinnerte. Dann war da der Abend, an dem sich mein Vater im Plaza betrank, und der Krach zwischen meinen Eltern auf der Rückfahrt im Taxi zum Carlyle, und später in dieser Nacht hörte ich sie streiten, dann das vorhersehbare Klirren von splitterndem Glas aus dem Zimmer neben meinem. Ein Weihnachtsdinner im La Grenouille, bei dem mein Vater versuchte, meine Mutter zu küssen, und sie sich abwandte. Aber was ich noch am besten weiß, was mir noch so klar in Erinnerung ist, daß es mir innerlich einen Stich gibt, ist, daß auf dieser Reise keine Fotos gemacht wurden.

»Wie geht's William?« fragt meine Mutter, als ich nicht auf die Fotos eingehe.

»Was?« frage ich verdattert und klinke mich wieder ins Gespräch ein.

»William. Deinem Mann«, und dann, betonter: »Meinem Schwiegersohn. William.«

»Ihm geht's prima. Wunderbar. Ihm geht's gut.« Die Schauspielerin an dem Tisch neben uns gestern abend im Spago küßte den Surfer auf den Mund, als er Kaviar von einer Pizza kratzte, und als ich zum Gehen aufstand, lächelte sie mich an. Meine Mutter stirbt in einem großen, leeren Haus oberhalb der San Francisco Bay, ihre Haut ist gelb, ihr Körper vor Unterernährung dünn und zerbrechlich. Der Poolboy hat rund um den Pool mit Erdnußbutter beschmierte Fallen aufgestellt. Blinder Aktivismus, Kapitulation.

»Das ist gut.«

An die zwei Minuten lang herrscht Stille. Ich zähle mit und höre eine Uhr ticken und das Mädchen vor sich hin summen, während sie die Fenster in Susans Zimmer am hinteren Ende des Flurs putzt, und ich zünde mir noch eine Zigarette an und hoffe, daß meine Mutter bald auflegt. Meine Mutter räuspert sich und sagt etwas.

»Mir fallen die Haare aus.«

Ich muß auflegen.

Der Psychiater, bei dem ich in Behandlung bin, Dr. Nova, ist jung und braungebrannt und fährt einen Peugeot und trägt Anzüge von Giorgio Armani und hat ein Haus in Malibu und beklagt sich oft über den Service im Trumps. Seine Praxis liegt in einer Seitenstraße des Wilshire Boulevard, und zwar in einem großen, weißen, stuckverzierten Gebäudekomplex gegenüber Neiman Marcus, und an den Tagen, an denen ich ihn aufsuche, parke ich normalerweise bei Neiman Marcus und stöbere in dem Laden, bis ich etwas kaufe, und dann gehe ich über die Straße. Hoch oben in seiner Praxis im zehnten Stock erzählt mir Dr. Nova heute, daß gestern abend bei einer Party draußen in der Colony jemand versucht hat, sich zu ertränken. Ich frage, ob es einer seiner Patienten gewesen ist. Dr. Nova sagt, es sei die Frau eines Rockstars gewesen, dessen Single seit drei Wochen Platz zwei in den *Billboard*-Charts hält. Er will mir gerade erzählen, wer noch alles auf der Party war, als ich ihn unterbrechen muß.

»Ich brauche neues Librium.«

Er steckt sich eine dünne italienische Zigarette an und fragt: »Warum?«

»Fragen Sie nicht lange, warum.« Ich gähne. »Geben Sie's mir einfach.«

Dr. Nova bläst Rauch aus, fragt dann: »Warum sollte ich Sie nicht fragen?«

Ich schaue aus dem Fenster. »Weil ich Sie darum bitte?« sage ich leise. »Weil ich Ihnen hundertfünfunddreißig Dollar die Stunde zahle?«

Dr. Nova zieht an seiner Zigarette, schaut dann aus dem Fenster. Nach einer Weile fragt er müde: »Was denken Sie?«

Ich stiere weiter aus dem Fenster, abgestumpft, magisch angezogen von den sich im warmen Wind wiegenden Palmen, die sich scharf vor einem orangefarbenen Himmel abzeichnen, und einer Reklametafel von Forrest Lawn darunter.

Dr. Nova räuspert sich.

Leicht irritiert sage ich: »Erneuern Sie einfach das Rezept und...« Ich seufze. »Okay?«

»Ich handle nur in Ihrem eigenen Interesse.«

Ich lächle dankbar, ungläubig. Er betrachtet mein Lächeln mit eigentümlichem, unentschlossenem Blick, kann sich nicht recht erklären, wo es herkommt.

Ich mache Grahams kleinen, alten Porsche auf dem Wilshire Boulevard aus und folge ihm, überrascht, ihn so besonnen fahren zu sehen, daß er vor jedem Spurwechsel blinkt, daß er bei Gelb vom Gas geht und runterschaltet und bei Rot stehenbleibt, daß er den Wagen so umsichtig über die Straße steuert. Ich vermute, daß Graham auf dem Heimweg ist, aber als er an der Robertson vorbeifährt, bleibe ich hinter ihm.

Graham folgt dem Wilshire Boulevard, bis er kurz nach

dem Santa Monica Freeway rechts in eine Seitenstraße abfährt. Ich fahre eine Mobil-Tankstelle an und sehe zu, wie er in die Einfahrt eines großen, weißen Apartmentkomplexes einbiegt. Er parkt den Porsche hinter einem roten Ferrari und steigt aus, sieht sich um. Ich setze eine Sonnenbrille auf, lasse das Fenster hoch. Graham klopft an die Tür eines zur Straße liegenden Apartments, und der Junge, der Anfang der Woche bei uns in der Küche war und auf den Pool hinausstarrte, öffnet die Tür, und Graham tritt ein, und die Tür geht zu. Graham kommt zwanzig Minuten später wieder aus dem Haus, zusammen mit dem Jungen, der nur Shorts trägt, und sie schütteln sich die Hand. Graham geht torkelnd zu seinem Wagen und läßt die Schlüssel fallen. Er bückt sich, um sie aufzuheben, und bekommt sie im dritten Anlauf endlich zu fassen. Er steigt in den Porsche, schließt die Tür und schaut auf seinen Schoß. Dann führt er einen Finger an den Mund und leckt vorsichtig daran. Zufrieden schaut er wieder auf seinen Schoß, legt etwas ins Handschuhfach und parkt hinter dem roten Ferrari aus und fährt auf den Wilshire zurück.

Plötzlich klopft jemand an die Fensterscheibe auf der Beifahrerseite, und ich schaue überrascht auf. Ein gutaussehender Tankwart bittet mich, meinen Wagen wegzusetzen, und als ich den Motor anlasse, habe ich ein Bild vor Augen, dessen Relevanz mir Unbehagen bereitet: Graham bei der Feier seines sechsten Geburtstages, in grauer kurzer Hose, einem teuren Batikhemd, Penny Loafers, wie er alle Kerzen auf seiner Fred-Feuerstein-Geburtstagstorte ausbläst, und William, wie er ein Big-Wheel-Dreirad aus dem Kofferraum eines silbernen Cadillacs holt, und dann ein Fotograf, der Bilder von Graham macht, der mit dem Dreirad auf die Einfahrt, über den Rasen und schließlich in den Pool fährt. Beim Abbiegen auf den Wilshire Boulevard verliert sich die Erinnerung, und als ich heimkomme, ist Grahams Auto nicht da.

Ich liege in Martins Wohnung in Westwood im Bett. Martin hat MTV eingeschaltet, und er bewegt stumm die Lippen zu Prince, und er hat seine Sonnenbrille auf und ist nackt und tut, als würde er Gitarre spielen. Die Klimaanlage läuft, und ich kann fast ihr Summen hören und versuche, mich darauf zu konzentrieren, statt auf Martin, der vor dem Bett zu tanzen anfängt, mit einer nicht angezündeten Zigarette zwischen den Lippen. Ich drehe mich auf die Seite. Martin stellt den Ton des Fernsehers ab und legt eine alte Beach-Boys-Platte auf. Er zündet die Zigarette an. Ich ziehe mir die Decke über. Martin springt aufs Bett, legt sich neben mich und macht Beingymnastik. Ich kann spüren, wie er die Beine langsam nach oben streckt, sie dann noch langsamer wieder senkt. Er hört damit auf und sieht mich dann an. Er langt unter die Decke und grinst.

»Deine Beine sind echt glatt.«

»Ich hab sie mit Wachs enthaaren lassen.«

»Wahnsinn.«

»Ich mußte eine kleine Flasche Absolut trinken, um die Prozedur zu überstehen.«

Martin springt plötzlich hoch, setzt sich rittlings auf mich und spielt den Tiger oder Löwen oder vielleicht auch nur eine sehr große Katze. Die Beach Boys singen »Wouldn't It Be Nice«. Ich mache einen Zug an seiner Zigarette und schaue zu Martin hoch, der sehr braun und stark und jung ist, mit Augen, so leer und ausdruckslos, daß es unmöglich ist, nicht in ihnen zu versinken. Auf dem Bildschirm sieht man ein Stück Popcorn in Schwarzweiß und unter dem Popcorn die Worte »Very Important«.

»Warst du gestern am Strand?« frage ich.

»Nein.« Er grinst. »Warum? Dachtest du, du hättest mich da gesehen?«

»Nein. Nur so ein Gedanke.«

»In meiner Familie ist keiner brauner als ich.«

Er hat eine halbe Erektion, und er nimmt meine Hand und legt sie um den Schaft, wobei er mir sarkastisch zuzwinkert. Ich nehme meine Hand weg und lasse meine Finger über seinen Bauch und seine Brust gleiten und berühre dann seine Lippen, und er zuckt zurück.

»Was deine Eltern wohl davon halten, daß eine ihrer Freundinnen mit ihrem Sohn schläft«, murmele ich.

»Du bist nicht mit meinen Eltern befreundet«, sagt Martin, und sein Grinsen wird etwas unsicher.

»Nein, ich spiele nur zweimal die Woche mit deiner Mutter Tennis.«

»Junge, wer da wohl gewinnt?« Er rollt die Augen. »Ich will nicht über meine Mutter reden.« Er versucht mich zu küssen. Ich schiebe ihn weg, und er liegt da und spielt an sich rum und murmelt den Text eines anderen Beach-Boys-Songs. Ich unterbreche ihn.

»Weißt du, daß ich einen Friseur namens Lance habe und Lance homosexuell ist? Du würdest wahrscheinlich ›voll der Homosexuelle‹ sagen. Er trägt Make-up und Schmuck und lispelt ganz schlimm und affektiert, und er erzählt mir dauernd von seinen jungen Boyfriends, und er ist einfach extrem weibisch. Jedenfalls, heute bin ich bei ihm im Salon gewesen, weil ich heute abend zu einer Party bei den Schrawtzens muß, ich komme also in den Salon, und ich sage Lillian, der Frau, die die Termine einträgt, ich hätte einen Termin bei Lance, und Lillian sagt, daß Lance sich die Woche frei genommen hat, und ich war sehr verärgert und habe gesagt: ›Also, das hat mir niemand mitgeteilt‹, und dann: ›Wo ist er, läuft er irgendwelchen Jungs nach?‹, und Lillian hat mich angesehen und gesagt: ›Nein, er läuft keinen Jungs nach. Sein Sohn ist gestern nacht in der Nähe von Las Vegas bei einem Autounfall ums Leben gekommen‹, und ich habe meinen Termin verlegen lassen und bin aus dem Salon marschiert.« Ich schaue zu Martin rüber. »Findest du das nicht merkwürdig?«

Martin schaut erst rauf zur Decke, dann rüber zu mir, und sagt: »Ja, voll merkwürdig.« Er steht aus dem Bett auf.

»Wo gehst du hin?« frage ich.

Er zieht seine Unterwäsche an. »Ich habe um vier einen Kurs.«

»Einen, zu dem du tatsächlich hingehst?«

Martin macht den Reißverschluß seiner verwaschenen Jeans zu und zieht sich einen Polo-Pullover über und schlüpft in seine Top-Siders, und während ich auf der Bettkante sitze und mein Haar bürste, setzt er sich neben mich, lächelt breit übers ganze Gesicht und fragt: »Baby, kann ich mir sechzig Mücken leihen? Ich muß diesem Kerl die Billy-Idol-Karten bezahlen, und ich hab vergessen, zum Automaten zu gehen, und es ist einfach echt ätzend ...« Seine Stimme verebbt.

»Ja.« Ich greife in meine Handtasche und gebe Martin vier Zwanziger, und er küßt meinen Nacken und sagt pflichtschuldig: »Danke, Baby, ich geb's dir zurück.«

»Aber sicher. Nenn mich nicht Baby.«

»Mach einfach die Tür zu, wenn du gehst«, ruft er, als er die Tür öffnet.

Auf dem Wilshire Boulevard hat der Jaguar eine Panne. Ich fahre und habe das Sonnendach auf und das Radio an, und plötzlich bockt der Wagen und zieht nach rechts. Ich gehe aufs Gas und trete das Pedal ganz durch, und der Wagen bockt wieder und zieht nach rechts. Ich parke den Wagen schlecht und recht am Bordstein in der Nähe der Kreuzung Wilshire und La Cienega Boulevard, und nach minutenlangen Versuchen, ihn wieder zu starten, ziehe ich den Schlüssel aus dem Zündschloß und sitze bei offenem Verdeck in dem liegengebliebenen Jaguar auf dem Wilshire Boulevard und lausche dem vorbeirauschenden Verkehr. Endlich steige ich aus dem Wagen und finde eine Telefonzelle an einer Mobil-Tankstelle am La Cienega Boulevard, und ich rufe Martin an, aber eine andere Stimme, diesmal die eines Mädchens, meldet sich und sagt mir, Martin sei am Strand, und ich hänge ein und rufe im Studio an, erfahre jedoch von einem Assistenten, William sei mit dem Regisseur seines nächsten Films in der Polo Lounge, und obwohl ich die Nummer der Polo Lounge habe, rufe ich nicht an. Ich versuche es im Haus, aber Graham und Susan sind nicht da, und das Hausmädchen scheint nicht einmal meine Stimme zu erkennen, als ich sie frage, wo sie stecken, und ich hänge den Hörer ein, ehe Rosa noch etwas sagen kann. Ich stehe an die zwanzig Minuten in der Telefonzelle und male mir aus, wie mich Martin vom Balkon seiner Wohnung in Westwood stößt. Endlich gehe ich aus der Telefonzelle, und ich lasse jemanden von der Tankstelle aus den Automobilclub anrufen, und sie kommen und schleppen den Jaguar zu einer Jaguarvertragswerkstatt auf dem Santa Monica Freeway, wo ich ein erniedrigendes Gespräch mit einem Perser namens Normandie führe, und sie fahren mich zurück nach Hause, wo ich mich aufs Bett lege und zu schlafen versuche, aber William kommt heim und weckt mich auf, und ich erzähle ihm, was passiert ist, und er grummelt: »Typisch«, und sagt, daß wir zu der Party müssen und daß es Ärger gibt, wenn ich mich nicht langsam fertig mache.

Ich bürste mein Haar. William steht am Waschbecken und rasiert sich. Er trägt eine weiße Hose mit offenstehendem Reißverschluß. Ich trage einen Rock und einen BH, und ich höre auf, mein Haar zu bürsten, und ziehe eine Bluse an und bürste dann weiter mein Haar. William wäscht sich das Gesicht, dann trocknet er sich ab.

»Gestern hatte ich einen Anruf im Studio«, sagt er. »Einen sehr interessanten Anruf.« Pause. »Er kam von deiner Mutter, was ziemlich merkwürdig ist. Erstens, weil deine Mutter vorher noch nie im Studio angerufen hat, und zweitens, weil deine Mutter mich nicht besonders mag.«

»Das stimmt nicht«, sage ich, dann lache ich laut heraus.

»Und weißt du, was sie mir erzählt hat?«

Ich sage gar nichts.

»Dreimal darfst du raten«, sagt er lächelnd. »Kommst du nicht drauf?«

Ich sage gar nichts.

»Sie hat mir erzählt, ihr hättet telefoniert und du hättest einfach aufgelegt.« William wartet. »Kann das stimmen?«

»Und wenn?« Ich lege die Bürste weg und trage mehr Lippenstift auf, aber meine Hände zittern, und ich gebe es auf, und dann nehme ich die Bürste und bürste mir wieder das Haar. Endlich schaue ich zu William hoch, der mich aus dem Spiegel gegenüber meinem anstarrt, und sage schlicht: »Ja.«

William geht zum Schrank und sucht sich ein Hemd aus. »Ich dachte wirklich, das hättest du nicht getan. Ich dachte, ihr sei vielleicht das Demerol aufs Hirn geschlagen oder so was«, sagt er trocken. Ich beginne mit hektischen, kurzen Strichen durch mein Haar zu bürsten.

»Warum denn?« fragt er neugierig.

»Ich weiß nicht«, sage ich. »Ich glaube nicht, daß ich darüber reden kann.«

»Du hast bei deiner eigenen verdammten Mutter aufgelegt?« Er lacht.

»Ja.« Ich lege die Bürste weg. »Seit wann interessiert dich das?« frage ich, plötzlich niedergeschlagen bei dem Gedanken, daß der Jaguar fast eine Woche in der Werkstatt sein könnte. William steht nur da.

»Liebst du deine Mutter nicht?« fragt er, zieht seinen Reißverschluß hoch und schnallt dann einen Gucci-Gürtel um. »Ich meine, Herrgott, sie hat Krebs und stirbt.«

»Ich bin müde. Bitte. William. Nicht«, sage ich.

»Und was ist mit mir?« fragt er.

Er geht wieder zum Schrank und wählt ein Jackett aus.

»Nein. Ich glaube nicht.« Diese Worte kommen ganz klar heraus, und ich zucke die Achseln. »Jetzt nicht mehr.«

»Und wie steht's mit deinen gottverdammten Kindern?« Er seufzt.

»Unseren gottverdammten Kindern.«

»Unseren gottverdammten Kindern. Sei nicht so langweilig.«

»Ich glaube nicht«, sage ich. »Ich bin ... unschlüssig.«

»Warum nicht?« fragt er, setzt sich aufs Bett und schlüpft in seine Loafers.

»Weil ich ...« Ich schaue zu William. »... sie nicht kenne.«

»Jetzt hör aber auf, Baby, das ist doch nur eine Ausrede«, sagt er abfällig. »Ich dachte, du hättest gesagt, es sei leicht, Fremde zu mögen.«

»Nein«, sage ich. »Du warst das, und da ging es ums Ficken.«

»Na, da du für keinen, den du nicht fickst, viel übrig zu haben scheinst, sind wir uns in dem Punkt wohl einig.« Er knotet eine Krawatte.

»Ich zittere«, sage ich, verwirrt von Williams letzter Bemerkung, und frage mich, ob mir ein Wort, ein Halbsatz entgangen ist.

»Oh, Jesus, ich brauche einen Schuß«, sagt er. »Könntest du mir die Spritze bringen – das Insulin ist da drüben.« Er zeigt darauf, zieht sein Jackett aus, knöpft sein Hemd auf.

Als ich eine Einwegspritze mit Insulin aufziehe, muß ich gegen den Impuls ankämpfen, sie mit Luft zu füllen und ihm dann in eine Vene zu jagen, sein Gesicht zucken, seinen Körper zu Boden stürzen zu sehen. Er macht den Oberarm frei. Ich steche die Nadel hinein und sage: »Du Scheißkerl«, und William schaut auf den Boden und sagt: »Ich will nicht mehr reden«, und wir ziehen uns fertig an, schweigend, und gehen dann auf die Party.

Und unterwegs, auf dem Sunset Boulevard, William am

Steuer, mit einem Glas Wodka zwischen die Beine geklemmt, bei offenem Verdeck und von warmem Wind umweht, und vor der orangefarbenen Sonne, die in der Ferne versinkt, berühre ich seine Hand am Steuer, und er nimmt sie weg, um das Glas Wodka an seinen Mund zu heben, und als ich mich abwende, kann ich tatsächlich Martins Wohnung vorbeihuschen sehen.

Als wir durch die Hügel gefahren und am Haus angekommen sind und William beim Parkservice den Wagen abgegeben hat, und ehe wir auf den Vordereingang und die dichtgedrängte Mauer von Fotografen zugehen, die hinter einem Seil Aufstellung genommen haben, befiehlt William mir zu lächeln.

»Lächle«, zischt er. »Oder versuch's wenigstens. Ich will nicht noch so ein Bild wie das letzte im *Hollywood Reporter*, da hast du einfach mit diesem selten blöden Gesicht in die Gegend geglotzt.«

»Ich hab's satt, William. Ich hab dich satt. Ich habe diese Parties satt. Ich hab's satt.«

»Da wäre ich nie drauf gekommen, so wie du dich anhörst«, sagt er und packt mich am Arm. »Lächle einfach, okay? Nur bis wir an den Fotografen vorbei sind, was du danach machst, ist mir scheißegal.«

»Du ... bist ... abscheulich.«

»Du bist nicht viel besser«, sagt er und zerrt mich weiter.

William spricht mit einem Schauspieler, dessen neuer Film nächste Woche anläuft, und bei dem Schauspieler ist ein sehr junger, braungebrannter Junge, der ihrem Gespräch nicht zuhört. Er starrt in den Pool, die Hände in den Taschen. Ein warmer schwarzer Wind weht durch die Cañons herunter, und auf dem Kopf des blonden Jungen bewegt sich kein einziges Haar. Von wo ich stehe, kann ich die Werbetafeln – kleine, helle Rechtecke – auf dem Sunset Boulevard sehen, angestrahlt vom Neonlicht der Straßenbeleuchtung. Ich nippe an meinem Drink und schaue mich wieder zu dem Jungen um, der noch immer in das beleuchtete Wasser starrt. Eine Band spielt, und die sanfte, beschwingte Musik und das Licht, das aus dem Pool schimmert, von dem in feinen Schleiern der Wasserdampf aufsteigt, und der wunderschöne blonde Junge und die gelb-weiß gestreiften Zelte, die auf einer langen, ausgedehnten Rasenfläche stehen, und der abkühlende warme Wind und die Palmen, deren Wedel als Silhouetten vor dem Mond stehen, wirken narkotisierend. William und der Schauspieler sprechen über die Frau des Rockstars, die sich in Malibu zu ertränken versucht hat, und der blonde Junge, den ich anstarre, wendet den Blick vom Pool ab und hört endlich doch zu.

4 Auf den Inseln

Ich beobachte meinen Sohn aus dem fünften Stock des Bürogebäudes, das mir gehört, durch ein verspiegeltes Fenster. Er steht mit jemandem an, um *Zeit der Zärtlichkeit* zu sehen, der in einem Kino an der Piazza gegenüber von meinem Büro läuft. Er guckt dauernd zum Fenster rauf, hinter dem ich stehe. Ich habe Lynch am Telefon, und er redet über die endgültigen Bedingungen eines Deals, den wir letzte Woche in New York ausgehandelt haben, obwohl ich ihm nicht zuhöre. Ich starre durch das Glas, heilfroh, daß Tim mich nicht sehen kann, wir uns nicht zuwinken können. Er und sein Freund stehen in der Schlange und warten, daß sie eingelassen werden. Sein Freund – ich glaube, er heißt Sam oder Graham oder so – sieht Tim sehr ähnlich: groß und blond und braungebrannt, beide in ausgewaschenen Jeans und roten USC-Sweatshirts. Tims Blick wandert wieder zum Fenster hoch. Ich lege meine Hand an das überraschend kühle Glas und lasse sie dort. Lynch sagt, da Thanksgiving sei, könnte ich doch mit O'Brien, Davies und ihm nach Las Cruces fahren, um dieses Wochenende fischen zu gehen. Ich sage Lynch, daß ich Tim vier Tage nach Hawaii mitnehme. Graham flüstert etwas in Tims Ohr, und Grahams Bewegung und das darauf folgende Grinsen erscheinen mir fast lasziv, und kurz kommt mir der Gedanke, daß sie möglicherweise miteinander schlafen, und Lynch sagt, er meldet sich vielleicht, wenn ich aus Hawaii zurück bin. Ich lege auf und nehme die Hand vom Fenster. Tim zündet sich eine Zigarette an und sieht wieder zu meinem Fenster rauf. Ich stehe da, starre auf ihn hinunter und wünschte, er würde nicht rauchen. Kay ruft von ihrem Schreibtisch an: »Les? Fizhugh auf Leitung drei«, und ich sage ihr, ich sei nicht da, und bleibe am Fenster stehen, bis die Schlange vorrückt und Tim durch die Tür im Foyer verschwindet, und als ich zeitig, gegen vier, das Büro verlasse und in der Tiefgarage bin, lehne ich mich an einen silbernen Ferrari und lockere meine Krawatte, und von der Anstrengung, die Wagentür aufzuschließen, zittern mir die Hände, und dann fahre ich weg aus Century City.

Ich packe das eine große Gepäckstück, das ich mitnehme, zum soundsovielten Mal um, weil ich nicht sicher bin, was ich mitnehmen soll, obwohl ich schon oft im Mauna Kea war, aber heute abend, jetzt gerade, kann ich mich nicht entscheiden. Ich sollte etwas essen – es ist nach neun –, aber durch die Valium, die ich heute abend schon genommen habe, fehlt mir der Appetit. In der Küche finde ich eine Schachtel Triscuits und esse müde drei davon. Das Telefon klingelt, während ich den Koffer umpacke und ein paar Frackhemden neu falte.

»Tim will nicht mit«, sagt Elena.

»Was soll das heißen, Tim will nicht mit?« frage ich.

»Er will nicht mit, Les.«

»Laß mich mit ihm sprechen«, sage ich.

»Er ist nicht da.«

»Laß mich mit ihm sprechen«, sage ich erleichtert.

»Er ist nicht da.«

»Ich habe reserviert. Weißt du, wie schwer es ist, in diesem beschissenen Mauna Kea über Thanksgiving ein Zimmer zu kriegen?«

»Ja. Weiß ich.«

»Er kommt mit, Elena, ob er will oder nicht.«

»Ach, Les, mach um Himmels willen –«

»Warum will er nicht mitkommen?« frage ich.

Elena zögert. »Er glaubt einfach nicht, daß es ihm Spaß machen wird.«

»Er will nicht mit, weil er mich nicht mag.«

»Verdammt, Les, laß doch dein ewiges Selbstmitleid«, sagt sie gelangweilt. »Das ... das ist nicht wahr.«

»Was ist es dann?«

»Es ist nur, weil er –«

»Es ist nur weil was? Weil er was, Elena?«

»Es ist nur, weil ihm ... vielleicht unwohl dabei ist ...« Elena formuliert bedächtig den Rest dieses Satzes: »... daß ihr beide zusammen wegfahrt, weil ihr nie zusammen weggewesen seid. Alleine.«

»Ich will meinen Sohn ein paar Tage nach Hawaii mitnehmen, ohne seine Schwestern, ohne seine Mutter«, sage ich, dann: »Jesus, Elena, wir sehen uns nie.«

»Das verstehe ich, Les, aber er ist neunzehn, lieber Himmel«, sagt sie. »Wenn er nicht mit dir kommen will, kann ich ihn nicht zwingen –«

»Er will nicht mitkommen, weil er mich nicht mag«, sage ich laut und schneide ihr das Wort ab. »Du weißt das. Ich weiß das. Und ich weiß verdammt gut, daß er dich zu diesem Anruf angestiftet hat.«

»Wenn du das wirklich denkst, warum nimmst du ihn überhaupt mit?« fragt Elena. »Meinst du, in drei Tagen würde sich daran irgendwas ändern?«

Ich falte noch ein Hemd neu zusammen und lege es zurück in den Koffer, dann lasse ich mich aufs Bett plumpsen.

»Es gefällt mir gar nicht, so zwischen den Fronten zu stehen«, sagt sie schließlich, ein Geständnis.

»Verdammt«, brülle ich. »Dann laß dir von ihm nicht auf der Nase rumtanzen.«

»Schrei mich nicht an.«

»Mir scheißegal. Ich hole ihn morgen um halb elf ab, ob der kleine Scheißer mit will oder nicht.«

»Les, schrei mich nicht an.«

»Das macht mich halt sauer.«

»Ich ...« – sie stottert – »... ich will das jetzt nicht. Ich lege jetzt auf. Ich hasse es, zwischen den Fronten zu stehen.«

»Elena«, sage ich warnend. »Du sagst ihm jetzt, daß er mitkommt. Ich weiß, daß er da ist. Du sagst ihm, er kommt mit.«

»Les, was willst du machen, falls er sich wirklich in den Kopf gesetzt hat, nicht mitzufahren?« fragt sie. »Ihn umbringen?«

Im Hintergrund, in ihrem Haus, ihrem Schlafzimmer, knallt eine Tür zu. Ich höre Elena tief seufzen. »Ich will damit nichts zu tun haben. Ich will nicht zwischen die Fronten geraten. Willst du mit den Mädchen sprechen?«

»Nein«, murmele ich.

Ich lege den Hörer auf, trete dann mit der Schachtel Triscuits auf den Balkon des Penthouse und bleibe neben einem Orangenbaum stehen. Autos fahren über den Freeway, eine rote Linie, daneben ein bewegter Streifen Weiß, und nachdem meine Wut verraucht ist, bleibt in mir ein liebevolles Gefühl zurück, das mir seltsam – verzweifelt – künstlich vorkommt. Ich rufe Lynch an, um ihm zu sagen, daß ich zu ihm und O'Brien und Davies nach Las Cruces komme, aber Lynchs Freundin nimmt ab, und ich lege auf.

Die Limousine holt mich um zehn Uhr von meinem Büro in Century City ab. Der Chauffeur, Chuck, legt meine beiden Taschen in den Kofferraum, nachdem er mir die Tür geöffnet hat. Auf dem Weg nach Encino, um Tim abzuholen, genehmige ich mir einen Stoli, pur auf Eis, und schäme mich vor mir selbst, wie schnell ich ihn trinke. Ich schenke mir noch ein halbes Glas mit viel Eis ein und lege eine Sondheim-Kassette in die Stereoanlage, und dann lehne ich mich zurück und schaue durch die getönten Scheiben der Limousine, während sie über den Beverly Glen Boulevard zu dem Haus in Encino schleicht, in dem Tim wohnt, wenn er an der USC frei hat.

Die Limousine hält vor dem großen steinernen Haus, und ich sehe Tims Porsche neben der Garage geparkt, den ich ihm zu seinem mit knapper Not geschafften Abschluß am Buckley College gekauft habe. Tim öffnet die Eingangstür, gefolgt von Elena, die unsicher in die getönten Scheiben der Limousine winkt und dann eilig zurück ins Haus geht und die Tür schließt. Tim, in kariertem Sportjackett, Jeans und einem weißen Polohemd, mit zwei Reisetaschen in der Hand, geht auf Chuck zu, der die Koffer nimmt und ihm die Tür aufhält. Tim lächelt nervös, als er einsteigt.

»Hi«, sagt er.

»Hi, Tim, wie geht's?« Ich gebe ihm einen Klaps aufs Knie.

Er zuckt zusammen, lächelt tapfer, sieht müde aus und ist bemüht, nicht müde auszusehen, was ihn erst recht müde aussehen läßt.

»Ah, gut, mir geht's prima.« Er unterbricht sich kurz, fragt dann etwas unbeholfen: »Und dir, äh, wie geht's dir so?«

»Oh, mir geht's gut.« Ich nehme einen seltsamen kräuterähnlichen Geruch war, den seine Jacke verströmt, und ich male mir Tim in seinem Zimmer aus, wie er heute morgen auf seinem Bett sitzt und Marihuana aus einer Pfeife raucht, um Mut zu fassen. Ich hoffe, er hat keins bei sich.

»Ist ja ... spitze«, sagt er, während er sich in der Limousine umsieht.

Ich weiß nichts zu sagen, also frage ich ihn, ob er einen Drink möchte.

»Danke, nicht nötig«, sagt er.

»Ach, komm, trink einen Schluck.« Ich gieße mir selbst noch einen Wodka mit Eis ein.

»Muß nicht sein«, sagt er, nun schon weniger standhaft.

»Ich schenk dir trotzdem einen ein.«

Ohne ihn nach seinen Wünschen zu fragen, gieße ich ihm einen Stoli auf Eis ein. »Danke«, sagt er, nimmt das Glas und nippt vorsichtig daran, als sei es vergiftet.

Ich stelle die Anlage lauter und lehne mich zurück und lege die Füße auf den Sitz gegenüber.

»Sooo, und was hast du vor?«

»Nichts Besonderes.«

»Aha?«

»Äh, wann geht der Flieger?«

»Punkt zwölf«, sage ich lässig.

»Oh«, sagt er.

»Wie fährt sich der Porsche?« frage ich nach einer Weile.

»Äh, gut. Fährt sich gut«, sagt er achselzuckend.

»Das ist ja schön.«

»Wie geht's ... dem Ferrari?«

»Bestens, obwohl, du weißt ja, Jesses, Tim, in der Stadt ist er einfach verschwendet«, sage ich und schwenke mein Glas, so daß das Eis klimpert. »Ich kann ihn nicht ausfahren.«

»Tja.« Er läßt sich das durch den Kopf gehen und nickt.

Die Limousine fährt auf den Freeway und beschleunigt. Die Sondheim-Kassette ist zu Ende.

»Möchtest du was hören?« frage ich.

»Was denn?« fragt er nervös.

»Nein. Möchtest du Musik laufen lassen?«

»Oh.« Er denkt unruhig darüber nach. »Äh, nö. Mir ist recht, äh, was du hören willst.«

Ich weiß, daß er irgendwas hören will, also mache ich das Radio an und finde einen Hardrock-Sender.

»Wie wär's damit?« frage ich lächelnd und stelle lauter.

»Wie du willst«, sagt er und schaut aus dem Fenster. »Klar.«

Ich mag diese Musik gar nicht, und es erfordert einige Selbstbeherrschung und noch ein Glas Wodka, nicht die Sondheim-Kassette einzulegen. Der Wodka zeigt nicht die erhoffte Wirkung.

»Wer ist das?« frage ich und deute auf das Radio.

»Äh, das sind Devo, glaube ich«, sagt Tim.

»Wer?« Ich habe ihn nicht verstanden.

»Die Band heißt Devo«, sagt Tim.

»Devo?«

»Ja.«

»Devo.«

»Genau«, sagt er und sieht mich an, als sei ich ein Kretin.

»Okay.« Ich lehne mich zurück. »Ich wollte nur sicher sein, daß ich mich nicht verhört habe.«

Devo ist aus. Es folgt ein anderer Song, der noch quälender ist.

»Wer ist das?« frage ich.

Er sieht mich an, setzt eine Sonnenbrille auf und sagt: »Die Missing Persons.«

»Die Missing Persons?« frage ich.

»Ja.« Er lacht kurz auf.

Ich nicke und lasse eine der getönten Scheiben herunter.

Tim nippt an seinem Drink und setzt das Glas dann wieder auf seinem Schoß ab.

»Warst du gestern in Century City?« frage ich ihn.

»Nein. War ich nicht«, sagt er ohne Zögern und unbewegt.

»Oh«, sage ich und trinke aus.

Endlich ist der Song der Missing Persons vorbei. Der DJ ist dran, reißt einen Witz, salbadert von Freikarten für ein Silvesterkonzert, das in Anaheim stattfinden soll.

»Hast du einen Tennisschläger dabei?« frage ich, obwohl ich weiß, daß er ihn dabei hat, weil ich gesehen habe, wie Chuck ihn in den Kofferraum legte.

»Ja. Ich hab meinen Schläger dabei«, sagt Tim, hebt das Glas an den Mund und tut, als würde er trinken.

Im Flugzeug, in der ersten Klasse, Tim am Fenster, ich am Gang, bin ich etwas weniger nervös. Ich trinke Champagner, Tim nimmt ein Glas Orangensaft. Er setzt seinen Walkman auf, liest in dem *GQ*, das er am Flughafen gekauft hat. Ich nehme James Micheners *Hawaii* in Angriff, das ich bei jeder Reise zum Mauna Kea mitnehme, und ich stelle meine Kopfhörer auf das »Hawaii Medley« ein und höre mir immer und immer wieder Don Hos Version von »Tiny Bubbles« an, während wir zu den Inseln fliegen.

Nach dem Lunch bitte ich die Stewardeß um ein Kartenspiel, und Tim und ich spielen ein paar Runden Gin Rommee, und ich gewinne alle vier Spiele. Er blickt starr aus dem Fenster, bis der Film anfängt. Er sieht sich den Film an, und ich lese *Hawaii* und trinke Cola-Rum, und nach dem Film blättert Tim sein *GQ* durch und schaut aus dem Fenster auf das sich unter uns erstreckende Meer. Ich stehe auf und gehe leicht betrunken nach oben und schlendere in der Lounge herum und nehme eine Valium und gehe zum Landeanflug auf Hilo wieder auf meinen Platz, und als wir landen, hält Tim das *GQ* eisern umklammert, bis es ganz zerknittert ist, und das Flugzeug rollt an den Flugsteig.

Als wir aus dem Flugzeug steigen, legt uns ein hübsches, hawaiianisches Mädchen mit freundlichem Gesicht zwei violette Leis um den Hals, und wir treffen den Chauffeur am Gate, und er holt unser Gepäck, und wir sitzen in der Limousine, ohne viel zu reden, sehen uns kaum einmal an, und während wir durch den feuchtwarmen Spätnachmittag die Küste entlangfahren, fummelt Tim am Radio rum und findet nur einen Lokalsender aus Hilo, der Sixties-Oldies spielt. Ich sehe zu Tim rüber, als Mary Wells »My Guy« zu singen beginnt, und er sitzt einfach da, den violetten Jasminblüten-Lei, der schon braune Stellen bekommt, schlapp um den Hals gehängt, starrt mit leerem Blick trostlos durch die getönten Fensterscheiben, nimmt die sanft geschwungene, grüne Landschaft in sich auf, die Hände noch immer in das *GQ* verkrallt, und ich frage mich, ob dieser Ausflug das richtige war. Tim sieht mich kurz an, und ich weiche seinem Blick aus, und uns beide erfaßt ein eingebildetes Gefühl verordneter Harmonie, was meine Frage beantwortet.

Tim und ich sitzen im großen Speisesal im Mauna Kea. Eine Wand des Speisesaals ist geöffnet, und ich kann das ferne Geräusch der Wellen hören, die sich am Strand brechen. Eine Brise streicht durch den verdunkelten Raum und läßt die Flamme der Kerze auf unserem Tisch kurz aufflackern. Die an Balken unter der Decke hängenden Windspiele klimpern leise. Der junge Hawaiianer am Klavier auf der kleinen, spärlich beleuchteten Bühne spielt »Mack the Knife«, während zwei ältliche Paare unbeholfen in der Dunkelheit tanzen. Tim will sich verstohlen eine Zigarette anzünden. Das Lachen einer Frau weht durch den großen Speisesaal herüber und stellt mich aus irgendeinem Grund vor ein Rätsel.

»Ach, Tim, rauch nicht«, sage ich, während ich meinen zweiten Mai Tai schlürfe. »Wir sind in Hawaii, Himmel noch mal.«

Ohne ein Wort zu sagen oder irgendein Zeichen des Protests zu äußern, ohne mich überhaupt anzusehen, drückt er die Zigarette im Aschenbecher aus und verschränkt dann seine Arme.

»Hör mal«, sage ich, zögere dann und stocke.

Tim sieht mich an. »M-hm. Schieß los.«

»Wer« – meine Gedanken schweifen ziellos, stürzen sich aufs Nächstbeste – »glaubst du gewinnt dieses Jahr den Super Bowl?«

»Bin nicht so sicher.« Er kaut an seinen Nägeln.

»Glaubst du, die Raiders schaffen es?«

»Die Raiders haben Chancen.« Er zuckt die Achseln, sieht sich in dem Saal um.

»Was macht die Schule?« frage ich.

»Ganz toll. Die Schule läuft bestens«, sagt er, allmählich die Geduld verlierend.

»Wie geht's Graham?« frage ich.
»Graham?« Er starrt mich an.
»Ja. Graham.«
»Wer ist Graham?«
»Hast du nicht einen Freund namens Graham?«
»Nein. Hab ich nicht.«
»Ach. Ich dachte.« Ich nehme einen kräftigen Schluck Mai Tai.
»Graham?« fragt er und sieht mich direkt an. »Ich kenne niemand, der Graham heißt.«
Jetzt zucke ich die Achseln und schaue weg. Vier Tunten sitzen am Tisch uns gegenüber, unter ihnen ein bekannter Fernsehschauspieler, und sie sind alle betrunken, und zwei von ihnen stieren unentwegt bewundernd zu Tim, der blind dafür ist. Tim schlägt die Beine übereinander, kaut an einem anderen Nagel.
»Wie geht's deiner Mutter?« frage ich.
»Wunderbar«, sagt er, wobei sein Fuß so rasch auf und ab zu wippen beginnt, daß er verschwimmt.
»Und Darcy und Melanie?« frage ich, mich an irgendwas festbeißend. Ich habe meinen Mai Tai fast auf.
»Sie gehen mir langsam auf die Nerven«, sagt er mit unbewegter Stimme, starrt durch mich hindurch, sein Gesicht eine Maske. »Sie haben anscheinend nichts Besseres zu tun, als zur Häagen-Dasz-Eisdiele rauszufahren und mit der Oberflasche zu flirten, die da arbeitet.«
Ich lache kurz in mich hinein und weiß nicht recht, ob das angebracht war oder nicht. Ich mache den Kellner auf mich aufmerksam und bestelle den dritten Mai Tai. Der Kellner serviert ihn schnell, und kaum stellt er das Glas ab, endet unser Schweigen.
»Weißt du noch, wie wir immer hierhergekommen sind, im Sommer?« frage ich, um mich bei ihm anzubiedern.
»Vage«, sagt er stumpf.

»Wann waren wir das letzte Mal hier?« überlege ich laut.

»Weiß ich nicht mehr genau«, sagt er, ohne nachzudenken.

»Ich glaube, das war vor zwei Jahren. Im August?« rate ich.

»Juli«, sagt er.

»Stimmt genau«, sage ich. »Stimmt. Das war das Wochenende am vierten Juli.« Ich lache. »Weißt du noch, wie wir alle zum Tauchen waren und deine Mutter die Kamera über Bord hat fallen lassen?« frage ich, immer noch lachend.

»Ich erinnere mich nur, daß ihr euch gestritten habt«, sagt er ungerührt und starrt mich an. Ich erwidere seinen Blick, solange ich kann, dann muß ich mich abwenden.

Eine der Schwuchteln flüstert einer der anderen Schwuchteln etwas zu, und sie sehen beide zu Tim und lachen.

»Gehen wir an die Bar«, schlage ich vor und zeichne die Rechnung ab, die der Kellner hingelegt haben muß, als er den dritten Mai Tai brachte.

»Wie du willst«, sagt er und steht schnell auf.

Ich bin jetzt ziemlich betrunken und schlingere unsicher durch einen Hof, Tim an meiner Seite. In der Bar spielt eine alte Hawaiianerin in geblümtem Kleid, den Hals dick mit Leis behängt, auf einer Ukulele den »Hawaiian Wedding Song«. Einige Pärchen sitzen an Tischen, und zwei gutgekleidete Frauen, vielleicht Anfang Dreißig, sitzen allein an der Bar. Ich mache Tim ein Zeichen, mir zu folgen. Wir nehmen die Hocker neben den beiden Frauen Anfang Dreißig. Ich beuge mich zu Tim.

»Was meinst du?« flüstere ich und stupse ihn an.

»Wozu?« fragt er.

»Was glaubst du, was ich meine?« frage ich.

»Wozu?« Er sieht mich gereizt an.

»Die da. Neben uns.«

Tim sieht zu den beiden Frauen hin, scheut zurück.

»Was ist mit denen?«

Zögernd sehe ich ihn an, baff.

»Gehst du nicht mit Mädchen aus? Was soll das?« Ich flüstere immer noch.

»Was?«

»Pst. Hast du keine Dates? Gehst du nicht mit Mädchen?« frage ich.

»Mädchen aus der Verbindung und so, aber...« Er schaudert. »Was willst du mich fragen?«

Der Bartender kommt zu uns rüber.

»Ich nehme einen Mai Tai«, sage ich und hoffe, daß meine Aussprache noch deutlich ist. »Was ist mit dir, Tim?« frage ich und gebe ihm einen Klaps auf den Rücken.

»Was soll mit mir sein?« fragt Tim zurück.

»Was-du-trinken-willst.«

»Ich weiß nicht. Einen Mai Tai, vielleicht. Irgendwas«, sagt er verwirrt.

Eine der Frauen, die größere mit rotbraunem Haar, lächelt uns zu.

»Da haben wir Chancen«, sage ich und stupse ihn an. »Ziemlich gute Chancen.«

»Was für Chancen? Wovon redest du?« fragt Tim.

»Paß mal auf.« Ich lehne mich an die Bar und spreche die beiden Frauen an.

»Na, die Damen – was trinken wir heute abend?« frage ich.

Die größere Frau lächelt uns zu, hebt ein geeistes, pinkfarbenes Glas hoch und sagt: »Pahoehoes.«

»Pahoehoes?« frage ich grinsend.

»Ja«, sagt sie. »Die sind köstlich.«

»Ich glaub's einfach nicht«, höre ich Tim hinter mir murmeln.

»Bartender, pardon, ähm...« Ich linse nach dem lächelnden, grauhaarigen Hawaiianer, der unsere Mai Tais bringt, bis sein Namensschild in mein Sichtfeld rückt: »Hiki, warum bringen Sie diesen zwei umwerfenden Ladies nicht noch eine Runde...« Ich sehe sie an, immer noch grinsend.

»Pahoehoes«, sagt sie mit anzüglichem Lächeln.

»Pahoehoes«, sage ich zu Hiki.

»Ja, Sir«, sagt Hiki und geht.

»Na, ihr beiden – ihr seht so aus, als wärt ihr heute am Strand gewesen, Sonne tanken. Wo seid ihr her?« frage ich eine von ihnen.

Diejenige, die antwortet, nimmt einen Schluck von ihrem Drink.

»Ich bin Patty, und das ist Darlene, und wir sind aus Chicago.«

»Chicago?« frage ich, und schiebe mich näher ran. »Ist das richtig?«

»Stimmt«, sagt Patty. »Wo kommt ihr beide her?«

»Wir sind aus L. A.«, antworte ich, was fast im Lärmen eines Mixers untergeht.

»Oh, Los Angeles?« fragt Darlene und mustert uns.

»Stimmt, ja«, sage ich. »Ich bin Les Price, und das ist mein Sohn Tim.« Ich zeige auf Tim, als stünde er zum Verkauf, und er läßt den Kopf hängen. »Er, ähm, ist ein wenig schüchtern.«

»Hi, Tim«, sagt Patty behutsam.

»Sag Hallo, Tim«, dränge ich.

Tim lächelt höflich.

»Er studiert an der USC«, setze ich hinzu, als erkläre das sein Verhalten.

Die Ukulele spielende Frau stimmt »It Had to Be You« an, und ich ertappe mich dabei, daß ich mich zur Musik wiege.

»Ich habe eine Nichte in L. A.«, sagt Darlene mit mäßiger Begeisterung. »Sie studiert an der Pepperdine University. Schon mal von Pepperdine gehört?« fragt sie Tim.

»Ja.« Er nickt und schaut in seinen Mai Tai.

»Ihr Name ist Norma Perry. Schon mal von Norma Perry

gehört? Sie ist im vierten Semester«, fragt Darlene Tim und nippt an ihrem Pahoehoe. »Am Pepperdine?«

Ich schaue zu Tim, der den Kopf schüttelt und noch immer mit glasigem Blick in den Drink glotzt. »Nein, äh, leider, äh...«

Wir drei starren Tim an, als sei er eine Art geistloses, exotisches Geschöpf, konsternierter, als eigentlich angebracht, daß er tatsächlich so maulfaul ist. Er schüttelt unablässig langsam den Kopf, und ich muß meine ganze Willenskraft aufbieten, um mich von ihm abzuwenden.

»Tja, wie lange bleibt ihr beiden Hübschen hier?« frage ich und nehme einen kräftigen Schluck Mai Tai.

»Bis Sonntag«, sagt Patty. Sie hat so viel Jade am Handgelenk, daß ich staune, wie sie ihr Glas heben kann. »Und ihr?«

»Bis Samstag, Patty«, sage ich.

»Wie nett. Nur ihr beide?«

»Genau«, sage ich und sehe Tim aufmunternd an.

»Ist das nicht nett, Darlene?« fragt Patty Darlene mit einem Seitenblick zu Tim.

Darlene nickt. »Vater und Sohn. Wie nett.« Sie trinkt gierig ihren Pahoehoe aus und macht sich sofort über den neuen her, den Hiki vor sie hinstellt.

»Tja, ich hoffe, ich dränge mich nicht auf, wenn ich euch so was frage«, fange ich an und rücke ein wenig näher zu Patty, die nach Gardenien riecht.

»Aber Sie doch nicht, Les«, sagt Patty.

Darlene kichert erwartungsvoll.

»Mann, Mann«, murmelt Tim und trinkt endlich einen Schluck von seinem Mai Tai. Ich ignoriere den kleinen Scheißer.

»Was ist denn?« fragt Darlene. »Les?«

»Mit wem seid ihr beiden Hübschen hier?« frage ich und lache verhalten.

»Das war's«, sagt Tim und rutscht von dem Hocker.

»Wir sind alleine hier«, sagt Patty mit einem Blick auf Darlene.

»Ganz alleine«, fügt Darlene hinzu.

»Kann ich den Zimmerschlüssel haben?« fragt Tim und streckt die Hand aus.

»Wo gehst du hin?« frage ich leicht ernüchtert.

»Aufs Zimmer«, sagt er. »Wo soll ich sonst hin? Herrgott.«

»Aber du hast nicht mal deinen Drink ausgetrunken«, sage ich und deute auf den Mai Tai.

»Ich will den Drink nicht«, sagt er gleichmütig.

»Warum nicht?« frage ich mit erhobener Stimme.

»Wenn er nicht will, trinke ich ihn«, lacht Darlene.

»Gib mir einfach den Schlüssel«, sagt Tim genervt.

»Tja, ich komm mit«, sage ich ihm und stehe auf.

»Nein, nein, nein, bleib du nur hier und amüsier dich mit Patty und Marlene.«

»Darlene, Schätzchen«, sagt Darlene hinter mir.

»Wie auch immer«, sagt Tim mit immer noch ausgestreckter Hand.

Ich greife nach dem Schlüssel in meiner Tasche und gebe ihn ihm.

»Denk dran, mich reinzulassen«, sage ich ihm.

»Danke schön«, sagt er und tritt einen Schritt zurück. »Darlene, Patty, war mir ein . . . äh. Man sieht sich.« Er stakst aus der Bar.

»Was ist los mit ihm, Les?« fragt Patty, und ihr Lächeln erstarrt.

»Probleme in der Schule«, sage ich betrunken. Ich greife nach dem Mai Tai und führe das Glas an den Mund, ohne zu trinken. »Seine Mutter.«

Ich wecke Tim früh und sage ihm, daß wir vor dem Frühstück Tennis spielen. Tim steht mühelos und ohne Proteste auf und nimmt eine lange Dusche. Als er rauskommt, sage ich ihm, er soll mich auf dem Platz treffen. Nachdem er fünfzehn, zwanzig Minuten später dort ankommt, bestimme ich, daß wir zum Warmspielen ein paar Bälle schlagen sollten. Ich schlage auf, hämmere den Ball übers Netz. Er kommt nicht an ihn ran. Ich schlage wieder auf, diesmal härter. Er versucht nicht mal, nach ihm zu schlagen, duckt sich statt dessen. Ich schlage wieder auf. Er schlägt daneben. Er sagt nichts. Ich schlage wieder auf. Er schlägt den Ball zurück, grunzt vor Anstrengung, und der hellgelbe Ball saust auf mich zu wie ein fluoreszierendes Geschoß. Er taumelt ans Netz.

»Nicht so fest, Dad.«

»Fest? Das nennst du fest?«

»Tja, äh, ja.«

Ich schlage wieder auf.

Er sagt nichts.

Nachdem ich alle vier Sätze gewonnen habe, versuche ich ihn zu trösten.

»Ach, was soll's, mal gewinnt man, mal verliert man.«

Tim sagt: »Sicher doch.«

Aus irgendeinem Grund geht es am Strand besser. Der Ozean beruhigt uns, der Sand schmeichelt. Wir sind höflich zueinander. Wir liegen nebeneinander auf Liegestühlen unter zwei niedrigen, ausladenden Palmen im Sand. Tim liest ein Taschenbuch von Stephen King, das er im Geschenkartikelladen in der Lobby erstanden hat, und hat seinen Walkman auf. Ich lese *Hawaii* und schaue gelegentlich auf und konzentriere mich auf die Sonnenwärme, die Hitze des Sandes, den Geruch von Rum und Sonnenmilch und Salz. Darlene kommt vorbei und winkt. Ich winke zurück. Tim schiebt seine Sonnenbrille nach vorn.

»Du warst gestern abend ziemlich pampig zu ihnen«, sage ich ihm.

Tim zuckt katatonisch die Schultern und schiebt seine Sonnenbrille wieder hoch. Ich bin nicht sicher, daß er gehört hat, was ich sagte, wegen des Walkmans, aber daß ich etwas gesagt habe, hat er mitbekommen. Unmöglich, seine Wünsche zu erraten. Wenn man sich Tim ansieht, meint man unwillkürlich, eine Aura der Ungewißheit zu verspüren, eine Planlosigkeit und Entschlußschwäche, als sei er als Mensch völlig unbedeutend. In dem Versuch, mir darüber keine Sorgen zu machen, lenke ich meine Gedanken statt dessen auf die stille See, die Luft. Zwei von den Schwuchteln gehen in schmalen Tangas an uns vorbei und setzen sich an die offene Strandbar. Tim winkt nach der Sonnenmilch. Ich werfe sie ihm zu. Er reibt sich die Sonnenmilch über seine gebräunten, breiten Schultern, lehnt sich dann zurück und wischt sich die Hände an seinen muskulösen Waden ab. Mir schmerzen die Augen vom Lesen der kleingedruckten Schrift. Ich blinzele einige Male und bitte Tim, uns zwei Drinks zu holen, einen Mai Tai vielleicht oder noch eine Rum-Cola. Er hört mich nicht. Ich klopfe auf seinen Arm. Er fährt abrupt hoch und nimmt seinen Walkman ab. Er fällt in den Sand.

»Scheiße«, sagt er, hebt ihn auf und schaut nach, ob Sand ins Laufwerk gekommen ist oder sonstige Schäden entstanden sind. Befriedigt hängt er ihn sich wieder um den Hals.

»Was?« fragt er.

»Warum holst du deinem Dad und dir nicht einen Drink?«

Er seufzt, steht auf. »Was willst du?«

»Rum-Cola«, sage ich.

»Okay.« Er zieht ein USC-Sweatshirt über und schlurft in Richtung Bar.

Ich fächele mir mit *Hawaii* Luft zu und sehe Tim nach. An der Bar bleibt er stehen, tut nichts dazu, den Barkeeper auf sich aufmerksam zu machen, wartet ab, bis der Barkeeper ihn bemerkt. Einer der Schwulen sagt etwas zu Tim. Ich setze mich leicht auf. Tim lacht und erwidert etwas. Und dann fällt mir das Mädchen auf.

Sie ist jung, in Tims Alter vielleicht, vielleicht älter, und sie ist braungebrannt, mit langem, blondem Haar, und sie geht langsam am Meer entlang, achtlos gegenüber den Wellen, die sich an ihren Füßen brechen, und kurz darauf geht sie zur Bar, und als sie näherkommt, kann ich ihr Gesicht sehen – braun, abgeklärt, ihre weit offenen Augen zwinkern selbst im blendenden Licht der absoluten, allumfassenden Nachmittagssonne nicht. Sie geht träge, sinnlich, an die Bar, stellt sich neben Tim. Tim wartet noch immer verträumt auf die Drinks. Das Mädchen sagt etwas zu ihm. Tim sieht sie an und lächelt, und der Barkeeper reicht ihm einen Drink. Tim steht da, sie unterhalten sich kurz. Sie fragt ihn etwas, als Tim zu mir zurückgehen will. Er schaut sich zu ihr um und nickt, läuft dann los und stolpert fast über die eigenen Füße. Er bleibt stehen und schaut zurück, lacht dann vor sich hin und kommt zu mir und reicht mir den Drink.

»Hab ein Mädchen aus San Diego getroffen«, sagt er zerstreut, als er das USC-Sweatshirt auszieht.

Ich lächle und nicke und liege da mit dem Drink, der sprudelt und klar ist und nicht das, was ich bestellt habe, und als ich die Augen schließe, mache ich mir vor, daß, wenn ich sie öffne, wenn ich aufschaue, Tim vor mir stehen und mir ein Zeichen geben wird, mit ihm ins Wasser zu gehen, wo wir dann über alles Mögliche reden werden, aber er ist verzogen, und mir ist es gleich, und ich ignoriere ihn, und um Vergebung zu bitten, wäre Heuchelei. Ich schlage die Augen auf. Tim stürzt sich mit dem Mädchen aus San Diego in die Fluten. Ein Frisbee landet auf dem Sand zu meinen Füßen. Ich sehe eine Eidechse.

Später, nach dem Strand, sind wir beide im Bad und machen uns zum Dinner fertig. Tim hat ein Handtuch um die Hüften geschlungen und rasiert sich. Ich stehe am anderen Waschbecken, wasche mir vor dem Duschen das Sonnenöl vom Gesicht. Ungeniert legt Tim das Handtuch ab und wischt sich Seifenschaum vom Kinn.

»Ist es okay, wenn Rachel mit uns zum Dinner kommt?« fragt er.

Ich sehe ihn an. »Klar. Warum nicht.«

»Toll«, sagt er und geht aus dem Bad.

»Sie ist aus San Diego, hast du gesagt?« frage ich, als ich mir das Gesicht abtrockne.

»Ja. Sie geht auf die Uni in San Diego.«

»Mit wem ist sie hier?«

»Ihren Eltern.«

»Und, wollen die nicht heute mit ihr zu Abend essen?«

»Sie sind über Nacht in Hilo«, sagt er, während er in Unterwäsche nach einem Hemd sucht. »Ihr Vater hat dort geschäftlich zu tun.«

»Magst du sie?«

»Ja.« Tim stiert ein einfaches weißes Hemd an, als berge es die Antwort auf alle Fragen. »Vermutlich.«

»Vermutlich? Du bist den ganzen Nachmittag mit ihr zusammengewesen.«

Nach einer Dusche gehe ich ins Schlafzimmer und an den Schrank. Tim wirkt fröhlicher, und ich bin froh, daß er dieses Mädchen getroffen hat, und erleichtert, daß wir Gesellschaft beim Abendessen haben werden. Ich ziehe einen Leinenanzug an und gieße mir einen Drink aus der Minibar ein und setze mich aufs Bett und sehe Tim zu, der sich Gel ins Haar schmiert.

»Freust du dich, daß du mitgekommen bist?« frage ich.

»Klar«, sagt er etwas zu glatt.

»Ich dachte schon, du wärst vielleicht lieber zu Hause geblieben.«

»Wie kommst du darauf?« fragt er. Er tut sich noch etwas Gel auf die Finger und reibt es in sein dickes, blondes Haar, das dadurch dunkler wird.

»Deine Mom sagte, du hättest keine Lust«, sage ich rasch und leichthin. Ich nehme einen Schluck von dem Drink.

Er schaut mich im Spiegel an, seine Miene bewölkt sich.

»Nein, das habe ich nie gesagt. Ich hatte nur diese Arbeit zu schreiben, und, äh, nein.« Er kämmt sein Haar und betrachtet sich kritisch. Befriedigt wendet er sich vom Spiegel ab und sieht mich an, und als ich mit diesem ausdruckslosen Blick konfrontiert bin, steht mein Entschluß fest, das Thema fallenzulassen.

Wir treffen Rachel im großen Speisesaal. Sie steht neben dem Klavier, unterhält sich mit dem Pianisten. Sie hat eine violette Blume im Haar, die der Pianist anfaßt, und Rachel lacht. Tim und ich gehen rüber zu dem weißen Stutzflügel. Sie dreht sich um, ihre Augen sind seicht und blau, und sie läßt ein makellos weißes Lächeln aufblitzen. Sie faßt sich an die Schulter und kommt zu uns.

»Rachel«, sagt Tim leicht zögernd. »Das ist mein Dad. Les Price.«

»Hallo, Mr. Price«, sagt Rachel und reicht mir die Hand.

»Hi, Rachel.« Ich nehme ihre Hand und registriere, daß sie die Fingernägel nicht lackiert hat, obwohl sie lang und gepflegt sind. Ich gebe ihre Hand widerstrebend frei. Sie wendet sich an Tim.

»Nett seht ihr beiden aus«, sagt sie.

»Du siehst toll aus«, sagt Tim und lächelt sie an.

»Ja«, sage ich. »Wirklich.«

Tim sieht mich an, dann sie.

»Danke, Mr. Price«, sagt sie.

Der Maître gibt uns einen Tisch im Freien. Dort geht eine laue Abendbrise. Rachel sitzt mir gegenüber, und im Kerzenlicht sieht sie noch schöner aus. Tim – glattrasiert, in einem teuren italienischen Anzug, den ich ihm im Laufe des Sommers gekauft habe, sogar noch tiefer gebräunt als Rachel, das Haar glatt nach hinten gekämmt – und Rachel ergänzen einander auf irritierende Weise, beinahe, als wären sie verwandt. Tim scheint mit dem Mädchen gut auszukommen, und fast freue ich mich für ihn. Ich bestelle einen Mai Tai, und Rachel nimmt ein Perrier, und Tim nimmt ein Bier. Nachdem ich den Mai Tai getrunken und einen weiteren bestellt habe, und nachdem ich mir das Geschwafel der beiden über MTV, College, ihre Lieblingsvideos, einen Film über ein verunstaltetes Mädchen, das lernt, sich selbst zu akzeptieren, angehört habe, fühle ich mich locker genug, einen Witz zu erzählen, der mit der Pointe endet: »Könnte ich einen Schluck Mundwasser kriegen?« Als beide bekennen, daß sie den Witz nicht verstehen, und ich ihn erklären muß, wechsle ich das Thema.

»Was für ein Zeug ist das in deinem Haar?« frage ich Tim.

»Tenax, Dad. Ein Haargel.« Er sieht mich mit gespielter Verzweiflung an und schaut dann zu Rachel, die mich anlächelt.

»Wollte ich nur wissen«, sage ich faul.

»Und was machen Sie so, Mr. Price?« fragt Rachel.

»Sag Les zu mir«, sage ich.

»Okay. Was machst du, Les?«

»Ich mache in Immobilien.«

»Das habe ich dir erzählt«, sagt Tim zu ihr.

»Hast du?« fragt sie und sieht mich verständnislos an.

»Ja«, sagt Tim verärgert. »Bestimmt.«

Endlich wendet sie den Blick ab. »Hab's vergessen.«

Ein Bild von Rachel – nackt, die Hände auf ihren Brüsten, auf meinem Bett liegend – blitzt vor meinen Augen auf, und die Vorstellung, sie zu nehmen, sie zu haben, ist gar nicht mal reizlos. Tim gibt vor, mein penetrantes Gaffen zu ignorieren, aber ich weiß, daß er beobachtet, wie ich Rachel beobachte. Rachel flirtet dreist mit mir, und ich gehe noch mit mir zu Rate, ob ich darauf eingehen soll. Das Dinner kommt.

Wir essen schnell. Danach bestellen wir noch eine Runde Drinks. Mittlerweile bin ich so angenehm betrunken, daß ich mich vorbeuge und Rachel vielsagend anlächle. Tim ist so klein geworden, daß er fast nicht mehr anwesend zu sein scheint.

»Wußtet ihr, daß Robert Waters hier ist?« fragt uns Rachel.

»Wer?« fragt Tim mürrisch.

»Na hör mal, Tim«, sage ich. »Robert Waters. Aus ›Flight Patrol‹, der Fernsehserie.«

»Ich sehe wohl nicht genug fern«, sagt Tim.

»So wird's sein«, schnaube ich.

»Du weißt nicht, wer Robert Waters ist?« fragt ihn Rachel.

»Nein, weiß ich nicht«, sagt Tim in scharfem Ton. »Du denn?«

»Ich habe ihn bei Reagans Amtseinführung kennengelernt«, sagt Rachel, dann: »Gott, ich dachte, jeder wüßte, wer Robert Waters ist.« Sie schüttelt amüsiert den Kopf.

»Ich nicht«, sagt Tim, offenkundig gereizt. »Warum?«

»Naja, es ist irgendwie peinlich.« Rachel lächelt, blickt zu Boden.

»Warum?« fragt Tim wieder und taut etwas auf.

»Er ist mit drei Kerlen hier«, sage ich.

»Und?« fragt Tim.

»Und?« Rachel lacht.

»Einer von denen hat heute versucht, Tim anzumachen«, erzähle ich Rachel und versuche ihre Reaktion zu taxieren, denn zuerst kommt gar keine, aber dann beginnt sie zu lachen, und dann lache ich mit ihr. Tim lacht nicht.

»Mich?« fragt er. »Wann?«

»An der Bar«, sagt Rachel. »Heute am Strand.«

»Er? Dieser Typ?« fragt Tim und erinnert sich.

»Ja, der«, sage ich und rolle die Augen.

Tim wird rot. »Er war nett. Ein netter Kerl. Na und?«

»Nichts«, sagt Rachel.

»Ich bin sicher, er war richtig nett«, sage ich lachend.

»Richtig nett«, wiederholt Rachel kichernd.

Tim schaut zu ihr, dann verdrossen zu mir, da ich schuld bin, und dann wieder zu Rachel, und sein Gesicht verändert sich, als ginge ihm auf, daß da etwas im Gang ist, und diese Erkenntnis scheint ihn zu entspannen.

»Ihr zwei müßt es ja wissen«, sagt Tim, lächelt immer noch Rachel an und wendet sich dann grimmig zu mir. Er zündet sich eine Zigarette an, um mich zu provozieren. Aber ich lächle nur und gehe darüber hinweg.

»Müssen wir wohl«, sage ich, Rachels Arm tätschelnd.

»Komm schon, Tim«, sagt sie und macht einen leichten Rückzieher. »Sie mögen dich. Du bist wahrscheinlich der jüngste Typ hier.«

Tim lächelt, macht einen tiefen Zug an der Zigarette. »Mir ist noch nicht aufgefallen, wie viele ›junge Typen‹ hier sind. Sorry.«

»Du solltest nicht rauchen«, sagt Rachel.

»Ich hab's ja gesagt, Tim«, sage ich.

Er schaut zu ihr, dann zu mir. »Warum nicht?« fragt er sie.

»Es ist ungesund«, sagt Rachel.

»Das weiß er«, sage ich. »Ich hab's ihm gestern abend gesagt.«

»Nein. Du hast mir gesagt, ich soll nicht rauchen, weil ›wir in Hawaii sind‹, nicht weil es ungesund ist«, sagt er und sieht mich zornig an.

»Tja, ungesund ist es auch, außerdem stört's mich«, sage ich leichthin.

»Ich puste dir ja nicht ins Gesicht«, murmelt er. Sein Blick wandert bittend zu Rachel. »Stört's dich? Ich meine, Mann, wir sind draußen. Wir sind im Freien.«

»Du solltest einfach nicht rauchen, Tim«, sagt sie leise.

Er steht auf. »Naja, dann rauche ich eben woanders, okay? Da es euch beiden nicht paßt.« Pause, dann, zu mir: »Stehen die Chancen heute wieder so gut, Dad?«

»Tim«, sagt Rachel. »Du mußt nicht weggehen. Setz dich.«

»Nein«, sage ich herausfordernd. »Laß ihn gehen.«

Tim setzt sich in Bewegung.

Rachel dreht sich im Stuhl herum. »Tim. O Gott.«

Er geht an einigen Topfpalmen vorbei, am Pianisten, einem der Schwulen, einem alten tanzenden Pärchen, dann zum Speisesaal rein und raus.

»Was hat er denn?« fragt Rachel.

Wir beide sagen nichts weiter zueinander und lauschen dem Pianisten und der gedämpften Konversation, die aus dem Speisesaal herüberweht, untermalt vom Geräusch der Wellen, die sich am Ufer brechen. Rachel trinkt einen Drink aus; ich kann mich nicht erinnern, daß sie ihn bestellt hat. Ich zeichne die Rechnung ab.

»Gute Nacht«, sagt sie. »Vielen Dank für das Abendessen.«

»Wo willst du hin?« frage ich.

»Sag Tim, daß es mir leid tut.« Sie will gehen.

»Rachel«, sage ich.

»Ich sehe ihn dann morgen.«

»Rachel.«

Sie geht aus dem Speisesaal.

Ich öffne die Tür unserer Suite. Tim sitzt auf dem Bett, schaut über den Balkon nach draußen, von sich bauschenden Vorhängen umweht. Das Zimmer ist bis auf das Mondlicht völlig dunkel und selbst bei offenen Balkontüren geschwängert vom Marihuanageruch.

»Tim?« frage ich.

»Was?« Er dreht sich um.

»Was ist los?« frage ich.

»Nichts.« Er steht langsam auf und schließt die Balkontüren.

»Willst du reden?« frage ich. Ich habe geweint.

»Was? Hast du gefragt, ob ich reden will?« Er schnippt ein Feuerzeug an und lächelt mir hämisch zu.

»Ja.«

»Über was?«

»Sag du's mir.«

»Es gibt nichts zu reden«, sagt er. Er geht neben dem Bett auf und ab, langsam, überlegt, schleppend.

»Bitte, Tim. Komm schon.«

»Was?« Er wirft die Arme hoch, lächelnd, die Augen geweitet und blutunterlaufen. Er zieht sein Jackett aus und wirft es auf den Boden. »Es gibt nichts zu reden.«

Ich kann nichts sagen außer: »Gib mir eine Chance. Verdirb mir nicht alles.«

»Bei dir gibt's nichts zu verderben, Alter.« Er lacht und wiederholt dann: *»Alter.«*

»Das ist nicht dein Ernst«, sage ich.

»Nichts. Es ist nichts«, sagt Tim, weniger bitter als vorher. Er setzt sich wieder aufs Bett, mit dem Rücken zu mir.

»Vergiß es einfach«, sagt er und gähnt. »Es ist ... nichts.«

Ich stehe einfach da.

»Nichts«, sagt er wieder. »Nada.«

Ich wandere lange über das Hotelgelände und bleibe schließlich auf einer kleinen Bank am Meer sitzen, neben einem Flutlicht, das ins Wasser hinabscheint. Zwei Mantarochen, vom hellen Licht angezogen, kreisen im Wasser, ihre Flossen schlagen träge in den klaren, beleuchteten Wellen. Es ist sonst niemand da, der die Mantarochen sehen könnte, und es kommt mir vor, als schaute ich ihnen sehr lange gebannt zu, wie sie unermüdlich herumschwimmen. Der Mond steht hoch und ist hell und bleich. Ein Papagei krächzt auf der anderen

Seite des Hotels. Gartenfackeln brennen mit gasgespeisten Flammen. Ich will schon zur Rezeption gehen und mir ein anderes Zimmer nehmen, als ich hinter mir eine Stimme höre.

»Manta birostris, auch Mantarochen genannt.« Rachel tritt aus der Dunkelheit, in Shorts und einem hautengen T-Shirt mit der Aufschrift LOS ANGELES, die Blume von vorhin noch im Haar. »Verwandt mit Hai und Sägefisch. Sie leben in wärmeren ozeanischen Gewässern. Den größten Teil ihres Lebens verbringen sie versteckt im schlammigen oder sandigen Grund des Ozeans oder knapp über dem Meeresboden schwimmend.«

Sie tritt neben die Bank, lehnt sich gegen das Flutlicht und betrachtet die beiden großen grauen Monster.

»Sie bewegen sich durch die Schläge ihrer großen Brustflossen und steuern mit dem langen Schwanz. Ihre Hauptnahrung sind Muscheln, Krebse und Stachelhäuter.« Sie unterbricht sich, sieht mich an. »Man hat schon dreitausend Pfund schwere und über sieben Meter lange Mantarochen gefangen. Ihrer Größe wegen sind sie sehr gefürchtet.« Sie blickt wieder ins Wasser und spricht weiter, als läse sie einem Blinden etwas vor. »Tatsächlich sind sie von Natur aus friedlich. Nur wenn sie angegriffen werden, bringen sie Boote zum Kentern oder töten Menschen.« Sie schaut wieder zu mir. »Ihre Eier sind sehr groß, haben eine dunkelgrüne, fast schwarze, ledrige Schutzhülle und kleine Ranken oben und unten, die sich am Seegras festklammern. Nach dem Schlüpfen werden die leeren Hüllen an Land gespült.« Sie bricht ab, seufzt dann tief.

»Wo hast du das alles gelernt?«

»Ich habe eine Eins in Meeresbiologie an der USCD.«

»Oh«, sage ich betrunken. »Das ist ... interessant.«

»Ja, vermutlich.« Sie schaut wieder zu den Mantarochen.

»Wo bist du gewesen?« frage ich.

»Irgendwo«, sagt sie und blickt in die Ferne, wie von etwas Unsichtbarem gebannt. »Hast du mit Tim geredet?«

»Ja.« Ich zucke die Achseln. »Alles in Ordnung.«

»Kommt ihr beide nicht miteinander aus?« fragt sie.

»So gut wie die meisten Väter und Söhne«, sage ich unsicher.

»Dann muß es ja schlimm stehen«, sagt sie und sieht mich an. Sie kommt hinter dem Flutlichtmast hervor und setzt sich neben mir auf die Bank. »Vielleicht mag er dich nicht.« Sie zieht die Blume aus ihrem Haar und riecht daran. »Aber das macht wohl nichts, weil du ihn vielleicht genausowenig magst.«

»Findest du meinen Sohn attraktiv?« frage ich.

»Ja. Sehr«, sagt sie. »Warum?«

»Wollte ich nur wissen.« Ich zucke die Achseln.

Einer der Mantarochen kommt an die Oberfläche und klatscht mit seiner Flosse aufs Wasser.

»Worüber hast du heute nachmittag mit ihm geredet?« frage ich.

»Nichts Besonderes. Wieso?«

»Ich möchte es wissen.«

»Bloß . . . über dies und das.«

»Über was?« hake ich nach. »Rachel.«

»Alles Mögliche eben.«

Wir sehen den Mantarochen zu. Einer von ihnen schwimmt davon. Der andere treibt unschlüssig im grellen Flutlicht.

»Spricht er von mir?« frage ich.

»Warum?«

»Ich möchte es wissen.«

»Warum?« Sie lächelt kokett.

»Ich will wissen, was er über mich sagt.«

»Er sagt gar nichts.«

»Wirklich?« frage ich gelinde überrascht.

»Er sagt nichts über dich.«

Der Mantarochen treibt paddelnd dahin.

»Ich glaube dir nicht«, sage ich.
»Dir bleibt nichts anderes übrig«, sagt sie.

Am nächsten Tag sind Tim und ich am Strand unter einem friedlichen, nahtlosen Himmel und spielen Backgammon. Ich gewinne. Er lauscht seinem Walkman, ohne echtes Interesse am Ausgang des Spiels zu zeigen. Ich werfe einen Sechserpasch. Er sieht sich lustlos am Strand um, sein Gesicht bar jeden Gefühls. Er würfelt. Ein kleiner roter Vogel landet auf unserem grünen Sonnenschirm. Rachel kommt auf uns zu, sie trägt einen rosa Lei und einen kleinen blauen Bikini und trinkt ein Perrier.

»Hi, Les. Hi, Tim«, sagt sie fröhlich. »Schöner Tag.«

»Hi, Rachel«, sage ich, schaue von dem Backgammonbrett auf und lächle.

Tim nickt, ohne aufzusehen, ohne die Sonnenbrille oder den Walkman abzunehmen. Rachel steht einfach da und schaut zu mir, dann zu Tim.

»Tja, bis später dann, ihr beiden«, stammelt sie.

»Ja«, sage ich. »Vielleicht beim Luau?«

Tim sagt gar nichts. Ich ziehe zwei Steine. Rachel geht, schlendert zurück zum Hotel. Ich gewinne das Spiel. Tim seufzt und lehnt sich auf der Liege zurück und nimmt seine Sonnenbrille ab und reibt sich die Augen. Vielleicht standen die Chancen von Anfang an doch nicht so toll. Ich lehne mich zurück und betrachte Tim. Tim schaut aufs warme Meer, das sich wie ein flaches blaues Laken bis zum Horizont erstreckt, und vielleicht sieht Tim über den Horizont hinaus, findet mit enttäuschtem Blick nur immer dieselbe Flachheit, und der Tag fängt an, kälter zu wirken, obwohl kein Wind geht, und später am Nachmittag wird der Ozean dunkel, der Himmel orange, und wir verlassen den Strand.

5 Im Zug

Ich ziehe die Vorhänge an meinem Fenster erst irgendwo in New Mexico auf. Ich öffne sie nicht, als der Zug New Hampshire verläßt und durch New York fährt, auch nicht, als der Zug in Chicago einfährt, oder danach, als ich in einen anderen Amtrak-Zug umsteige, den Zug, der mich irgendwann nach Los Angeles bringen wird. Als ich endlich die Vorhänge in dem kleinen Abteil aufziehe, sitze ich auf meinem Bett und starre auf die vorbeifliegende Szenerie hinter dem Fenster, als sei sie ein Film und das durchsichtige, viereckige Fenster die Leinwand. Ich sehe grasende Kühe unter den verhangenen Himmeln New Mexicos, endlose Reihen von Hinterhöfen, blasse Wäsche auf der Leine, rostiges Spielzeug, holprige Rutschbahnen, verbeulte Schaukeln, Wolken, die dunkler werden, als der Zug durch Santa Fe fährt. In den Feldern stehen Windmühlen, die sich rascher zu drehen beginnen, und am Rande nasser Highways Büschel gelber Gänseblümchen, die zittern, als der Zug vorbeirast, und ich lasse mich dazu hinreißen, »This Land is Your Land« vor mich hin zu summen, was dazu führt, daß ich das Kleid, das ich zur Hochzeit meines Vaters tragen soll, aus dem Koffer nehme und es auf dem kleinen Bett auslege und anstarre, bis der Zug in Albuquerque hält und ich mich sofort an die Patridge Family und einen ihrer Songs erinnert fühle.

Mein Vater erzählt mir von der Heirat, als er im November zu Besuch nach Camden kommt. Er geht mit mir in die Stadt und kauft mir einige Bücher, dann noch eine Kassette im Record Rack. Im Grunde möchte ich weder die Bücher noch die Kassette, aber er wirkt ungewöhnlich entschlossen, mir etwas zu kaufen, also füge ich mich und versuche mich für die Culture-Club-Kassette und die drei Gedichtbände zu begeistern. Ich stelle ihn sogar zwei Mädchen vor, die bei mir im Wohnheim wohnen und die ich nicht besonders mag, als sie mir in der Buchhandlung in Camden über den Weg laufen. Mein Vater zurrt dauernd den Schal um meinen Hals fest und beklagt sich über den frühen Schnee, die Kälte, sagt, wie angenehm es jetzt in L. A. ist, wie warm die Tage sind, daß ich mich immer noch an der UCLA oder der USC immatrikulieren könnte, und wenn nicht dort, dann vielleicht an der Pepperdine University. Ich lächle und nicke und sage nicht zuviel, weil ich seinen Absichten mißtraue.

Beim Lunch in einem kleinen Café vor der Stadt bestellt mein Vater einen gespritzten Weißwein und scheint nichts dagegen zu haben, als ich mir einen Gin Tonic bestelle. Nachdem wir bestellt haben und er noch zwei gespritzte Weißweine intus hat, geht er etwas aus sich heraus.

»Und wie geht's meiner kleinen Punkerbraut?« fragt er.

»Ich bin keine Punkerbraut«, sage ich.

»Na hör mal, ein bißchen, äh, verpunkt siehst du schon aus.« Er lächelt und fragt dann, nachdem ich nichts sage: »Etwa nicht?«, und sein Lächeln wird brüchig.

Aus plötzlichem Mitleid mit ihm sage ich: »Vielleicht ein bißchen.«

Ich trinke aus, kaue auf dem Eis herum und beschließe, ihm das Gespräch nicht allein zu überlassen, also erkundige ich mich nach dem Studio, nach Graham, nach Kalifornien. Wir essen schnell, und ich bestelle noch einen Gin Tonic, und er zündet sich eine Zigarette an.

»Du hast nicht nach Cheryl gefragt«, sagt er endlich.

»So?« frage ich.

»Nein.« Er zieht einmal, atmet den Rauch aus.

»Doch. Ich habe nach ihr gefragt.«

»Wann?«

»Auf dem Weg in die Stadt. Oder nicht?«

»Ich glaube nicht.«

»Ich bin ziemlich sicher.«

»Ich kann mich nicht erinnern, Honey.«

»Tja, ich glaube schon.«

»Magst du sie nicht?«

»Wie geht's Cheryl?«

Er lächelt, schaut nach unten, dann zu mir. »Ich glaube, wir werden heiraten.«

»Echt?«

»Ja.«

»Aber, äh, na dann Glückwunsch«, sage ich. »Toll.«

Er sieht mich prüfend an, fragt dann: »Findest du das wirklich toll?«

Ich hebe mein Glas an den Mund und klopfe dagegen, um an das Eis am Boden ranzukommen.

»Tja, mir, äh, mir dämmert langsam, daß du's ernst meinen könntest.«

»Cheryl ist wundervoll. Ihr zwei versteht euch.« Er verliert wieder den Mut, verkneift sich eine weitere Zigarette. »Ich meine, als du sie kennengelernt hast.«

»Ich heirate Cheryl ja nicht. Sondern du.«

»Baby, wenn du mir so antwortest, weiß ich, was du wirklich davon hältst«, sagt er.

Ich will über den Tisch nach seiner Hand greifen, dann hält mich etwas in mir zurück.

»Mach dir deswegen keine Sorgen«, sage ich.

»Ich bin so ... einsam gewesen«, sagt er. »Ich bin schon seit einer halben Ewigkeit allein.«

»M-hm.«

»Man kommt an den Punkt, wo man jemanden braucht.«

»Erklär mir das nicht«, sage ich schnell, füge dann weniger schroff hinzu: »Das brauchst du nicht.«

»Ich möchte deine Zustimmung«, sagt er einfach. »Das ist alles.«

»Die brauchst du nicht.«

Er lehnt sich in seinem Stuhl zurück, legt wieder eine Zigarette weg, die er sich gerade anzünden wollte. »Die Hochzeit ist im Dezember.« Er zögert. »Wenn du nach Hause kommst.«

Ich schaue aus dem Fenster auf harten, kalten Schnee und graue, asphaltfarbene Wolken.

»Hast du es Mom gesagt?« frage ich.

»Nein.«

Beim Mittagessen im Zug setzt der Kellner mich zu einem alten jüdischen Mann an den Tisch, der ein kleines, eselsohriges schwarzes Buch liest und in einer Sprache, die Hebräisch sein muß, vor sich hin murmelt. Der jüdische Mann sieht kein bißchen wie mein Vater aus, und doch erinnert die Art, wie er in diesem Moment dasitzt, an das Verhalten vieler von Vaters alten Freunden, die in seinem Studio arbeiten. Dieser Mann ist älter und trägt einen Bart, aber es ist das erste Mal seit diesem Lunch mit meinem Vater, daß ich beim Essen einem Mann so nahe war. Ich esse nicht besonders viel, weder von dem Sandwich, das papierdünn und altbacken ist, noch von der lauwarmen Gemüsesuppe. Statt dessen putze ich einen kleinen Becher Eiscreme weg und trinke ein Tab und will mir gerade eine Zigarette anzünden, als mir auffällt, daß Rauchen im Speisewagen verboten ist. Ich knabbere an dem Sandwich, stiere durch den vollbesetzten Speisewagen, wobei mir auffällt, daß die Kellner alle schwarz und die Fahrgäste hauptsächlich alte Leute und Ausländer sind. Draußen zieht eine sepiafarbene Landschaft vorbei, kleine Adobehäuser, junge Mütter in abgeschnittenen Jeans und rückenfreien Tops halten kleine, rote Babys zum Zug hoch und winken apathisch, als er vorbeifährt. Leere Drive-ins, riesige anscheinend verödete Schrottplätze, noch mehr Häuser aus Adobe. Wieder in meinem Abteil, begaffe ich das Kleid und höre mir in meinem Walkman Boy Georges »Church of the Poison Mind« an, einen Song von der Kassette, die er mir letzten November in der Stadt gekauft hat.

Die Nächte sind übel. Ich kann nicht schlafen, selbst nachdem ich Valium genommen habe, das mich gerade schläfrig genug macht, um durch das beengte Abteil zu tigern und mich halbwegs auf den Beinen zu halten, während der Zug durch Wüsten rast, plötzlich ohne Vorwarnung abbremst und mich vornüber durch die schlechtbeleuchtete Kabine schleudert. Beim Öffnen der Vorhänge ist nichts zu sehen außer der im spiegelnden Fenster aufleuchtenden Glut meiner Zigarette. Bei den meisten Durchsagen geht es um Sandverwehungen auf den Schienen, und um etwa drei Uhr morgens kommt irgendwas wegen eines Kojoten. Für eine Weile eingenickt, erwache ich, als der Zug an der Grenze zu Arizona durch eine Art Wetterleuchten fährt. Es ist stockdunkel, dann zuckt plötzlich ein violetter Blitz über den Himmel und taucht jeweils für eine Sekunde irgendeine Kleinstadt in gleißendes Licht. Wenn der Zug durch diese Städtchen fährt, kann man Warnglocken hören, den Widerschein der roten Signallampen sehen, die Scheinwerfer eines einsamen Pickup-Trucks, der wartet, bis der Zug in die Nacht davonrattert, und diese gräßlichen Städtchen ziehen vorbei, immer kleiner werdend und dünner gesät, und mit dem Zug bin ich nicht gefahren, weil ich ungern fliege oder um mir das Land anzusehen, sondern weil ich weder mit meinem Vater und Cheryl noch mit Graham oder meiner Mutter drei zusätzliche Tage in Los Angeles verbringen will. Ein geschlossenes Einkaufszentrum, das Neonschild einer Tankstelle, der Zug hält an, fährt dann weiter, die Sinnlosigkeit, das Unausweichliche aufschieben zu wollen, das Schließen der Vorhänge.

Am nächsten Morgen, beim Frühstück, lerne ich einen reichen Jungen aus Venezuela kennen, der ein Sportjackett von Yves Saint Laurent trägt und auch nach L. A. fährt. Er war kürzlich in El Salvador und redet pausenlos über die Schönheit der Landschaft dort und daß die Leute ganz falsche Vorstellungen davon haben und über das Lionel-Ritchie-Konzert, das er dort gesehen hat. Während wir aufs Frühstück warten, blättert der Junge in einem druckfrischen *Penthouse,* und ich starre aus dem Fenster auf endlose Flicken von Feldern und Reihen von Raffinerietürmen und Trailerparks und Radiosendemasten, die aus dem roten Lehmboden aufragen. Ich schlage eine mitgebrachte Kladde auf und versuche, die Gliederung einiger schriftlicher Hausarbeiten festzulegen, die ich noch vom letzten Semester nachreichen muß, aber ich verliere das Interesse, kaum daß ich angefangen habe. Der Zug hält lange vor einem Pizza Hut in einer namenlosen Stadt in Arizona. Eine fünfköpfige Familie verläßt das Pizza Hut, und eins der Kinder winkt dem Zug nach, und ich frage mich, wer seine Kinder wohl zum Frühstücken ins Pizza Hut bringt, und dann winkt der venezolanische Junge dem Kind vor dem Pizza Hut zurück und lächelt mich dann an.

Ich esse mein Frühstück langsam und tue, als sei ich vollauf mit den lauwarmen Bratkartoffeln und harten, unten angekohlten Pancakes beschäftigt, damit der Junge aus Venezuela mich ja nichts fragt. Manchmal schaue ich hoch und aus dem Fenster auf Weiden und das darauf grasende Vieh. Ich fische eine Valium aus der Tasche und drehe sie zwischen den Fingern. Abgesehen von dem reichen Jungen aus Venezuela, der kürzlich in El Salvador war, ist die einzige weitere Person in annähernd meinem Alter ein biederes, traurig guckendes schwarzes Mädchen, das mich quer durch den Speisewagen angafft und mich dazu treibt, die Valium noch verkrampfter zwischen den Fingern zu drehen. Ich warte, bis das Mädchen sich abwendet, und als sie es endlich tut, schlucke ich die Pille.

»Kopfweh?« erkundigt sich der venezolanische Junge.

»Ja. Kopfweh.« Ich lächle schüchtern und nicke.

Das schwarze Mädchen sieht mich noch einmal kurz an und steht dann auf und wird von einem total fetten Pärchen abgelöst, das jede Menge Türkis trägt. Der venezolanische Junge sieht sich doch tatsächlich das Ausklappbild an und dann mich, und dann grinst er, und mein Vater hat womöglich recht gehabt, als er mir vor zwei Wochen am Telefon sagte: »Du solltest einfach den MGM-Flieger nehmen, Baby«, aber mich fasziniert mehr, wie ab und zu der Boden unter dem Zug wegzufallen scheint, wenn er schokoladenfarbene Flüsse oder eine Schlucht überquert.

Ich rufe Graham, meinen Bruder, von einem Amtrak-Bahnhof in Phoenix an. Er liegt in Venice in der Wanne.

»Er macht wirklich Ernst«, sage ich nach einer Weile.

»Welch ein Skandal«, sagt Graham.

»Er zieht es durch«, sage ich noch mal.

»Wen kümmert's?«

»Du klingst bekifft.«

»Bin ich nicht.«

»Du klingst traurig, wenn du bekifft bist. Du hörst dich bekifft an.«

»Bis jetzt bin ich nicht bekifft.«

»Ich sehe genau auf einen riesigen Spielautomaten, groß wie ein Doppelbett«, sage ich Graham. »Du solltest mit ihm reden.« Ich zünde mir eine Zigarette an. Sie schmeckt nicht.

»Was?« fragt Graham. »Warum rufst du mich an?« und dann: »Mit ihm . . . reden?«

»Du willst nicht mit ihm reden?« frage ich. »Willst du gar nichts dagegen tun?«

»O Mann.« Ich höre, wie Graham einen tiefen Zug macht, dann langsam etwas ausatmet. Seine Stimme fällt um drei Oktaven. »Was zum Beispiel?«

»Einfach ... mit ihm reden.«

»Ich mag ihn ja nicht mal«, sagt Graham.

»Du kannst doch nicht einfach dasitzen und mitansehen, wie er das tut.«

»Wer sagt denn, daß ich dem Trottel bei überhaupt irgendwas zusehe?«

»Du hast gesagt, Graham, du hast gesagt...« Ich bin den Tränen nahe. Ich schlucke, versuche mich zu beherrschen. »Du hast gesagt, sie hätte *Flashdance* neunmal gesehen.« Ich fange still an zu heulen und beiße in meine Faust. »Du hast gesagt, es sei ihr...« Pause – »Lieblingsfilm.«

»Sie hat ihn an die...« Er bricht den Satz ab. »Ja, neunmal muß ungefähr stimmen.«

»Graham, bitte, nur dieses einzige Mal...«

»Sie ist nicht so übel«, sagt Graham endlich. »Sie ist sogar irgendwie scharf.«

Valium, Blicke zwischen Vorhängen hindurch, Bahnhöfe im spanischen Stil, Schilder, auf denen NEEDLES oder BARSTOW steht, Autos, die nachts durch die Wüste nach Las Vegas unterwegs sind, es regnet wieder, stärker diesmal, Blitze, die Reklametafeln an einer Straße nach Reno beleuchten, dicke Regentropfen, die an das Fenster pladdern. Meine Reaktion auf etwas Überraschendes: ein Blinzeln. Jemand sagt über die Sprechanlage: »Kann jemand, der Französisch spricht, bitte in den Salonwagen kommen«, und die Aufforderung klingt vielversprechend und so abwegig, daß sie mich veranlaßt, mein Haar zu bürsten, mir eine Zeitschrift zu nehmen und mich in Richtung Salonwagen zu begeben, obwohl ich kein Französisch spreche. Als ich in den Salonwagen komme, sehe ich keine Franzosen oder sonst jemanden, der aussieht, als bräuchte er die Hilfe eines Franzosen. Ich setze mich hin, blättere in meiner Zeitschrift, aber mir gegenüber sitzt eine betrunkene Frau, die Selbstgespräche zu führen scheint, tatsächlich aber mit dem fetten Paar in Türkis redet, das versucht, sie nicht zu beachten. Die Frau redet über die Filme, die sie im HBO-Kabelkanal gesehen hat, während sie im Haus ihres Sohnes in Carson City zu Besuch war.

»Haben Sie mal *Mr. Mom* gesehen?« fragt die Betrunkene mit nach vorn sackendem Kopf.

»Nein«, sagt die fette Frau, die Arme um eine türkisfarbene Handtasche geschlungen, die auf – in – ihrem Schoß ruht.

»Goldiger kleiner Film – ganz goldig«, sagt die Betrunkene, abwartend und auf irgendeine Reaktion hoffend.

Ein ärmlich wirkendes Paar mit drei Kindern kommt in den Salonwagen, und die Mutter beginnt mit einem der Kinder ein Spiel mit Gummibändern zu spielen. Ich sehe das kleinste Kind, obwohl ich es nicht wahrhaben will, ein Paket Butter essen.

»Sie haben nie *Mr. Mom* gesehen?« fragt die Betrunkene wieder.

Die Frau in Türkis sagt: »Nein.« Ihr Ehemann nestelt an seinem Kordelschlips, an dessen Enden ein kleines Stück Türkis sitzt, und schlägt seine massigen Beine andersrum übereinander.

Das Lärmen der Kinder, das Gefasel der betrunkenen Frau, zwei kichernde Collegemädchen, die über Las Vegas reden, irritieren mich, aber ich bleibe im Salon, weil mir davor graut, in das kleine Abteil zurückzukehren, das mich an meinen Zielort erinnert. Noch eine Zigarette, die Deckenlampen flackern, werden dann gedimmt. Der Zug fährt durch einen Tunnel, und als er ihn wieder verläßt, macht es keinen erkennbaren Unterschied. Eins der kleinen Kinder kreischt ausgelassen: »Gott kriegt dich, Gott kriegt dich«, und dann, lauter: »Vater, Vater, Vater«, und der Knirps, der das Stück Butter gegessen hat, zeigt mit großen Augen und aufgesperrtem Mündchen auf seinen Vater und schaut ratsuchend zu ihm auf. Der Vater rülpst, zieht eine neue Parliament raus, zündet die Zigarette an, dann sieht er mich an, und er sieht gar nicht übel aus.

Eine Stunde später, wieder in meinem Abteil, räumt ein schwarzer Schlafwagenschaffner den Raum auf. Er hat das Bett gemacht und putzt den kleinen Verschlag, der sich Bad nennt.

»Wohin fahren Sie?« fragt er mich.

»Los Angeles«, sage ich, während ich im Gang stehe und warte, daß er verschwindet.

»Was ist in Los Angeles?«

»Nichts«, sage ich schließlich.

»Das hab ich schon mal gehört.« Er kichert böse, sagt dann: »Zu Besuch?«

»Mein Vater heiratet.«

»Ist sie nett?« Der Schaffner hebt einen Sack aus dem Abfalleimer und bindet ihn zu.

»Was?«

»Mögen Sie sie?«

Der Zug fährt an, wird dann langsamer, Bremsgeräusche, das Ächzen des Zuges.

»Nein.«

»Wir sind bald da.«

Ich lerne Cheryl während des Sommers kennen, als ich untätig in L. A. rumsitze. Mein Vater hat ein bißchen von ihr erzählt, wenn er mich sonntags abends im Wohnheim anruft, aber er weicht immer aus, und immer, wenn er durchblicken läßt, daß er ihr nahesteht, druckst er schüchtern herum und rückt nicht mit der Wahrheit raus. Das wenige, das ich weiß, habe ich von Graham: braungebrannt, gesträhntes, blondes Haar, dünn, in den Zwanzigern, bescheidener Ehrgeiz, Nachrichtensprecherin zu werden. Als ich Graham nach mehr löchere, erzählt Graham – bekifft – folgendes: Cheryl liest unentwegt, manisch, Sydney Omarrs *Fische-Führer 1984;* Cheryl liebt den Film *Flashdance,* hat ihn seit letztem Jahr, als er rauskam, fünfmal gesehen und hat zehn zerschlitzte T-Shirts mit der Aufschrift MANIAC; Cheryl trainiert zu Jane-Fonda-Videos im Recorder; William hat Cheryl im Spago mit Pizza gefüttert. Diesen Schilderungen folgt jedesmal ein kaum hörbares »Klaro?« von Graham. Immer wenn ich die Fassung verlor und Graham fragte, wie kann er nur, sagte Graham bloß: »Als wärst du nie einem Skilehrer nachgelaufen. Als hättest du es immer so genau genommen.«

Ich bin nicht mal sicher, ob die Scheidung meiner Eltern durch ist, aber an zwei Tagen im August, nachdem ich bei meiner Mutter zu Besuch war, ohne sie einmal zu Gesicht zu bekommen, fahre ich zur neuen Eigentumswohnung meines Vaters in Newport Beach, und Cheryl schlägt vor, daß wir beide einkaufen gehen. Bullock's, Saks, ein neueröffneter Neiman Marcus, wo Cheryl eine potthäßliche olivfarbene Lederjacke kauft, deren Rücken mit einem scheußlichen Orientdruck verunstaltet ist, ein Ding, das wahrscheinlich mein Vater tragen wird. Cheryl schwärmt in höchsten Tönen von einem Buch mit dem Titel *Megatrends,* von dem ich noch nie gehört habe. Cheryl und ich trinken Fruchtsaft und Tee in einem Straßencafé namens Sunshine gegenüber der Shopping Mall, wo Cheryl die Jungs hinter der Theke zu kennen scheint. Sirupgetränkter Tofu, Kräutertees, Joghurteis. Cheryl trägt ein an der Schulter geschlitztes T-Shirt in Neonrosa mit der Aufschrift MANIAC in Himmelblau, und das Shirt gibt mir einen Ruck und bringt mich auf andere Gedanken. Cheryl redet von der Soap Opera, die sie immer sieht, über einen Mann, der seiner Familie mitzuteilen versucht, daß er noch lebt.

»Bist du in Ordnung?« fragt Cheryl.

»Ja. Mir geht's prima«, sage ich muffig.

»Du siehst aber nicht sehr gut aus«, sagt Cheryl. »Ich meine, braun bist du, aber du siehst nicht glücklich aus.«

»Aber mir geht's gut.«

»Hast du's schon mal mit einem Zink-Präparat probiert?«

»O ja«, sage ich. »So was nehme ich ständig.«

»Aber du rauchst noch?«

»Nicht mehr so viel.«

»Dein Vater hat versprochen, es aufzugeben«, sagt Cheryl und löffelt sich Joghurt in den Mund.

»M-hm.«

»Raucht Graham?«

»Ja. Auch Pfeife.«

»Doch nicht Pfeife«, sagt Cheryl mit Grausen.

»Manchmal. Kommt drauf an.«

»Worauf?«

»Ob er lieber Blättchen nimmt«, sage ich, und dann, als diese Bemerkung mit einem verständnislosen Blick quittiert wird, erkläre ich: »Oder ob er sein Bong verlegt hat.«

»Willst du nicht zum Aerobic-Kurs mitkommen, den ich belegt habe?«

»Aerobic-Kurs?«

»Du sagst das, als hättest du das Wort noch nie gehört.«

»Ich bin nur müde«, sage ich. »Ich glaube, ich möchte gehen.«

»Das ist Kiwi-Tofu«, sagt sie. »Ich weiß, es klingt total irre, aber es schmeckt. Bitte keine Witze, ja?«

»Tut mir wirklich leid.«

Später, in dem neuen Jaguar, den mein Vater ihr gekauft hat, fragt Cheryl: »Magst du mich?«

»Ich glaube schon.« Ich zögere. »Ich weiß nicht.«

»Das reicht nicht, Honey.«

»Aber mehr kann ich dir nicht sagen.«

Der Zug erreicht L. A. in der Abenddämmerung. Die Stadt wirkt ausgestorben. In der Ferne liegen die Hügel und Cañons von Pasadena und die kleinen, blauen Rechtecke beleuchteter

Pools. Der Zug passiert ausgetrocknete Rückhaltebecken und weitläufige, leere Parkplätze, fährt parallel zum Freeway, dann an einer endlos scheinenden Reihe leerer Lagerhäuser vorbei und an Jungs, die sich gegen Palmen lehnen oder sich zu mehreren in kleinen Gassen herumdrücken oder biertrinkend in Gruppen um Autos mit eingeschalteten Scheinwerfern stehen, und dazu läuft Musik von den Motels. Der Zug fährt langsam, als er fast widerwillig zur Union Station rattert, vorbei an mexikanischen Kirchen und Bars und Stripschuppen, einem Drive-in, in dem ein Horrorfilm mit Untertiteln läuft. Palmen heben sich scharf vor einer wogenden, orange-violetten Masse ab, einem Himmel in der Farbe von Kunstspeiseeis, eine Frau geht an meiner Tür vorbei und sagt laut zu irgend jemand, vielleicht sich selbst: »Der Silver Streak ist das nicht«, und draußen vorm Fenster singt ein junger Mexikaner in einem roten Chevrolet-Truck zur Musik im Radio, und ich bin nahe genug, um die Hand auszustrecken und sein leeres, ernstes Gesicht zu berühren, das starr geradeaus blickt.

Ich stehe in einer Telefonzelle an der Union Station. Es ist heiß, selbst für Dezember und nachts. Drei schwarze Jungs breakdancen neben der Telefonzelle. Ich setze mich hin, hole mein Adreßbuch heraus und wähle bedächtig die Nummer meiner Mutter, auf die Kreditkarte meines Vaters. Ich hänge schnell das Telefon ein und sehe den Breakdancern zu. Ich zünde mir eine Zigarette an, rauche sie auf, wähle die Nummer dann erneut. Es klingelt dreizehnmal.

»Hallo?« meldet sich meine Mutter endlich.

»Hi . . . ich bin's.«

»Oh.« Meine Mutter hört sich konfus an, wie in Zeitlupe, ihre Stimme ein körperloses Leiern.

Nach einer Weile muß ich wiederholen, was ich gerade gesagt habe.

»Wo bist du?« fragt sie unschlüssig.

»Hast du geschlafen?«

»Wie spät ... ist es?«

»Sieben«, und dann: »Abends.«

»Aber nein«, sagt sie benommen.

»Ich bin jetzt in L. A.«

»Mhm ...« Meine Mutter zögert verwirrt. »Wieso?«

»Weil ich den Zug genommen habe.«

»Wie war's ... im Zug?« fragt meine Mutter nach einer Ewigkeit.

»Mir ... hat's gefallen.«

»Warum um alles in der Welt hast du nicht den MGM-Flieger genommen?« fragt meine Mutter müde.

Der Junge aus Venezuela geht vorbei, sieht mich und lächelt, aber als er merkt, daß ich weine, bekommt er es mit der Angst und verzieht sich hastig. Draußen wartet eine Limousine am Bordstein. Ein Fahrer hält ein Schild mit meinem Namen hoch.

»Tja, schön, daß du wieder da bist ... hmmm«, sagt meine Mutter. »Mhm, ja.« Pause. »Über Weihnachten wohl, ja?«

»Hast du mit Dad gesprochen?« frage ich schließlich.

»Warum ... sollte ich mit ihm sprechen?« fragt sie.

»Du weißt es also nicht?«

»Nein. Ich weiß nichts.«

Ich setze mich in den Salonwagen, als der Zug langsam aus L. A. fährt. Ich bestelle mir einen Drink, sehe mir das *Vanity Fair* an, nehme eine Valium. Zwei Surfer kommen in den Salon und trinken Bier mit den beiden Collegegirls, die über Las Vegas geredet haben. Eine ältere Frau sitzt neben mir, abgespannt, braungebrannt.

»Sie fahren nach Norden?« fragt sie.

»Ja«, sage ich.

»San Francisco?«

»In die Nähe von dort.«

»So eine schöne Stadt.« Sie seufzt, sagt dann: »Vermute ich jedenfalls.«

»Und wohin fahren Sie?«

»Nach Portland.«

»Fährt dieser Zug dahin?« frage ich.

»Das will ich hoffen«, sagt sie.

»Sind Sie aus L. A.?« frage ich, benebelt von Valium und Tanqueray.

»Reseda.«

»Wie schön«, murmele ich und blättere gelassen die Zeitschrift durch, obwohl ich keine genaue Vorstellung, nur eine vage Ahnung habe, wo Reseda liegt. Mein Blick überfliegt Seiten mit Anzeigen, die mir das Leben von seiner besten Seite zeigen. »Das ist wirklich schön.« Ich reiche die Zeitschrift langsam der Frau, die sie im selben Geiste annimmt, in dem ich sie ihr anbiete, auch wenn es so aussieht, als wollte sie sie gar nicht.

6 Wasser von der Sonne

Danny liegt auf meinem Bett und ist bedrückt, weil Ricky am Abend des Duran Duran-Doppelgänger-Wettbewerbs im Odyssey mit einem Breakdancer abgezogen und ermordet worden ist. Anscheinend hat Biff, Rickys augenblicklicher Lover, sich von irgendwem im Sender meine Nummer besorgt, Danny angerufen und ihm von der Sache erzählt. Ich komme rein, und Danny sagt nur: »Ricky ist tot. Kehle aufgeschlitzt. Er ist verblutet. Biff hat angerufen.« Danny rührt sich nicht vom Fleck und läßt sich nicht darüber aus, wie ihm Biff diese Neuigkeit mitteilte, und er nimmt die Wayfarer-Sonnenbrille nicht ab, die er trägt, obwohl er im Haus ist und wir fast acht haben. Er liegt einfach da und sieht sich auf Kabel einen Fernsehprediger an, und ich weiß nicht, was ich sagen soll. Ich bin heilfroh, daß er noch da ist, daß er nicht gegangen ist.

Jetzt, im Badezimmer, während ich meine Bluse aufknöpfe und den Reißverschluß an meinem Rock aufziehe, rufe ich: »Hast du die Nachrichten aufgenommen?«

»Nein«, sagt Danny.

»Warum nicht?« frage ich und warte einen Moment, ehe ich einen Morgenmantel überziehe.

»Ich wollte die ›Jetsons‹ aufnehmen«, sagt er mürrisch.

Ich sage nichts, als ich aus dem Bad komme. Danny trägt Khakishorts und ein FOOTLOOSE-T-Shirt, das er am Abend der Premierenparty in dem Studio bekommen hat, wo sein Vater Producer ist. Ich schaue ihn an, sehe mein Spiegelbild, entstellt und verzerrt, in den Gläsern seiner Sonnenbrille, und gehe dann mit der Bluse und dem Rock über dem Arm in den begehbaren Schrank und werfe sie in einen Wäschekorb. Ich schließe die Schranktür, stelle mich vors Bett.

»Mach Platz«, sage ich zu ihm.

Er macht keinen Platz, bleibt einfach liegen. »Ricky ist tot. Er hatte keinen Tropfen Blut mehr im Körper. Ganz schwarz soll er ausgesehen haben. Biff hat angerufen«, sagt er noch mal, ungerührt.

»Und ich dachte, ich hätte dich gebeten, den Hörer abzunehmen oder das Telefonkabel rauszuziehen«, sage ich und setze mich trotzdem aufs Bett. »Ich dachte, ich hätte dir gesagt, daß ich nur im Sender angerufen werden möchte.«

»Ricky ist tot«, murmelt Danny.

»Irgendwer hat heute meine Scheibenwischer abgeknickt, weiß der Himmel warum«, sage ich nach einer Weile, nehme ihm die Fernbedienung aus der Hand und schalte um. »Ich habe einen Zettel gefunden. Darauf stand ›Mi hermana‹.«

»Biff«, sagt er seufzend, und dann: »Was hast du verbrochen? Im Taco Bell die Zeche geprellt?«

»Biff hat meine Scheibenwischer abgeknickt?«

Keine Reaktion.

»Warum hast du die Abendnachrichten heute nicht aufgenommen?« frage ich sanft, um ihn nicht zu hart ranzunehmen.

»Weil Ricky tot ist.«

»Aber die ›Jeffersons‹ hast du aufgenommen«, sage ich vorwurfsvoll und versuche, mich in Geduld zu üben. Ich schalte auf MTV um, ein lahmer Versuch, ihm entgegenzukommen. Bedauerlicherweise läuft ein Duran-Duran-Video.

»›Die Jetsons‹«, sagt er. »Nicht die ›Jeffersons‹. Ich habe die ›Jetsons‹ aufgenommen. Mach das *aus*.«

»Aber du nimmst doch immer die Nachrichten auf.« Gegen meinen Willen gerate ich ins Quengeln. »Du weißt, daß ich sie mir gern ansehe.« Pause. »Ich dachte, du hättest die ›Jetsons‹-Folgen schon alle durch.«

Danny sagt gar nichts, schlägt nur seine langen, wohlproportionierten Beine übereinander.

»Und wieso hast du den Hörer aufgelegt?« frage ich betont verträglich.

Er steht so plötzlich vom Bett auf, daß ich zusammenfahre. Er tritt an die Glastüren, die auf den Balkon führen, und schaut in die Cañons hinaus. Es ist hell draußen und warm, und hinter Danny kann man noch immer die Hitze aus den Hügeln aufsteigen sehen, und dann sage ich: »Geh bloß nicht weg«, und er sagt: »Ich weiß nicht mal, was ich hier verloren habe«, und ich frage treu und brav: »Warum bist du hier?«, und er sagt: »Weil mein Vater mich zu Hause rausgeschmissen hat«, und ich frage: »Warum?«, und Danny sagt: »Weil mein Vater mich gefragt hat: ›Warum suchst du dir keinen Job?‹ und ich geantwortet habe: ›Warum lutschst du nicht meinen Schwanz?‹« Er schweigt, und ich frage mich – nach allem, was man so über Edward liest –, ob er das wirklich getan hat, aber dann sagt Danny: »Dieses Thema hängt mir zum Hals raus. Das hatten wir schon zu oft.«

»Das hatten wir noch kein einziges Mal«, sage ich leise.

Danny wendet sich von der Glastür ab, lehnt sich dagegen, schluckt schwer und stiert ein neues Video auf MTV an.

Ich folge seinem Blick zum Bildschirm. Ein junges Mädchen in schwarzem Bikini wird von drei muskulösen, halbnackten Gitarrespielern terrorisiert. Das Mädchen flieht in einen Raum und krallt sich an eine Jalousie, während Nebel oder Rauch in den Raum strömt. Das Video ist zu Ende, der Konflikt am Schluß irgendwie aufgelöst, und ich schaue wieder zu Danny. Er starrt immer noch auf den Fernseher. Ein Werbespot für das Lost-Weekend-mit-Van-Halen-Preisausschreiben. David Lee Roth, bekifft und mit zwei leichtgeschürzten Girls zur Rechten und zur Linken, grinst lüstern in die Kamera und sagt: »Wie wär's mit ner kleinen Spritztour in meiner Limo?« Ich werfe wieder einen Blick auf Danny.

»Laß mich nur nicht allein«, sage ich, und es ist mir egal, wie erbärmlich das klingt.

»Ich mach alles mit«, sagt er, noch immer die Sonnenbrille auf.

Ich strecke die Hand aus und ziehe den Telefonstecker raus und muß an die abgeknickten Scheibenwischer denken.

»Du machst beim Lost-Weekend-Preisausschreiben mit?« frage ich. »Ist davon die Rede?«

Ich esse mit Sheldon in einem Restaurant auf der Melrose Avenue. Es ist Mittag, und das Restaurant ist schon vollbesetzt und still. Aus einer Musikanlage dudelt Soft Rock. Kühle Luft weht von drei langsam kreisenden silbernen Ventilatoren unter der Decke. Sheldon nippt Perrier und ich warte auf seine Antwort. Er stellt das große geeiste Glas ab und schaut aus dem Fenster und glotzt doch tatsächlich auf eine Palme, was ich einen Augenblick lang extrem enervierend finde.

»Sheldon?« sage ich.

»Zwei Wochen?« fragt er.

»Ich nehme auch eine, wenn du nicht mehr für mich rausholen kannst.« Ich gucke auf meinen Teller: ein riesiger, unangetasteter Ceasar Salad.

»Wozu brauchst du diese Woche? Wo willst du hin?« Sheldon wirkt ehrlich interessiert.

»Ich will mal wegfahren.« Ich zucke die Achseln. »Ein paar Tage blaumachen.«

»Wo?«

»Irgendwo.«

»Wo irgendwo? Herrgott, Cheryl.«

»Ich weiß nicht wo, Sheldon.«

»Du machst mir doch nicht schlapp, Herzchen?« fragt Sheldon.

»Was soll das, Sheldon? Scheiße, was ist hier los? Kannst du mir eine freie Woche rausschlagen oder nicht?« Ich nehme einen Löffel, mache mich über den Salat her, führe ein grünes

Blatt zum Mund. Es fällt runter auf den Teller. Ich lege den Löffel weg. Sheldon sieht mich so verstört an, daß ich mich abwenden muß.

»Weißt du, äh, ich werd's versuchen«, sagt Sheldon besänftigend, immer noch konsterniert. »Du weißt doch, ich tu alles für dich.«

»Du willst es *versuchen?*« frage ich ungläubig.

»Du hast nicht genug Vertrauen. Das ist dein Problem«, sagt Sheldon. »Du hast nicht genug Vertrauen. Und du hast dich immer noch nicht im Fitneßstudio angemeldet.«

»Mein Agent erzählt mir, daß ich nicht genug Vertrauen habe?« frage ich. »Mein Leben muß wirklich ein Desaster sein.«

»Du solltest dich fit halten.« Sheldon seufzt.

»Vertrauen habe ich genug. Ich muß nur für eine Woche nach Las Cruces.« Ich picke wieder in dem Salat herum und lasse Sheldon merken, daß ich eine Gabel genommen habe. »Ich war ja trainieren«, murmele ich. »Ich hab dauernd trainiert.«

»Ich sehe mal, was sich machen läßt. Ich rede mit Jerry. Und Jerry wird mit Evan reden. Aber du weißt ja, was man sagt.« Sheldon seufzt und guckt auf die Palme draußen. »Willst du Wasser von der Sonne holen?«

»Verdammt, was redest du da?« sage ich, dann: »Bist du auf Drogen oder so was, Sheldon?«

Die Rechnung kommt, und Sheldon zückt seine Brieftasche und dann eine Kreditkarte.

»Lebst du noch immer mit dem hübschen Jungen zusammen?« fragt er in einem Ton, der ausgesprochen mißbilligend klingt.

»Ich mag ihn, Sheldon«, sage ich, und dann, weniger überzeugt: »Er mag mich.«

»Sicher. Sicher tut er das, Cheryl«, sagt Sheldon. »Du wolltest doch kein Dessert, oder?«

Ich schüttle den Kopf, nun doch versucht, den Rest des Salats aufzuessen, aber der Kellner kommt und räumt den Teller ab. Jeder in dem Restaurant, so scheint es, erkennt mich.

»Du kannst die Mundwinkel jetzt wieder hochziehen«, sagt Sheldon. Er steckt die Brieftasche in seine Tasche zurück.

»Was hätte ich davon – außer hochgezogenen Mundwinkeln?«

Wegen der Art, wie Sheldon mich ansieht, versuche ich zu lächeln, ich lege meine Serviette auf den Tisch und mache auf ganz normaler Mensch.

»Dein Telefon war in letzter Zeit, äh, dauernd besetzt«, erwähnt Sheldon leise.

»Du kannst mich im Sender erreichen«, sage ich. »Das hat nichts zu bedeuten.«

»Hast du in letzter Zeit mit William geredet?«

»Ich möchte lieber nicht mit William reden.«

»Ich glaube, er möchte mit dir reden.«

»Woher weißt du das?«

»Ich habe ihn ein paarmal getroffen.« Sheldon zuckt die Achseln. »Hier und da.«

»Herrgott«, sage ich. »Ich will den Widerling nicht sehen.«

Ein junger Mexikaner räumt unsere Wassergläser ab.

»Cheryl, die meisten Menschen, die ich kenne, sprechen mit ihren Expartnern, wenn ihre Expartner mit ihnen sprechen wollen. Ist doch keine große Sache. Was soll das? Kannst du nicht mal mit ihm telefonieren?«

»Er kann mich beim Sender erreichen«, sage ich. »Ich will nicht mit William sprechen. Er ist das letzte.« Ich schaue wieder aus dem Fenster, nach zwei Teenagern mit kurzem, blondem Haar und in Miniröcken, die mit einem schlaksigen blonden Jungen vorbeigehen, und der Junge erinnert mich an Danny. Es ist nicht nur, weil der Junge genau wie Danny aussieht – das tut er –, es ist mehr sein apathisches Schlurfen, wie er sich im Restaurantfenster mustert, die gleiche Wayfarer.

Und einen Moment lang nimmt er seine Sonnenbrille ab und starrt mich genau an, obwohl er mich nicht sehen kann, und er fährt sich mit der Hand durch sein kurzes, blondes Haar, und die beiden Mädchen lehnen sich gegen die Palme, die Sheldon angeglotzt hat, und zünden sich Zigaretten an, und der Junge setzt seine Sonnenbrille wieder auf und vergewissert sich, daß sie nicht schief sitzt, und dreht sich um und geht die Melrose Avenue runter, und die beiden Mädchen verlassen die Palme und folgen dem Jungen.

»Kennst du den?« fragt Sheldon.

William ruft mich gegen drei im Sender an. Ich sitze an meinem Schreibtisch und arbeite an einer Story über den zwanzigsten Jahrestag des Mordes an Kitty Genovese, als er anruft. Er sagt, mein Telefon sei in letzter Zeit immer besetzt gewesen und daß wir uns diese Woche mal abends zum Essen treffen sollten. Ich sage ihm, daß ich beschäftigt gewesen sei, müde, daß zuviel Arbeit liegengeblieben ist. William erwähnt mehrmals den Namen eines italienischen Restaurants auf dem Sunset Boulevard.

»Was ist mit Linda?« Ich merke gleich, daß ich das nicht hätte sagen sollen, daß es William auf die Idee bringen könnte, ich zöge sein Angebot in Erwägung.

»Sie ist ein paar Tage in Palm Springs.«

»Was ist mit Linda?«

»Was ist mit ihr?«

»Was ist mit Linda?«

»Ich hab dich wohl vermißt.«

Ich lege auf und starre auf Bilder von Kitty Genoveses Leiche, und William ruft nicht zurück. Simon redet, bereits in Maske, von einem Drehbuch über Breakdancing in West Hollywood, an dem er arbeitet. Sobald die Nachrichtensendung beginnt, blicke ich starr in die Kamera und hoffe, daß Danny zusieht, weil das wirklich die einzige Gelegenheit ist, bei der er mich je ansieht. Ich lächle vor jedem Werbeblock warmherzig, obwohl das höchst unpassend ist, und am Schluß der Sendung bin ich versucht, mit den Lippen »Gute Nacht, Danny« zu formen. Aber im Gelson's in Brentwood sehe ich einen schlimm verbrannten kleinen Jungen in einem Einkaufswagen und erinnere mich daran, wie William »Ich hab dich wohl vermißt« gesagt hat, kurz bevor ich auflegte, und als ich aus dem Supermarkt komme, ist der Himmel hell und zu violett und starr.

Ein weißer VW-Polo parkt in der Einfahrt neben Dannys rotem Porsche, der neben einem gigantischen Steppenläufer parkt. Ich fahre an den Autos vorbei, parke den Jaguar auf dem Stellplatz und bleibe ziemlich lange sitzen, ehe ich aussteige und die Tüte mit Einkäufen reintrage. Ich stelle sie auf den Küchentisch, öffne dann den Kühlschrank und trinke ein halbes Tab. Auf dem Tisch liegt ein Zettel des Hausmädchens, auf dem in gebrochenem Englisch steht, daß William angerufen habe. Ich gehe zum Telefon, ziehe den Stecker raus und zerknülle den Zettel. Ein Junge, vielleicht neunzehn, zwanzig, mit kurzen blonden Haaren und sonnengebräunt, nur in blauen Shorts und Sandalen, tritt in die Küche und bleibt unvermittelt stehen. Wir starren uns einen Moment lang an.

»Äh, hallo?« sage ich.

»Hi«, sagt der Junge und beginnt zu lächeln.

»Wer bist du?«

»Öh, ich bin Biff. Hi.«

»Biff?« frage ich. »Du bist Biff?«

»Ja.« Er will rückwärts aus der Küche gehen. »Also bis dann.«

Ich stehe da, in der Hand immer noch den zerknüllten Zettel wegen William. Ich werfe ihn weg und gehe die Treppe rauf. Die Vordertür knallt zu, und ich kann das Geräusch des startenden Polo hören, der in der Einfahrt zurücksetzt und auf die Straße fährt.

Danny liegt unter einem dünnen weißen Laken auf meinem Bett und starrt auf den Fernseher. Zerknüllte Kleenextücher liegen neben dem Bett auf den Boden verstreut, neben einem Spiel Tarotkarten und einer Avocado. Es ist heiß im Zimmer, und ich öffne die Balkontüren, gehe dann ins Badezimmer, ziehe meinen Morgenmantel an und gehe schweigend zum Videorecorder und lasse das Band zurückspulen. Ich schaue über die Schulter zu Danny, der immer noch auf den Bildschirm glotzt, den ich ihm verstelle. Ich drücke auf »Play«, und ein Beach-Boys-Konzert läuft. Ich spule das Band vor und drücke wieder auf »Play«. Es ist nichts drauf außer den Beach Boys.

»Hast du die Nachrichten heute nicht aufgenommen?«

»Doch. Hab ich.«

»Aber da ist nichts drauf.« Ich zeige auf den Recorder.

»Echt?« Er seufzt.

»Da ist nichts drauf.«

Danny denkt einen Moment darüber nach, stöhnt dann: »O Mann, tut mir leid. Ich mußte das Beach-Boys-Konzert aufnehmen.«

Pause, dann: »Du mußtest ein Beach-Boys-Konzert aufnehmen?«

»Es war das letzte Konzert vor Brian Wilsons Tod«, sagt Danny.

Ich seufze, trommle mit den Fingern auf den Recorder. »Es war nicht Brian Wilson, du Blödmann. Es war Dennis Wilson.«

»Nein, war er nicht«, sagt er und stützt sich auf. »Es war Brian.«

»Du hast jetzt schon zwei Abende nacheinander vergessen, die Nachrichten aufzuzeichnen.« Ich gehe ins Badezimmer. »Und es war wohl Dennis«, rufe ich nach draußen.

»Ich weiß nicht, wo zum Teufel du das her hast«, höre ich ihn sagen. »Es war Brian.«

»Es war Dennis Wilson«, sage ich laut, beuge mich runter und fühle nach dem Wasser.

»Nie im Leben ... Du liegst total falsch. Es war Brian«, sagt er. Er steht, in das Laken gehüllt, vom Bett auf, schnappt sich die Fernbedienung und legt sich wieder hin.

»Es war Dennis.« Ich trete aus dem Badezimmer.

»Brian«, sagt er und schaltet auf MTV. »Du liegst hundert Prozent daneben.«

»Es war Dennis, du kleines Arschloch«, schreie ich ihn an, als ich aus dem Zimmer nach unten gehe, die Klimaanlage einschalte und dann, in der Küche, eine Flasche Weißwein öffne. Ich nehme ein Glas aus dem Schrank und gehe wieder nach oben.

»William hat heute nachmittag angerufen«, sagt Danny.

»Was hast du ihm gesagt?« Ich gieße mir ein Glas Wein ein, trinke einen Schluck und versuche, mich zu entspannen.

»Wir wären beim Petting und du könntest nicht an den Apparat kommen«, sagt Danny grinsend.

»Petting? Das war ja nicht mal gelogen.«

»Genau.« Er prustet los.

»Warum hast du nicht einfach das verdammte Scheißtelefon ausgesteckt gelassen?« schreie ich ihn an.

»Du bist verrückt.« Er setzt sich plötzlich auf. »Was soll dieser Mist mit dem Telefon? Du bist verrückt, du bist ... du bist ...« Er bricht ab, ohne das richtige Wort gefunden zu haben.

»Und was hatte der kleine Surfer in meinem Haus zu suchen?« Ich leere das Glas Wein, leicht angeekelt, gieße mir dann ein neues ein.

»Das war Biff«, sagt Danny kleinlaut. »Er surft nicht.«

»Tja, er sah wie vor den Kopf geschlagen aus«, sage ich laut und sarkastisch, während ich meinen Bademantel ausziehe.

Im Badezimmer lasse ich mich in das warme Wasser gleiten, drehe die Hähne zu, lehne mich zurück und nippe an dem

Wein. Danny kommt herein, er hat das Laken um sich geschlungen, wirft Kleenextücher in den Papierkorb und wischt dann seine Hand an dem Laken ab. Er klappt den Toilettensitz runter, setzt sich hin und zündet einen Joint an, den er in der Hand hält. Ich schließe die Augen, trinke einen kräftigen Schluck Wein. Die einzigen Laute: Musik von MTV, ein tropfender Wasserhahn, Dannys Züge an dem dünngedrehten Joint. Eben fällt mir auf, daß Danny sich heute irgendwann das Haar weiß gebleicht hat.

»Gras gefällig?« fragt er hustend.

»Was?« frage ich.

»Gras?« Er hält mir den Joint hin.

»Nein«, sage ich. »Kein Gras.«

Danny lehnt sich zurück, und ich geniere mich, darum wälze ich mich auf den Bauch, aber das ist unbequem, deshalb wälze ich mich auf die Seite und dann auf den Rücken, aber er sieht mich sowieso nicht an. Seine Augen sind geschlossen. Er spricht.

Mit monotoner Stimme: »Biff war heute unten am Sunset und kam an eine Ampel und hat mir erzählt, daß er so ne alte verkrüppelte Frau mit total großem Kopf und langen, fetten Patschhänden gesehen hat, und sie war irgendwie am Schreien und Faseln und hat den ganzen Verkehr aufgehalten.« Er nimmt noch einen Zug an dem Joint, hält den Rauch in den Lungen. »Und sie war nackt.« Er pustet den Rauch aus, sagt dann: »Sie war an einer Bushaltestelle ganz unten am Strip, vielleicht Höhe Hillhurst.« Er macht noch einen Zug an dem Joint, hält den Rauch in den Lungen.

Ich stelle mir das vor und frage, nachdem ich darüber nachgedacht habe: »Warum zum Teufel erzählst du mir das?«

Er zuckt die Achseln, sagt nichts. Er öffnet nur die Augen und starrt auf die rote Spitze des Joints und pustet darauf. Ich greife über den Wannenrand und gieße mir noch ein Glas Wein ein.

»Erzähl *du* mir was«, sagt er endlich.

»Was denn, Klatsch aus dem Sender?«

»Was du willst.«

»Ich ... wünsche mir ein Kind«, sage ich aufs Geratewohl.

Nach einer langen Pause zuckt Danny die Achseln und sagt: »Affengeil.«

»Affengeil?« Ich schließe die Augen und frage sehr gelassen: »Hast du gerade affengeil gesagt?«

»Verarsch mich nicht, Mann«, sagt er, steht auf und geht zum Spiegel. Er kratzt an einem imaginären Fleck auf seinem Kinn, wendet sich ab.

»Es hat keinen Zweck«, sage ich plötzlich.

»Ich bin zu jung«, sagt er. »Ach nee.«

»Ich kann mich nicht mal erinnern, wann ich dich kennengelernt habe«, sage ich leise, als ich zu ihm aufschaue.

»Was?« fragt er überrascht. »Soll *ich* mich da etwa dran erinnern?« Er läßt das Laken fallen, geht nackt wieder zur Toilette und setzt sich hin und trinkt einen Schluck aus der Weißweinflasche. Ich bemerke eine Narbe an der Innenseite seines Schenkels, strecke meine Hand aus und berühre sein Bein. Er weicht zurück, zieht an dem Joint. Meine Hand bleibt ausgestreckt in der Luft, und ich ziehe sie verschämt zurück.

»Würde ein reifer Mensch sich über mich lustig machen, wenn ich dich frage, was du denkst?«

»Ich mußte –« Er bricht ab, fährt dann langsam fort. »Ich mußte gerade daran denken, wie scheußlich es war, entjungfert zu werden.« Er zögert. »Den ganzen Tag hab ich daran gedacht.«

»Muß wohl, wenn es mit einem Fernfahrer passiert.« Eine lange, haßerfüllte Pause. Ich wende mich ab. »Das war dumm.« Ich will ihn wieder berühren, trinke aber statt dessen einen Schluck Chardonnay.

»Was macht dich eigentlich so scheißperfekt?« Seine Augen werden schmal, er schiebt das Kinn vor. Er steht auf, bückt sich, hebt das Laken auf, geht zurück ins Schlafzimmer. Ich steige aus der Wanne, trockne mich ab, gehe nackt und leicht betrunken mit der Weinflasche und meinem Glas in das Zimmer und schlüpfe zu ihm unter das Laken. Er schaltet um. Ich weiß nicht, warum er hier ist oder wo wir uns kennengelernt haben, und er liegt neben mir, nackt, und glotzt Videos.

»Weiß dein Mann Bescheid?« fragt er, und sein amüsierter Ton klingt unecht. »Er sagt, die Scheidung wäre nicht durch. Er sagt, er sei nicht dein Ex.«

Ich rühre mich nicht, antworte nicht, sehe einen Moment lang weder Danny noch irgend etwas sonst im Raum.

»Na?«

Ich brauche noch ein Glas Wein, aber ich zwinge mich, einige Minuten zu warten, ehe ich es einschenke. Noch ein Video. Danny summt mit. Ich erinnere mich, auf dem Parkplatz der Galleria in einem Auto zu sitzen, an William, der meine Hand hält.

»Spielt das eine Rolle?« sage ich, sobald das Video aus ist. Ich schließe die Augen, stelle mir mühelos vor, ich sei nicht hier. Als ich sie wieder öffne, ist es dunkler im Zimmer, und ich schaue rüber zu Danny, und er starrt immer noch auf den Fernseher. Ein Foto von L. A. bei Nacht ist auf dem Bildschirm. Ein roter Schweif fliegt über die Neonlandschaft. Der Name eines lokalen Radiosenders erscheint.

»Magst du ihn?« fragt Danny.

»Nein. Wirklich nicht.« Ich trinke einen kleinen Schluck Wein, entspanne mich soweit, daß ich müde werde. »Magst du ... ihn?«

»Wen? Deinen Mann?«

»Nein«, sage ich. »Biff, Boff, Buff, Dingsda.«

»Was?«

»Magst du ihn?« frage ich wieder. »Mehr als mich?«

Danny sagt gar nichts.

»Du mußt nicht sofort antworten.« Ich könnte das lauter sagen, aber ich tu's nicht. »Als wärst du dazu fähig.«

»Frag mich so was nicht«, sagt er, seine Augen ein stumpfes Graublau, leer, halbgeschlossen. »Frag mich so was bitte nicht. Tu das nicht.«

»Das ist ja mal wieder typisch.« Ich kichere.

»Was hat Tarzan gesagt, als er die Elefanten über den Hügel kommen sah?« fragt er gähnend.

»Was?« Ich kichere immer noch, mit geschlossenen Augen.

»Da kommen Elefanten über den Hügel.«

»Ich glaube, den hab ich schon mal gehört.« Ich stelle mir Dannys lange, gebräunte Finger vor, und dann, weniger verlockend, die Stelle, wo seine Bräune aufhört und wieder anfängt, die vollen, nicht lächelnden Lippen.

»Was hat Tarzan gesagt, als er die Elefanten in Regenmänteln über den Hügel kommen sah?« fragt er.

Ich trinke den Wein aus und stelle das Glas neben eine leere Flasche auf den Nachttisch. »Was?«

»Da kommen Elefanten in Regenmänteln über den Hügel.« Er wartet meine Reaktion ab.

»Ach ... wirklich?« frage ich schließlich.

»Was hat Tarzan gesagt, als er die Elefanten mit Sonnenbrillen über den Hügel kommen sah?«

»Ich glaube, das will ich wirklich nicht wissen, Danny«, sage ich mit dicker Zunge, schließe die Augen und alles wird schwummrig.

»Nichts«, sagt Danny matt. »Er hat sie nicht erkannt.«

»Warum erzählst du mir das?«

»Ich weiß nicht.« Pause. »Vielleicht um mich aufzuheitern.«

»Was?« frage ich wegdösend. »Was hast du gesagt?«

»Um mich aufzuheitern?«

Ich schlafe neben ihm für eine Minute ein, wache dann auf, ohne die Augen zu öffnen. Gleichmäßig atmend, spüre ich die

Berührung zweier trockener Finger, die sich mein Bein heraufschleichen. Ich liege vollkommen still, die Augen geschlossen, und er berührt mich, ohne Hitze in seiner Berührung, und dann legt er sich vorsichtig auf mich, und ich bleibe vollkommen still liegen, aber bald muß ich die Augen öffnen, weil ich zu schwer atme. Im selben Moment wird er schlapp, wälzt sich zur Seite. Als ich mitten in der Nacht wach werde, ist er verschwunden. Sein Feuerzeug, das wie eine kleine, goldene Pistole aussieht, liegt auf dem Nachttisch neben der leeren Weinflasche und dem großen Glas, und ich erinnere mich, daß ich, als er es mir zum ersten Mal zeigte, glaubte, er würde tatsächlich damit schießen, und als er es nicht tat, war das die Enttäuschung meines Lebens, und als ich ihm in die Augen sah, deren Blick alles belanglos werden ließ, Seen ohne jedes Erinnerungsvermögen, starrte ich solange in sie hinein, bis mir wohler war.

Musik von unten weckt mich um elf. Ich werfe mir hastig einen Morgenmantel über, gehe nach unten, aber es ist nur das Mädchen, das im Arbeitszimmer die Fenster putzt und dabei Culture Club hört. Ich sage Gracias und schaue aus dem Fenster, das das Mädchen putzt, und sehe die beiden kleinen Kinder des Mädchens im flachen Teil des kleinen Pools schwimmen. Ich ziehe mich an und warte im Haus darauf, daß Danny wiederkommt. Ich gehe hinaus, starre auf die Stelle, an der sein Wagen geparkt war, und dann sehe ich mich nach Hinweisen auf den Gärtner um, der sich aus irgendeinem Grunde seit drei Wochen nicht hat blicken lassen.

Ich treffe Liz zum Lunch in Beverly Hills, und als wir ein Wasser bestellt haben, sehe ich William in einem beigen Leinensakko, weißer Bundfaltenhose und mit einer teuren braunen Sonnenbrille an der Bar stehen. Er kommt an unseren Tisch. Ich entschuldige mich und gehe zu den Toiletten. William folgt mir, und ich stehe vor der Tür und frage ihn, was er hier macht, und er sagt, daß er zum Lunch immer hierherkommt, und ich sage, so einen Zufall gäbe es nicht, und er sagt – gesteht –, daß er möglicherweise mit Liz gesprochen habe, daß sie ihm gegenüber möglicherweise etwas von dem Lunch mit mir heute im Bistro Gardens erwähnt habe. Ich sage William, daß ich ihn nicht sehen will, daß diese Trennung, unbeabsichtigt oder nicht, seine Idee war, daß er Linda kennengelernt hat. Auf meine Vorhaltungen hin sagt William, daß er nur reden will, und er nimmt meine Hand und drückt sie, und ich reiße mich los und gehe zurück an den Tisch und setze mich. William kommt nach und hockt sich neben meinen Stuhl, und nachdem er mich dreimal gebeten hat, bei ihm zu Hause vorbeizukommen, um zu reden, und ich nichts sage, geht er, und Liz murmelt Entschuldigungen, und mich überfällt plötzlich ein unerklärlicher Heißhunger, so daß ich zwei Vorspeisen bestelle, einen großen Salat und eine Bitter-Orange-Torte, die ich beide schnell und gierig esse.

Nach dem Lunch wandere ich ziellos den Rodeo Drive entlang und gehe zu Gucci rein, wo ich Danny fast eine Brieftasche kaufe, und dann verlasse ich Gucci und lehne mich in der weißen Hitze an eine der goldenen Säulen vor dem Laden, und ein Helikopter stößt tief aus dem Himmel herab und zieht wieder hoch, und ein Mercedes hupt einen anderen Mercedes an, und mir fällt ein, daß ich donnerstags die Elf-Uhr-Sendung machen muß, und ich schirme meine Augen gegen die Sonne ab, und ich gehe zum falschen Parkplatz, und nachdem ich einen Block weiter gegangen bin, finde ich den richtigen.

Ich verlasse den Sender nach dem Ende der Fünf-Uhr-Nachrichten und sage Jerry, daß ich zur Elf-Uhr-Sendung um halb elf zurück bin und Cliff den Trailer machen kann, und ich steige in meinen Wagen und fahre vom Parkplatz des Senders und ertappe mich dabei, daß ich zum Flugplatz fahre, zum LAX. Ich parke und schlendere zum Terminal von American Airlines und gehe in einen Coffeeshop, sichere mir einen Platz am Fenster, und ich bestelle Kaffee und sehe den startenden Flugzeugen nach, werfe gelegentlich einen Blick in das *L. A.-Weekly,* das ich aus dem Auto mitgebracht habe, und dann nehme ich etwas von dem Kokain, das Simon mir heute nachmittag gegeben hat, und bekomme Durchfall, und dann streune ich durch den Flughafen und hoffe, es möge mir jemand folgen, und ich gehe von einem Ende des Terminals zum anderen, sehe mich dabei erwartungsvoll über die Schulter um, und ich verlasse das Terminal von American Airlines und gehe hinaus zum Parkplatz und nähere mich meinem Wagen mit den schwarzgetönten Scheiben, wo zwei Stöcke an der Windschutzscheibe lehnen, die einmal Scheibenwischer waren, und ich habe das Gefühl, daß dort jemand wartet, auf dem Rücksitz kauert, und ich gehe zum Wagen, spähe hinein, und obwohl ich wenig erkennen kann, bin ich ziemlich sicher, daß niemand drin ist, und ich steige ein und fahre aus dem Flughafen, und als ich an Motels vorbeifahre, die den Century Boulevard zum LAX säumen, reizt es mich kurz, in eins davon einzuchecken, nur des Effekts halber, um mir die Illusion zu geben, irgendwo anders zu sein, und die Go-Go's singen »Head Over Heels« im Radio, und vom LAX fahre ich nach West Hollywood und finde mich vor einem Programmkino auf dem Beverly Boulevard wieder, das einen alten Robert-Altman-Film zeigt, und ich parke den Jaguar in einer Abschleppzone, kaufe eine Karte und betrete ein kleines, leeres Kino, der ganze Saal ist in rotes Licht getaucht, und ich setze mich alleine nach vorne, blättere das *L. A.-Weekly* durch, und es ist still im Kino, abgesehen von einer Eagles-LP, die irgendwo läuft, und jemand zündet einen Joint an, und der süße, schwere Geruch von Marihuana lenkt mich von dem *L. A.-Weekly* ab, das ohnehin zu Boden fällt, nachdem ich eine

Anzeige für Danny's Okie Dog, einen Hot-Dog-Stand am Santa Monica Boulevard, sehe, und das Licht wird gedämpft, und hinten gähnt jemand, und die Eagles werden ausgeblendet, ein fadenscheiniger schwarzer Vorhang hebt sich, und als der Film aus ist, gehe ich wieder nach draußen und steige ins Auto, und als der Wagen vor einer Schwulenkneipe auf dem Santa Monica Boulevard streikt, beschließe ich, nicht zu den Elf-Uhr-Nachrichten zum Sender zurückzufahren, und ich drehe wiederholt den Zündschlüssel, und als der Motor wieder anspringt, fahre ich von der Kneipe weg und an zwei jungen Typen vorbei, die sich in einem Hauseingang anschreien.

Canter's. Ich betrete das große, neonbeleuchtete Feinkostgeschäft, um etwas zu essen, und kaufe eine Packung Zigaretten, damit meine Hände etwas zu tun haben, nachdem ich das *L. A.-Weekly* auf dem Fußboden des Programmkinos liegengelassen habe. Ich bekomme einen Tisch am Fenster und mustere die Benson-&-Hedges-Packung, starre dann aus dem Fenster und beobachte, wie Ampeln von Rot auf Grün auf Gelb auf Rot springen, und auf der Kreuzung herrscht kein Verkehr, und ich bestelle ein Sandwich und eine Diet Coke und nichts kommt vorbei, weder Autos noch Menschen, zwanzig Minuten lang herrscht kein Verkehr auf der Kreuzung. Das Sandwich kommt, und ich starre es desinteressiert an.

Eine Gruppe Punkrocker sitzt an einem Tisch mir gegenüber, und sie sehen dauernd zu mir her und flüstern. Eins der Mädchen, sie trägt ein altes schwarzes Kleid und hat kurze, rote Igelhaare, knufft den Jungen neben sich, und der Junge, etwa achtzehn, schlaksig und groß, er trägt Schwarz und hat einen blonden Irokesenschnitt, rafft sich auf und kommt an meinen Tisch. Die Punks werden plötzlich still und sehen gespannt zu dem Jungen.

»Äh, sind Sie nicht in den Nachrichten oder so was?« fragt er mit überraschend heller Stimme.

»Ja.«

»Sie sind Cheryl Laine, oder?« fragt er.

»Ja.« Ich schaue auf, versuche zu lächeln. »Ich würde mir gern eine Zigarette anzünden, hab aber keine Streichhölzer.«

Der Junge sieht mich an, durch diese letzte Bemerkung kurzfristig aus dem Konzept gebracht, aber er fängt sich und fragt: »Ich hab auch keine Streichhölzer, aber, hey, kann ich vielleicht ein Autogramm von Ihnen haben?« Er starrt mich haßerfüllt an und sagt: »Ich bin echt Ihr größter Fan.« Er hält mir eine Serviette hin und kratzt sich seinen Irokesenschnitt. »Sie sind echt mein Lieblingsnachrichtenmensch.«

Die Punks lachen hysterisch. Das Mädchen mit der roten Igelfrisur versteckt ihr Gesicht hinter winzigen Händen und trampelt mit den Füßen.

»Sicher«, sage ich gedemütigt. »Hast du einen Stift?«

Er dreht sich um und ruft: »Hey, David, hast du nen Stift?«

David schüttelt den Kopf, die Augen geschlossen, das Gesicht vor Lachen verzerrt.

»Ich glaube, ich hab einen«, sage ich und öffne meine Handtasche. Ich hole einen Stift heraus, und er reicht mir eine Serviette. »Was soll ich draufschreiben?«

Der Junge sieht mich ausdruckslos an, dann rüber zum anderen Tisch, und er fängt an zu lachen und zuckt die Achseln. »Weiß ich nicht.«

»Tja, wie heißt du denn?« frage ich, den Stift so fest umklammernd, daß ich fürchte, ihn zu zerbrechen. »Fangen wir damit an.«

»Spaz.« Er kratzt wieder seinen Irokesenschnitt.

»Spaz?«

»Ja. Mit *›zett‹*.«

Ich schreibe: »Für Spaz, alles Gute, Cheryl Laine.«

»Hey, vielen Dank, Cheryl«, sagt Spaz.

Er geht zurück an den Tisch, wo die Punks jetzt noch lauter lachen. Eins der Mädchen nimmt Spaz das Autogramm aus der Hand, sieht es sich an und grölt, wobei sie wieder die Hände vors Gesicht schlägt und mit den Füßen aufstampft.

Ich lege sehr behutsam einen Zwanzig-Dollar-Schein auf den Tisch, trinke einen Schluck Diet Coke und versuche dann, unauffällig aufzustehen, und ich gehe zur Toilette, während die Punks mir »Tschüs Cheryl« nachrufen und noch lauter lachen, und in der Damentoilette schließe ich mich in einer Kabine ein und lehne mich gegen eine mit mexikanischen Graffiti vollgeschmierte Tür und atme tief durch. Ich finde Dannys Feuerzeug unten in meiner Handtasche und zünde mir eine Zigarette an, aber sie schmeckt bitter, und ich werfe sie in die Toilette und gehe dann zurück durch das praktisch leere Canter's, den ganzen Weg immer an der Wand entlang, um dem Tisch der Punks auszuweichen, und dann bin ich in meinem Auto und betrachte mein Spiegelbild im Rückspiegel: rote Augen, am Kinn ein schwarzer Fleck, den ich wegzuwischen versuche. Ich lasse den Wagen an und fahre zu einer Telefonzelle auf dem Sunset Boulevard. Ich parke den Wagen, mit laufendem Motor, lautem Radio, und rufe meine Nummer an, und ich stehe in der Zelle und warte, daß jemand abhebt, und das Telefon klingelt weiter, und ich lege auf und gehe zum Wagen zurück und fahre herum, auf der Suche nach einem Coffeeshop oder einer Tankstelle, damit ich auf die Toilette gehen kann, aber alles scheint geschlossen zu haben, und ich fahre den Hollywood Boulevard entlang, sehe mir die Kinoplakate an und biege schließlich doch wieder auf den Sunset Boulevard ab und fahre nach Brentwood.

Ich klopfe an Williams Tür. Er braucht eine Weile, um zur Tür zu kommen. Er fragt: »Wer ist da?« Ich sage nichts, klopfe nur noch mal.

»Wer ist da«, fragt er in beunruhigtem Ton.

»Ich bin's«, sage ich, dann: »Cheryl.«

Er entriegelt die Tür und macht auf. Er hat einen Badeanzug von Polo und ein T-Shirt an, auf dem in leuchtend blauen Lettern CALIFORNIA steht, ein T-Shirt, das ich ihm letztes Jahr gekauft habe, und er trägt eine Brille, und es scheint ihn nicht zu überraschen, mich vor seiner Tür stehen zu sehen.

»Ich wollte gerade in den Whirlpool«, sagt William.

»Ich möchte deine Toilette benutzen«, sage ich leise. Ich gehe an ihm vorbei durchs Wohnzimmer ins Badezimmer. Als ich herauskomme, steht William an der Bar.

»Du konntest keine ... Toilette finden?« fragt er.

Ich sitze in einem Fernsehsessel vor einem riesigen Fernseher, will William erst ignorieren, entschließe mich dann, es nicht zu tun, und sage: »Nein.«

»Möchtest du was trinken?«

»Wie spät ist es?«

»Elf«, sagt er. »Was möchtest du?«

»Irgendwas.«

»Ich habe Ananassaft, Preiselbeer, Orange, Papaya.«

Ich hatte gedacht, er meine was Alkoholisches, sage aber noch mal: »Irgendwas.«

Er geht zum Fernseher, und der flammt auf wie ein Blitzlicht, brummend, und eben fangen die Nachrichten an, und William dreht gerade rechtzeitig lauter, um den Ansager sagen zu hören: »... das Nachrichtenteam von Channel Nine mit Christine Lee in Vertretung von Cheryl Laine ...«, und William geht zurück an die Bar und gießt uns etwas zu trinken ein, und er ist so gnädig, nicht zu fragen, wieso ich nicht dort bin. Beim ersten Werbeblock schalte ich den Fernseher aus.

»Wo ist Linda?« frage ich.

»Palm Springs«, sagt er. »Auf einem Seminar zur Darmsanierung.« Langes, dumpfes Schweigen, und dann: »Soll angeblich Spaß machen.«

»Wie schön«, murmele ich. »Ihr zwei versteht euch noch?«

William lächelt und bringt mir einen Drink, der stark nach Guaven riecht. Ich nippe vorsichtig daran, stelle das Glas dann ab.

»Sie hat gerade die Wohnung umdekoriert.« Er macht eine ausladende Bewegung mit den Armen und setzt sich auf eine beige Couch gegenüber dem Fernsehsessel. »Obwohl wir nur übergangsweise hier wohnen.« Pause. »Sie ist noch bei Universal. Ihr geht's prima.« Er trinkt seinen Saft.

William sagt nichts weiter. Er nippt wieder an seinem Saft, schlägt dann seine braunen, behaarten Beine übereinander und schaut aus dem Fenster auf die von Straßenlaternen beleuchteten Palmen.

Ich stehe aus dem Sessel auf und gehe nervös im Zimmer herum. Ich trete an das Bücherregal und tue, als würde ich mir die Büchertitel auf dem großen Glasregal ansehen, und dann die Titel der Filme auf den Videokassetten in den unteren Fächern.

»Du siehst nicht besonders gut aus«, sagt er. »Du hast Tinte auf dem Kinn.«

»Mir geht's gut.«

Es dauert fünf Minuten, ehe William sagt: »Vielleicht hätten wir zusammenbleiben sollen.« Er nimmt die Brille ab, reibt sich die Augen.

»O Gott«, sage ich gereizt. »Nein, wir hätten nicht zusammenbleiben sollen.« Ich drehe mich um. »Ich wußte, ich hätte nicht herkommen sollen.«

»Ich war im Unrecht. Was kann ich sagen?« Er schaut auf seine Brille hinunter, dann auf seine Knie.

Ich gehe vom Bücherregal zur Bar und lehne mich dagegen, und wieder kommt es zu einer langen Pause, und dann sagt er: »Willst du mich immer noch?«

Ich sage nichts.

»Du mußt mir darauf wohl nicht antworten«, sagt er in verunsichertem, hoffnungsvollem Ton.

»Es hat keinen Zweck. Nein, William, ich will dich nicht mehr.« Ich fasse an mein Kinn, betrachte meine Finger.

William betrachtet sein Glas und sagt, ehe er daraus trinkt: »Aber du lügst doch immer.«

»Ruf mich nicht mehr an«, sage ich. »Darum bin ich hergekommen. Um dir das zu sagen.«

»Aber ich glaube, ich« – Pause – »will dich immer noch.«

»Aber ich« – ich zögere verlegen – »will einen anderen.«

»Will er dich auch?« fragt er mit ruhigem Nachdruck, was mich so trifft, daß ich mich gegen meinen Willen auf einen hohen, grauen Barhocker plumpsen lasse.

»Mach mir nicht schlapp«, sagt William. »Reiß dich zusammen.«

»Es ist alles kaputt.«

William steht von der Couch auf, stellt sein Glas mit Papayasaft weg und kommt zaghaft auf mich zu. Er legt mir eine Hand auf die Schulter, küßt meinen Nacken, berührt eine Brust, stößt dabei fast mein Glas um. Ich flüchte mich in die andere Zimmerecke und wische mir übers Gesicht.

»Es überrascht mich, dich so zu erleben«, bringe ich schließlich hervor.

»Warum?« fragt William von der anderen Seite des Zimmers.

»Weil du nie was für irgendwen empfunden hast.«

»Das stimmt nicht«, sagt er. »Was ist mit dir?«

»Du warst nie da. Du warst nie da.« Ich kann nicht weiter. »Du warst nie ... lebendig.«

»Ich war... lebendig«, sagt er hilflos. »Lebendig?«

»Nein, warst du nicht«, sage ich. »Du weißt, was ich meine.«

»Was war ich dann?« fragt er.

»Du warst nur« – ich zögere, schaue über die weite, weiße Teppichfläche in eine penetrant weiße Küche, weiße Stühle auf einem glänzenden Kachelboden – »nicht tot.«

»Und, hm, dieser Mensch, mit dem du zusammen bist, der ist lebendig?« fragt er mit schneidender Stimme.

»Ich weiß nicht. Er ist« – ich stammele – »nett. Nett. Er tut mir gut.«

»Er tut dir gut? Was ist er? Ein Vitamin? Was heißt das? Daß er gut im Bett ist oder was?« William wirft die Arme hoch.

»Ist er, manchmal jedenfalls«, murmele ich.

»Na, wenn du mich kennengelernt hättest, als ich fünfzehn war –«

»Neunzehn«, sage ich, ehe er weiterreden kann.

»Jesus Christus, neunzehn also«, sagt er verächtlich.

Ich gehe Richtung Tür, verlasse eine nicht unvertraute Szene, und einmal drehe ich mich um und sehe William an, und dabei spüre ich ein plötzliches Widerstreben, das ich nicht spüren will. Ich stelle mir Danny vor, wie er in einem Schlafzimmer auf mich wartet, wie er eine Telefonnummer wählt, jemanden anruft, ein Phantom. Bei mir zu Hause läuft der Fernseher, und der Videorecorder auch. Das Bett ist ungemacht. Darauf liegt ein Zettel, auf dem steht: »Sorry – man sieht sich. Sheldon hat angerufen und gesagt, er hätte gute Neuigkeiten. Hab den Timer auf 11 gestellt, die Sendung müßte also aufgenommen worden sein. Tut mir leid. Bis dann. P. S. Biff findet dich scharf«, und darunter Biffs Telefonnummer. Die Tasche mit Klamotten, die er neben dem Bett stehen hatte, ist fort. Ich spule das Band zurück, lege mich hin und sehe mir die Elf-Uhr-Nachrichten an.

7 Japan entdecken

Wir fliegen geradewegs in die Dunkelheit, ich starre aus dem Flugzeugfenster auf eine sternlose, schwarze Leinwand hinter dem Fenster, lege eine Hand ans Fenster, das so kalt ist, daß meine Fingerspitzen taub werden, und stiere auf meine Hand, dann löse ich die Hand vorsichtig vom Fenster, und Roger kommt durch den abgedunkelten Gang.

»Stell deine Uhr vor, Mann«, sagt Roger.

»Was is?« frage ich.

»Stell deine Uhr vor. Der Zeitunterschied. Wir landen in Tokio.« Roger starrt mich an, und sein Lächeln verrutscht. »Tokio, äh, in Japan, klar?« Keine Antwort, und Roger fährt sich mit der Hand durch sein kurzes, blondes Haar, bis er seufzend den Pferdeschwanz hinten zu fassen bekommt.

»Aber ich ... kann ... gar nichts ... sehen, Mann«, sage ich und zeige langsam auf das dunkle Fenster.

»Das liegt daran, daß du die Sonnenbrille aufhast, Mann«, sagt Roger.

»Nein, das ... ist es nicht. Es ist echt« – ich suche nach dem richtigen Wort – »äh ... dunkel«, und dann: »... Mann.«

Roger sieht mich einen Moment lang an.

»Naja, das kommt, weil die Fenster, äh, getönt sind«, sagt Roger vorsichtig. »Dieses Flugzeug hat getönte Fensterscheiben, klar?«

Ich sage gar nichts.

»Willst du eine Valium, nen Downer, Kaugummi oder so was?« fragt Roger.

Ich schüttle den Kopf, antworte: »Nein ... könnte mich umhauen.«

Roger dreht sich langsam um, tastet sich durch den Gang

zur Spitze des Jets. Als ich meine vom Fenster noch kalten Fingerspitzen gegen die Stirn presse, fallen mir die Augen zu.

Nackt, schweißgebadet wache ich auf, in einem großen Bett in einer Suite im Penthouse des Tokio Hilton, die Bettlaken zerwühlt am Boden, ein junges Mädchen schläft nackt neben mir, ihr Kopf an meinen Arm gekuschelt, der taub ist, und es überrascht mich, wie schwer es mir fällt, ihn endlich zu heben, wobei ich mit dem Ellbogen dem Mädchen achtlos übers Gesicht schramme. Fetzen von Kleenextüchern, die ich sie fressen ließ und die angetrocknet an ihren Wangen, ihrem Kinn pappen, fallen ab. Als ich mich rumdrehe, weg von dem Mädchen, ist da ein Junge, sechzehn, siebzehn, vielleicht jünger, Asiate, nackt, auf der anderen Seite des Betts, seine Arme baumeln über die Bettkante, der glatte, beigefarbene Hintern ist mit frischen, roten Striemen bedeckt. Ich greife nach einem Telefon auf dem Nachttisch, aber da ist kein Nachttisch, und das Telefon liegt auf dem Fußboden, aus der Wand gerissen, auf klammen, weißen Laken. Schwer atmend lange ich über den Jungen weg und stöpsele das Telefon ein, was etwa fünfzehn Minuten dauert, frage endlich jemanden am anderen Ende nach Roger, aber Roger ist, wie mir gesagt wird, bei einem Obstwettessen und im Moment unerreichbar.

»Schafft die zwei Kids hier raus, klar?« murmele ich in den Hörer.

Ich stehe aus dem Bett auf, stoße eine leere Wodkaflasche gegen eine Bourbonflasche, die sich über Kartoffelchipstüten ergießt und über eine Ausgabe des *Hustler Orient,* in dem das Mädchen auf dem Bett diesen Monat drin ist, und ich knie mich hin, schlage das Heft auf und sehe mir mit gemischten Gefühlen an, wie anders als noch vor drei Stunden ihre Möse damit verglichen auf dem Foto aussieht, und als ich mich umdrehe und aufs Bett schaue, hat der asiatische Junge die

Augen auf und starrt mich an. Ich stehe einfach da, ungeniert, nackt, verkatert, und erwidere den Blick aus den schwarzen Augen des Jungen.

»Jetzt tust du dir leid, was?« frage ich, erleichtert, als zwei bärtige Typen die Tür öffnen und aufs Bett zusteuern, und ich gehe in ein Badezimmer und schließe die Tür ab.

Ich drehe das Badewasser voll auf, damit der Klang des in die riesige Porzellanwanne prasselnden Wassers nur ja den Lärm der zwei Roadies übertönt, die das Mädchen und den Jungen aus dem Bett, aus dem Zimmer zerren, sich schadlos halten, beuge mich über die Wanne und vergewissere mich, daß nur kaltes Wasser aus dem Hahn läuft. Ich gehe an die Tür, presse mein Ohr dagegen, um zu hören, ob noch jemand im Raum ist, und als ich ziemlich sicher bin, daß dem nicht so ist, riskiere ich einen Blick, und es ist niemand im Zimmer. Aus einem kleinen Kühlschrank nehme ich einen Plastikeiskübel und gehe dann an die Eismaschine, die auf meinen Wunsch mitten in die Suite gestellt wurde, und hole etwas Eis. Dann knie ich mich, auf dem Rückweg ins Badezimmer, neben das Bett und öffne eine Schublade und nehme einen Beutel Librium heraus, und dann bin ich wieder im Badezimmer und schließe die Tür und kippe den Eiskübel in die Badewanne, achte aber darauf, daß genug Wasser am Grund des Kübels zurückbleibt, um damit das Librium herunterzuspülen, und ich steige in die Wanne, lege mich hin, bis zum Kopf unter Wasser, etwas beunruhigt bei dem Gedanken, daß eiskaltes Wasser und Librium vielleicht doch kein so gelungener Mix sind.

In meinem Traum sitze ich im Restaurant im Dachgeschoß des Hotels an einer Fensterwand und starre hinaus über das Netz von Neonlichtern, das sich Stadt nennt. Ich trinke einen Kamikaze, und mir gegenüber sitzt das junge, asiatische Mädchen aus dem *Hustler,* aber ihr glattes braunes Gesicht ist mit Geishaschminke bedeckt, und das Geishamake-up und das enge neonpinkfarbene Kleid und der Ausdruck, der ihre flache, sonst glatte Stirn kraust, und der Blick ihrer Augen sind raubtierhaft, beunruhigen mich, und plötzlich flackert und erlischt das ganze Gespinst von Neonlichtern, Sirenen heulen, und Menschen, die mir bisher gar nicht aufgefallen waren, stürzen aus dem Restaurant, Schreie, Rufe aus der schwarzen Stadt unter uns, und riesige Feuerbögen, die sich orange und gelb vor dem schwarzen Himmel abheben, schießen aus verschiedenen Stellen am Boden hervor, und ich starre noch immer die Geisha an, in deren Augen sich die Feuerbögen spiegeln, und sie murmelt mir etwas zu, und in diesen großen und mandelförmigen feuchten Augen steht keine Furcht, denn sie lächelt nur warm und sagt dasselbe Wort wieder und wieder und wieder, aber die Sirenen und Schreie und zahllosen Explosionen übertönen das Wort, und als ich angstvoll aufschreie und sie frage, was sie sagt, lächelt sie nur und zwinkert und holt einen Papierfächer hervor, und ihr Mund bewegt sich weiter und formt dasselbe Wort, und ich beuge mich zu ihr, um das Wort zu verstehen, aber eine riesige Pranke bricht durch das Fenster, läßt Glassplitter auf uns herabregnen, und die Pranke packt mich, sie ist warm, pulsierend vor Wut, bedeckt mit Schleim, der den Anzug, den ich trage, durchtränkt, und die Pranke zerrt mich durchs Fenster hinaus, und ich winde mich zu dem Mädchen herum, die das Wort wieder sagt, diesmal ganz deutlich.

»Godzilla ... Godzilla, du Idiot ... Godzilla, ich hab doch gesagt ...«

Stumm schreiend, werde ich an sein Maul gehoben, achtzig, neunzig Stockwerke hoch, blicke durch die Überreste der zerschmetterten Glasfassade, umpeitscht von einem kalten, schwarzen Wind, und das asiatische Mädchen in dem pinkfarbenen Kleid steht jetzt auf dem Tisch, lächelt, winkt mir mit ihrem Fächer nach und ruft »Sayonara«, aber es bedeutet nicht auf Wiedersehen.

Irgendwann später, nachdem ich nackt und wimmernd aus der Wanne klimme, nachdem Roger über das Haustelefon anruft und mir sagt, daß mein Vater in den letzten beiden Stunden siebenmal angerufen hat (irgendwas wegen eines Notfalls), nachdem ich Roger sage, er soll meinem Vater ausrichten, ich sei am Schlafen oder ausgegangen oder außer Landes oder so, nachdem ich drei Champagnerflaschen an einer Wand der Suite zerschlagen habe, bin ich endlich soweit, auf einem Stuhl sitzen zu bleiben, den ich an ein Fenster gerückt habe, und auf Tokio hinauszuschauen. Ich habe eine Gitarre in der Hand, versuche einen Song zu schreiben, weil mir seit letzter Woche einige Akkordfolgen nicht aus dem Kopf gegangen sind, aber es fällt mir schwer, sie zusammenzubekommen, und dann spiele ich alte Songs, die ich geschrieben habe, als ich noch mit der Band spielte, und dann starre ich auf Glasscherben auf dem Boden rund ums Bett und denke: Das gäbe ein cooles Plattencover. Dann hebe ich eine halb leere Pakkung M & M's auf und spüle sie mit Wodka runter, und dann muß ich, weil mir davon übel wird, ins Bad, aber ich stolpere über die Telefonschnur, und meine Hand kracht in eine dicke Glasscherbe einer Champagnerflasche, und ich starre lange auf meine Handfläche, auf ein dünnes Rinnsal von Blut, das mein Handgelenk hinabläuft. Weil ich die Scherbe nicht herausschütteln kann, ziehe ich sie heraus, und das Loch in meiner Hand sieht weich und harmlos aus, und ich nehme das scharfkantige, blutbefleckte Stück Glas, auf dem noch Teile des Dom-Perignon-Etiketts sind, und verschließe die Wunde, indem ich es wieder dorthin zurückstecke, wo es reinzupassen scheint, aber das Glas fällt heraus, und strömendes Blut bedeckt die Gitarre, auf der ich zu klimpern anfange, und auch die blutbefleckte Gitarre würde ein verdammt gutes Plattencover abgeben, und es gelingt mir, eine Zigarette anzuzünden, die nur ein klein wenig vom Blut durchweicht ist. Mehr Librium, und dann schlafe ich, aber das Bett schwankt, und die bebende Erde ist Teil meines Traums, noch ein Monster im Anmarsch.

Das Telefon klingelt, schätzungsweise gegen Mittag.

»Ja?« frage ich, die Augen geschlossen.

»Ich bin's«, sagt Roger.

»Ich schlafe, Luzifer.«

»Los, steh auf. Du gehst heute mit irgendwem zum Lunch.«

»Mit wem?«

»Mit irgendwem«, sagt Roger irritiert. »Mach schon, komm spielen.«

»Ich brauch irgendwas«, murmele ich, schlage die Augen auf, die Laken, die Gitarre neben den Laken ist voll mit braunem, getrocknetem Blut, manches in so dicken Placken, daß ich den Mund aufsperre, dann schlucke. »Ich brauch was, Mann.«

»Was?« sagt Roger. »Ist dein Mr. Potato Head kaputt?«

»Nein, ich brauch nen Doktor, Mann.«

»Warum?« seufzt Roger.

»Ich hab mich in die Hand geschnitten.«

»Echt?« Roger klingt gelangweilt

»Es hat, äh, ziemlich doll geblutet.«

»Aber sicher. Und wie hast du das angestellt?« fragt Roger. »Mit anderen Worten: Hattest du Hilfe?«

»Ist mir beim Rasieren passiert – Scheiße, wen interessiert das? Hol einfach einen Arzt.«

Nach einem Moment fragt Roger: »Wenn es nicht mehr blutet, was soll's dann?«

»Aber da war soviel ... Blut, Mann.«

»Tut es denn überhaupt weh?« fragt Roger. »Spürst du überhaupt was?«

Eine lange Pause, dann: »Nein, äh, eigentlich nicht.« Ich warte eine Weile, ehe ich sage: »Irgendwie.«

»Ich hol dir einen Arzt. Jesus.«

»Und ein Zimmermädchen. Müllsäcke. Ich brauch … ein paar Müllsäcke, Mann.«

»Du bist selbst ein Müllsack, Bryan«, sagt Roger. Ich kann im Hintergrund Kichern hören, das Roger mit einem Zischen zum Schweigen bringt, dann sagt er zu mir: »Dein Vater ruft dauernd an.« Ich höre Roger eine Zigarette anzünden. »Nur falls es dich interessiert.«

»Ich kann meine, äh, Finger, Roger, nicht bewegen.«

»Hast du mir zugehört, oder was soll der Zirkus?«

»Was hat er gewollt? Ist das die Frage, die du von mir erwartest?« seufze ich. »Woher wußte er, wo ich bin?«

»Keine Ahnung. Ein Notfall. Deine Mom ist im Krankenhaus? Ich bin mir nicht sicher. Wer weiß?«

Ich versuche mich aufzusetzen, will mir mit der linken Hand eine Zigarette anzünden. Als Roger klar wird, daß ich nichts weiter sagen werde, sagt Roger: »Ich gebe dir drei Stunden, dich frisch zu machen. Brauchst du länger? Ich hoffe bloß nicht, klar?«

»Ja.«

»Und trag was Langärmeliges«, sagt Roger warnend.

»Was?« frage ich verwirrt.

»Lange Ärmel, Mann. Trag was Langärmeliges. Was Weites.«

Ich schaue auf meine Arme. »Warum?«

»Such's dir aus: a) du siehst mit langen Ärmeln nett aus; b) du hast Löcher im Arm; c) du hast Löcher im Arm; d) du hast Löcher im Arm.«

Eine lange Pause, die ich schließlich beende, indem ich sage: »c?«

»Gut«, sagt Roger und legt dann auf.

Ein Produzent von Warner Brothers, der in Tokio ist, um sich mit japanischen Sony-Vertretern zu treffen, ist dreißig und wird kahl und hat ein Gesicht wie eine Totenmaske und trägt einen Kimono mit Tennisschuhen, wandert träge in seiner Suite herum, raucht einen Joint, und es ist alles irre *fab* und sagenhaft, und Roger blättert im *Billboard,* während er auf einem ungemachten Riesenbett hockt, und der Produzent hängt seit Ewigkeiten am Telefon, und wenn er in der Leitung warten muß, zeigt er auf Roger und sagt jedesmal: »Der Mini-Pferdeschwanz ist wirklich klasse«, und Roger, geschmeichelt, daß der Produzent das kleine Haarschwänzchen bemerkt hat, nickt, dreht sich um und zeigt das Ding.

»Wie Adam Ant«, sagt der Produzent.

»Aber mindestens.« Roger, dem es eiskalt den Rücken runterlaufen sollte, widmet sich wieder dem *Billboard.*

»Bedient euch mit Sake.«

Roger führt mich an der Hand auf den Balkon, wo zwei asiatische Mädchen, vielleicht vierzehn, fünfzehn, an einem Tisch sitzen, auf dem sich Sushi und etwas, das nach Waffeln aussieht, türmen.

»Wow«, sage ich. »Waffeln.«

»Reiß bloß nicht das ganze Gespräch an dich«, sagt Roger.

»Warum ignoriert ihr mich nicht einfach?« erwidere ich.

»Wie wär's«, sagt Roger und macht ein fürchterliches Gesicht, »wenn du das mal einfach aussitzt?«

Eins der asiatischen Mädchen trägt pinkfarbene Seidenunterwäsche und kein Top, und sie ist die, mit der ich letzte Nacht zusammen war, und das andere Mädchen, in einem POLICE-T-Shirt, hat einen Walkman auf und glasige Augen. Der Produzent kommt an die Balkontüren und redet jetzt mit Manuel darüber, wie es mit ein paar Häppchen wäre, aber ohne Pickles, und alles ist irre *fab*. Er legt auf, schnippt mit den Fingern, als er sich mit gequältem Gesichtsausdruck setzt, und gibt dem Mädchen in der pinkfarbenen Seidenunterwäsche ein Zeichen, sich was überzuziehen. Das Mädchen, das ein Herz aus Eis hat, steht auf, geht langsam zurück ins Zimmer, stellt den Fernseher an und läßt sich mit einem Plumps auf den Boden fallen.

Der Produzent sitzt neben dem asiatischen Mädchen mit dem Walkman, seufzt, nimmt einen Zug von dem Joint. Er bietet ihn Roger an, der mit dem Kopf schüttelt, dann mir. Roger schüttelt den Kopf für mich mit.

»Sake?« fragt der Produzent. »Er ist eiskalt.«

»Wunderbar«, sagt Roger.

»Bryan?« fragt der Produzent.

Roger schüttelt wieder den Kopf.

»Irgendwer was vom Erdbeben mitbekommen?« fragt der Produzent, den Sake direkt aus der Flasche in Champagnergläser einschenkend.

»Ja, ich«, sagt Roger und zündet sich eine Zigarette an. »Wirklich beängstigend«, und dann, nach einem schnellen Seitenblick zu mir: »Aber so grausig auch wieder nicht.«

»Ich traue diesen dreckigen Schlitzaugen nicht«, sagt der Produzent. »Ich hoffe, es hat ein paar von denen erwischt.«

»Wer tut das schon, Mann«, sagt Roger und nickt müde zustimmend.

»Sie bauen einen künstlichen Ozean«, sagt der Produzent. »Mehrere sogar.«

Ich rücke meine Sonnenbrille zurecht, schaue auf meine Hände. Roger schiebt meine Sonnenbrille wieder nach vorn. Das motiviert den Produzenten, zur Sache zu kommen.

Gewichtig hebt er an. »Es gibt da eine Idee für einen Film. Tatsächlich ist die Idee schon teilweise umgesetzt. Das Ergebnis liegt, während wir hier sprechen, von einigen der gefährlichsten Männer bei Warner bewacht im Tresor.« Pause. »Ihr könnt euch vorstellen, was für brandheißer Stoff das ist.« Pause. »Auf dich, Bryan, sind wir gekommen, weil sich einige

Leute noch gut erinnern, wie intensiv dieser Film über das Leben der Band damals war.« Seine Stimme wird höher und verebbt, und er sucht mein Gesicht nach einer Reaktion ab, ein hartes Stück Arbeit.

»Ich meine, Herrgott noch mal, ihr vier – Sam, Matt und...« Der Produzent stockt, schnippt mit den Fingern, wendet sich hilfesuchend an Roger.

»Ed«, sagt Roger. »Er hieß Ed.« Pause. »Eigentlich ja Tabasco, als die Band gegründet wurde.« Pause. »Wir haben seinen Namen geändert.«

»Ed, natürlich«, sagt der Produzent und hält betreten mit einer so verlogenen Pietät inne, daß mir fast die Tränen kommen. »Eine echte Tragödie. Wirklich eine Schande. Ging bestimmt ganz schön unter die Haut, nicht?«

Roger seufzt, nickt. »Die Band hatte sich damals schon aufgelöst.«

Der Produzent nimmt einen mächtigen Zug aus dem Joint und bringt es fertig, während des Inhalierens folgendes zu sagen: »Ihr Jungs seid wahrscheinlich eine der bahnbrechenden Kräfte in der Rockmusik der letzten zehn Jahre gewesen, und es ist ein Jammer, daß ihr euch getrennt habt – kann ich euch ein paar Waffeln anbieten?«

Roger trinkt behutsam einen Schluck Sake, sagt: »Ein Jammer«, und sieht mich dann an: »Stimmt's?«

Ich seufze. »Si, Señor.«

»Da sich der Streifen als so cool und profitabel erwiesen hat, ohne daß irgendwer schlecht dabei weggekommen ist, dachten wir, daß jemand mit deiner, äh« – der Produzent schaut hilfesuchend zu Roger, windet sich – »Ausstrahlung darauf brennen müßte, mal Star eines richtigen Spielfilms zu werden.«

»Uns werden so viele Drehbücher angeboten«, seufzt Roger und fügt dann hinzu: »Bryan hat *Amadeus* abgelehnt, die Latte liegt also ziemlich hoch.«

»Der Film«, fährt der Produzent fort, »kreist im wesentlichen um das Rockstar-im-Weltraum-Motiv. Ein außerirdisches Wesen, dieser E. T., sabotiert die –«

Ich klammere mich an Rogers Arm.

»E. T. Ein Extraterrestrier«, sagt Roger leise.

Ich lasse ihn los. Der Produzent fährt fort.

»Der E. T. sabotiert nach einem Auftritt im Forum die Limo von dem Kerl und entführt ihn nach einer ziemlich wilden und extravaganten Verfolgungsjagd auf so nen Planeten, auf dem der Rockstar gefangengehalten wird. Von irgendeinem Yabba-Dingsda, und dann haben wir da noch eine Prinzessin, die deckt praktisch den Romantik-Aspekt ab.« Der Produzent hält inne, schaut Roger hoffnungsvoll an. »Wir haben Pat Benatar im Auge. Und eine von den Go-Gos.«

Roger lacht. »Oh, das ist einsame Spitze.«

»Die einzige Möglichkeit, wie der Typ freikommen kann, ist, Songs aufzunehmen und ein Konzert für den Herrscher des Planeten zu geben, der praktisch, äh, eine Tomate ist.« Der Produzent verzieht das Gesicht, schüttelt sich, sieht dann Roger besorgt an.

Roger massiert den Rücken seiner Nase und sagt: »Ziemlich schrill, nicht?«

»Es ist jedenfalls kein billiger Streifen, Sie haben ja eine Kopie des Drehbuchs«, sagt der Produzent zu Roger. »Und alle sind völlig begeistert von dem Ding im Tresor.«

Roger lächelt, nickt, sieht zu dem asiatischen Mädchen rüber und streckt augenzwinkernd die Zunge raus. Er sagt dem Produzenten: »Ich bin ganz Ohr.«

Ich erinnere mich sogar an den Film, der über die Band gedreht wurde, und der Film hatte es ganz gut getroffen, bloß hatten die Filmemacher vergessen, die endlosen Vaterschaftsklagen mit reinzunehmen, das eine Mal, wo ich Kenny den

Arm gebrochen habe, die Spritzen mit den klaren Flüssigkeiten, Matts stundenlanges Heulen, die Augen der Fans und die »Vitamine«, den Ausdruck auf Ninas Gesicht, als sie einen neuen Porsche haben wollte, Sams Reaktion, als ich ihm sagte, daß Roger mich eine Soloplatte machen lassen wollte – Material, mit dem die Filmemacher anscheinend nichts anfangen konnten. Offensichtlich hatten die Filmemacher auch die Szene rausgeschnitten, wo ich heimkam und Nina im Schlafzimmer des Strandhauses auf dem Bett saß, mit der Schere in der Hand, und auf die Einstellung mit dem durchlöcherten leckenden Wasserbett hatten sie auch verzichtet. Die Aufnahmen, wie Nina sich eines Abends bei einer Party in Malibu zu ertränken versuchte, hatte der Cutter wohl verlegt, ebenso wie die Anschlußsequenz, in der ihr der Magen ausgepumpt wurde, und auch die nächste Einstellung, wo sie sich neben meinen Kopf ins Bild beugte und sagte: »Ich hasse dich«, und das Gesicht, bleich und verquollen, ihr Haar noch feucht und an ihren Wangen pappend, von mir abwandte. Der Film war entstanden, ehe Ed vom Dach des Clift Hotels in San Francisco gesprungen war, also konnte man den Filmemachern wohl keinen Vorwurf machen, daß diese Szene nicht im Film auftauchte, aber den Rest zu vertuschen, war unentschuldbar, und auch, daß der Film ein Skelett blieb, ein Röntgenbild, eine Sammlung dröger Fakten, die rasend populär wurde.

Eine grüne Laterne, die von einem Dachsparren über dem Balkon hängt, holt mich ins Gespräch zurück: Gewinnbeteiligung, Mitspracherecht beim Drehbuch, Brutto- gegen Nettogewinne, Begriffe, die mir auch heute noch seltsam unvertraut klingen, und ich starre in Rogers Sakeflöte, und das asiatische Mädchen drinnen krümmt sich, trampelt mit den Füßen, dreht sich schluchzend im Kreis, und der Produzent steht auf, noch im Gespräch mit Roger, schließt die Tür und lächelt, als ich sage: »Vielen Dank auch.«

Ich rufe Matt an. Die Vermittlung braucht schlappe sieben Minuten, um mich durchzustellen. Matts vierte Frau, Ursula, hebt ab und seufzt auf, als ich ihr sage, wer dran ist. Ich warte fünf Minuten darauf, daß sie sich wieder meldet, und stelle mir Matt vor, wie er neben Ursula in der Küche in dem Haus in Woodland Hills steht, mit hängendem Kopf. Statt dessen sagt Ursula: »Hier ist er«, und Matts Stimme dringt aus dem Hörer.

»Bryan?«

»Ja, Mann, ich bin's.«

Matt stößt einen Pfiff aus. »Wow.« Lange Pause. »Wo steckst du?«

»Japan. Tokio, glaube ich.«

»Wie lange ist das jetzt her... zwei, drei Jahre?«

»Nein, Mann, nicht ganz so lange«, sage ich. »Ich weiß nicht.«

»Tja, Mann, ich hab gehört, du bist, äh, auf Tour.«

»World Tour 84, Mann.«

»Hab davon gehört...« Seine Stimme verebbt.

Gespannte, betretene Stille, nur unterbrochen von »Tjas« und »Ähs«.

»Ich hab das Video gesehen«, sagt er.

»Das mit Rebecca De Mornay?«

»Äh, nee, das mit dem Affen.«

»Oh... klar.«

»Hab das Album gehört«, sagt Matt endlich.

»Und... hat's dir... gefallen, Mann?« frage ich.

»Machst du Witze, Mann?« sagt er.

»Heißt das... es ist gut, Mann?« frage ich.

»Spitzen-Backup. Echt sauber.«

Wieder ein langes Schweigen.

»Es ist, äh, sauber, Mann, sauber«, sagt Matt. Pause. »Das über das Auto, Mann?« Pause. »Ich hab John Travolta bei Tower eine kaufen sehen.« Lange Pause.

»Ich bin, äh, echt geehrt durch deine Einschätzung, Mann«, sage ich. »Okay?«

Lange Pause.

»Arbeitest du, äh, irgendwie grade an was?« frage ich.

»Hab an einigen Sachen rumgebastelt«, sagt Matt. »In ein paar Monaten kann ich damit vielleicht ins Studio gehen.«

»Wahn-sinn«, sage ich.

»M-hm.«

»Hast du ... was von Sam gehört?« frage ich.

»Gerade vor ... tja, vor vielleicht einem Monat? Einer der Anwälte? Hab ihn irgendwo getroffen. Ganz zufällig.«

»Sam ... geht's gut?«

Matt sagt ohne rechte Überzeugung: »Ist super drauf.«

»Und ... seine Anwälte?«

Er antwortet mit der Gegenfrage: »Wie geht's Roger?«

»Roger ist ... Roger.«

»Ist er clean?«

»Schon lange.«

»Ja, ich weiß, was du meinst.« Matt seufzt. »Ich weiß, was du meinst, Mann.«

»Tja, Mann.« Ich atme durch, sammle Kraft. »Ich hab mich gefragt, ob du, ach, ich weiß nicht, ob du vielleicht Lust hättest, sich mal zu treffen und ein paar Songs zu schreiben, wenn ich die Tour hinter mir habe, vielleicht was aufnehmen ... Mann?«

Matt hustet, sagt dann kurz darauf: »O Mann, ich weiß nicht, du weißt ja, die alten Zeiten sind vorbei, und ich glaub eher nicht.«

»Hey, Scheiße, es ist nicht, als ob –« Ich breche mitten im Satz ab.

»Man muß nach vorne schauen.«

»Das ... das tue ich, weißt du, aber.« Ich fange an, mit dem Fuß gegen eine Wand zu treten, und irgendwie haben sich meine Fingernägel so fest in den Verband über der Wunde gekrallt, daß er rote Flecken bekommt.

»Es ist vorbei, verstehst du, Mann?« sagt Matt jetzt. »Hab ich nicht irgendwie recht, Mann?«

Ich sage gar nichts, puste nur auf meine Handfläche.

»Ich hab mir heute ein paar von den alten Filmen angesehen, die Nina und Dawn in Monterey aufgenommen haben«, sagt Matt.

Ich versuche, nicht hinzuhören, denke: *Dawn?*

»Und was das Verrückteste, aber auch das Geilste daran ist, daß Ed echt gut aussah. Toll hat er sogar ausgesehen. Braungebrannt und gut in Form, und ich kapier's einfach nicht.« Pause. »Scheiße, ich weiß nicht, wie das gekommen ist, Mann.«

»Wen juckt's, Mann?«

»Ja.« Matt seufzt. »Da hast du wohl recht.«

»Mir ist das nämlich schnuppe, Mann.«

»Ich glaube, mir auch, Mann.«

Ich lege auf, werde ohnmächtig.

Unterwegs zum Stadion, im Fonds der Limo, ich sehe fern, Sumoringen, könnte auch ein alter Bruce-Lee-Film sein, siebenmal derselbe Werbespot über eine blaue Limonade, werfe mit Eiswürfeln, an denen ich gelutscht habe, nach dem kleinen, viereckigen Bildschirm, lasse dann die gläserne Trennscheibe runterfahren und sage dem Chauffeur, daß ich jede Menge Zigaretten brauche, und der Chauffeur greift ins Handschuhfach, wirft eine Packung Marlboro nach hinten, und wie ich befürchtet hatte, bringt das Kokain, das ich vorhin genommen habe, nicht besonders viel, unangenehmerweise scheint es nur den Schmerz in meiner Hand zu verstärken, und ich schlucke dauernd, aber Reste davon hängen mir in der Kehle und reizen mich zum Husten, was nervt, und ich trinke Scotch, der den Geschmack fast vertreibt.

Die Bühne stinkt nach Schweiß, da herrschen gute vierzig Grad, und wir spielen seit fünfzig Minuten, und ich will bloß noch den letzten Song singen, was die Band, als ich es zwischen zwei Breaks vorschlage, für eine ziemlich üble Idee hält. Sämtliche Songs stammen von den letzten drei Solo-LPs, aber aus der ersten Reihe kann ich Asiaten mit unverständlichem, r-losem Akzent die Titel großer Hits brüllen hören, die ich mit der Band hatte, und meine jetzige Band spielt den größten Hit vom zweiten Soloalbum an, und ich kann wirklich nicht beurteilen, ob das Publikum mitgeht, selbst dann nicht, als laut applaudiert wird und sich hinter mir ein über hundert Meter langes Transparent – BRYAN METRO WORLD TOUR 1984 – entrollt, und ich durchmesse langsam die riesige Fläche der Bühne, versuche, ins Publikum zu spähen, aber grelle, blendende Scheinwerfer verwandeln die Arena in eine wogende Masse grauer Dunkelheit, und als ich die zweite Strophe des Songs singen will, vergesse ich den Text. Ich singe: »Another night passes by and still you wonder what happened«, und dann hakt es. Ein Gitarrist wirft plötzlich den Kopf hoch, und ein Bassist arbeitet sich an mich ran, während der Drummer weiter den Takt hält. Ich höre sogar auf, Gitarre zu spielen. Ich fange die zweite Strophe von vorne an: »Another night passes by and still you wonder what happened . . .«, und dann bleibe ich stecken. Der Bassist brüllt irgendwas. Ich drehe ihm den Kopf zu, meine Hände bringen mich um, und der Bassist flüstert beschwörend: »You give the world one more try«, und ich frage: »Was?«, und der Bassist ruft: »You give the world one more try«, und ich sage: »Was?«, und der Bassist brüllt: »You give the world one more try – Herrgott«, und ich denke mir, warum zur Hölle sollte ich das singen, und dann, wer zur Hölle schreibt so einen Schwachsinn, und ich gebe der Band ein Zeichen, in den Refrain zu gehen, und wir bringen den Song passabel zu Ende, und eine Zugabe gibt's nicht.

Roger fährt mit mir in der Limo ins Hotel zurück.

»Sagenhafte Show, Bryan«, seufzt Roger. »Deine Konzentration und Professionalität sind nicht zu überbieten. Ich müßte lügen, wenn ich das behaupten wollte. Mir gehen die Superlative aus.«

»Meine Hände sind ... im Arsch.«

»Nur deine Hände?« sagt er, nicht mal richtig sarkastisch, ohne Schärfe in der Stimme, ein unterdrücktes Murren vielleicht, eine müßige Feststellung. »Den Promotern sagen wir einfach, der Synthi-Mix sei daneben gewesen«, sagt Roger. »Und den Leuten erzählen wir, deine Mutter sei gestorben.«

Wir fahren schräg über eine belebte Straße zum Hotel, und alle versuchen, einen Blick durch die getönten Scheiben zu erhaschen, als die Limo aufs Hilton zurollt.

»Jesus«, murmele ich vor mich hin. »Alle diese verdammten Schlitzaugen. Sieh sie dir an, Roger. Sieh dir bloß all diese verdammten Schlitzaugen an, Roger.«

»All diese verdammten Schlitzaugen haben dein letztes Album gekauft«, sagt Roger und fügt dann leise hinzu: »Du hirntotes Arschloch.«

Ich seufze, setze meine Sonnenbrille auf. »Am liebsten würde ich aus der Limo steigen und den ganzen Schlitzaugen da sagen, was ich von ihnen halte.«

»Daraus wird nichts, Baby.«

»Warum ... nicht?«

»Weil du für direkten Kontakt mit dem Publikum nicht präsentabel bist.«

»Auf wie viele Worte kommst du, die sich auf meinen Namen reimen, Roger?« sage ich.

»Gibt's da viele?« fragt Roger.

Roger und ich stehen in einem Aufzug.

»Schick mir ein Zimmermädchen oder so was, ja?« bitte ich ihn. »Mein Zimmer ist das totale Schlachtfeld.«

»Räum es selbst auf.«

»Nein. Uh-hm.«

»Ich lass dir ein anderes Zimmer geben, okay?«

»Okay.«

»Du hast die ganze Etage, Schlaumeier. Such dir eins aus.«

»Warum kannst du mir nicht einfach das Mädchen schiken?«

»Weil die Hausverwaltung des Tokio Hilton der Ansicht zu sein scheint, du hättest zwei ihrer Zimmermädchen vergewaltigt. Stimmt das, Bryan?«

»Was genau heißt ›vergewaltigt‹, Roger?«

»Ich lasse dir vom Zimmerservice ein Wörterbuch raufschicken.« Roger macht ein schreckliches Gesicht.

»Ich ziehe um.«

Roger seufzt, sieht mich an und sagt: »Dir kommt langsam der Gedanke, daß du nicht umziehen wirst, oder? Dir wird klar, daß du es in Betracht ziehen wolltest, aber jetzt kommst du zu dem Schluß, es sei nicht der Mühe wert, daß du nicht die Kraft hast oder so was, stimmt's?« Roger wendet sich ab, der Aufzug wird langsamer, nähert sich seinem Stockwerk. Roger dreht einen Schlüssel, so daß der Aufzug nur in mein Stockwerk fährt und nirgendwo sonst hin, als wollte ich das überhaupt.

Der Aufzug hält in dem Stockwerk, das Roger eingestellt hat, und ich betrete einen leeren, spärlich beleuchteten Korridor, gehe auf meine Tür zu und vertreibe die dumpfe Stille mit lauten Schreien, ein-, zwei-, drei-, viermal, und ich krame nach dem Schlüssel für die Tür, drücke auf die Klinke, aber es ist sowieso offen, und drinnen sitzt ein junges Mädchen auf meinem Bett, überall ist getrocknetes Blut, und das Mädchen blättert im *Hustler.* Sie schaut von der Zeitschrift auf. Ich schließe die Tür, verriegle sie, starre das Mädchen an.

»Hast du da geschrien?« fragt sie mit dünner, müder Stimme.

»Muß wohl«, sage ich, und dann: »Hast du dich schon mit der Eismaschine angefreundet?«

Das Mädchen ist hübsch, blond, tiefbraun, große, naive blaue Augen, Kalifornierin, ein T-Shirt mit meinem Namen drauf, ausgewaschene, hautenge abgeschnittene Jeans. Ihre Lippen sind rot, schimmernd, und sie legt die Zeitschrift weg, als ich langsam auf sie zugehe, und dabei fast über einen benutzten Dildo stolpere, den Roger den Strammen Max nennt. Sie erwidert nervös meinen Blick, aber die Art, wie sie vom Bett aufsteht und langsam zurückweicht, wirkt zu kalkuliert, und als sie endlich gegen die Wand stößt und schwer atmend stehenbleibt und ich nach ihr greife, muß ich die Hände um ihren Hals legen, zuerst sanft, dann stärker, und sie schließt die Augen, und ich ziehe sie an mich, stoße dann ihren Kopf gegen die Wand, was sie nicht aus der Fassung bringt, und das beunruhigt mich, bis sie die Augen aufschlägt und grinst und mit einer geschmeidigen Bewegung die Hand hebt, die Fingernägel lang und scharf und pink, mein Zweihundert-Dollar-T-Shirt an der Vorderseite aufreißt und mir die Brust zerkratzt. Ich balle meine Faust und schlage sie fest. Sie krallt nach meinem Gesicht. Ich schubse sie zu Boden, und sie spuckt mich an, steckt mir die Finger in den Mund und kreischt.

Ich liege in der Wanne und nehme ein Schaumbad. Das Mädchen hat einen Zahn verloren, sie ist nackt, sitzt auf der Toilette und hält sich einen Eisbeutel vom Zimmerservice (der mehrere dagelassen hat) an die Wange. Sie steht taumelnd auf und humpelt zum Spiegel und sagt: »Ich glaube, die Schwellung ist abgeklungen.« Ich fische ein Stück Eis heraus, das auf dem Wasser schwimmt, stecke es mir in den Mund und kaue darauf herum, ganz auf die langsamen Kaubewegungen konzentriert. Sie setzt sich wieder auf die Toilette und seufzt.

»Willst du nicht wissen, wo ich herkomme?« fragt sie.

»Nein«, sage ich. »Eigentlich nicht.«

»Nebraska. Lincoln, Nebraska.« Eine lange Pause.

»Du hast in der Mall gejobbt, stimmt's?« frage ich mit geschlossenen Augen. »Aber die Mall wurde dichtgemacht, stimmt's? Steht jetzt völlig leer, hm?«

Ich höre sie eine Zigarette anzünden – ich rieche den Rauch – und dann fragen: »Bist du mal dagewesen?«

»Ich war schon mal in einer Mall in Nebraska«, sage ich.

»So?«

»Ja.«

»Ist alles flach.«

»Flach«, stimme ich zu.

»Total.«

»Total flach.«

Ich glotze wieder auf die zerkratzte Haut auf meiner Brust, die geschwollenen rosa Linien, die die Haut überziehen und bis über meine Brustwarzen gehen, und ich denke: Schon wieder ein Fototermin ohne Hemd geplatzt. Ich berühre die Brustwarzen leicht, schiebe die Hand des Mädchens weg, als sie versucht, sie zu berühren. Sobald sie naß genug ist, gleite ich wieder in sie.

Ein Gramm, dann bin ich bereit, Nina im Haus drüben in Malibu anzurufen. Das Telefon klingelt achtzehnmal. Endlich nimmt sie ab.

»Hallo?«

»Nina?«

»Ja?«

»Ich bin's.«

»Oh.« Pause. »Moment mal.« Noch eine Pause.

»Bist du da?«

»Klingt, als würde dir was dran liegen«, sagt sie.

»Tut es vielleicht, Baby.«

»Vielleicht auch nicht, Arschloch.«

»Mein Gott.«

»Mir geht's gut«, sagt sie schnell. »Wo bist du jetzt?«

Ich schließe die Augen, lehne mich gegen das Kopfbrett. »Tokio. Im Hilton.«

»Klingt edel.«

»Das mit Abstand netteste Fleckchen Erde, an dem ich je war.«

»Ist ja toll.«

»Du klingst nicht übertrieben begeistert, Baby.«

»Ja?«

»Oh, Scheiße. Laß mich eben mit Kenny reden.«

»Er ist mit Martin am Strand.«

»Martin?« frage ich verwirrt. »Wer ist Martin?«

»Marty, Marty, Marty, Marty –«

»Okay, okay, ja, Marty. Wie geht's Marty?«

»Marty geht's gut.«

»Ja? Das ist toll, auch wenn ich keine Ahnung habe, wer er ist, aber, äh, kann ich jetzt mit Kenny reden, Baby?« frage ich. »Ich meine, kannst du runter an den Strand gehen und ihn holen, ohne gleich, na ja, auszuflippen?«

»Ein andermal, okay?«

»Ich möchte mit meinem Sohn sprechen.«

»Aber er will nicht mir dir sprechen.«

»Laß mich mit meinem Sohn reden, Nina.« Ich seufze.

»Das ist sinnlos«, sagt sie.

»Nina – hol einfach Kenny.«

»Ich werde jetzt auflegen, okay, Bryan?«

»Nina, ich schalte meinen Anwalt ein.«

»Scheiß auf deinen Anwalt, Bryan, leck mich. Ich muß auflegen.«

»Herrgott, jetzt –«

»Und es ist keine gute Idee, wenn du hier so oft anrufst.«

Ein langes Schweigen, weil ich nichts sage.

«Es ist keine gute Idee, dich mit Kenny reden zu lassen, weil du ihm angst machst«, sagt sie.

»Und du nicht?« frage ich angewidert. »Medusa?«

»Ruf nie wieder an.« Sie legt auf.

Als wir im leeren Coffeeshop (den Roger hat »abriegeln« lassen, weil er fürchtet, »die Leute könnten dich sehen«) im Parterre des Tokio Hilton sitzen, erzählt Roger mir, daß wir den English Prices beim Lunch zusehen werden. Roger trägt eine riesige schwarze Sonnenbrille und eine teure Pyjamahose, kaut Kaugummi.

»Wem?« frage ich. »Wem?«

»Den English Prices«, wiederholt Roger betont deutlich. »Neue Band. MTV hat sie entdeckt und groß gemacht.« Pause. »Richtig groß«, ergänzt er grimmig. »Sie stammen aus Anaheim.«

»Warum?« frage ich.

»Weil-sie-da-geboren-sind.« Roger seufzt.

»Hm-hm«, sage ich.

»Sie wollen dich kennenlernen.«

»Aber... warum?«

»Gute Frage«, sagt Roger. »Aber spielt das wirklich eine Rolle für dich?«

»Warum sind sie hier?«

»Weil sie auf Tour sind«, sagt Roger. »Nimmst du Koks?«

»Ein Gramm nach dem anderen«, sage ich. »Wenn du wüßtest, wieviel, würde dir die Luft wegbleiben.«

»Vermutlich immer noch besser als deine Angel-Dust-Exzesse 82.« Roger seufzt unschlüssig.

»Wer sind diese Leute, Roger?« frage ich.

»Wer bist du?«

»Äh...«, sage ich, durch die Frage verwirrt. »Was... glaubst du denn?«

»Einer, der versucht hat, seine Exfrau mit einer Gartenfakkel anzuzünden?« regt er an.

»Damals war ich mit ihr verheiratet.«

»Bloß gut, daß Nina ins Wasser gegangen ist.« Roger hält inne. »Sie hat es zwar erst drei Monate später getan, aber wenn man bedenkt, wie helle sie war, als ihr euch kennengelernt habt, war ich angenehm überrascht, wie sich ihre Reflexe verbessert hatten.« Roger zündet sich eine Zigarette an, läßt sich das durch den Kopf gehen. »Himmel, ich kann nicht glauben, daß sie das Sorgerecht bekommen hat. Aber andererseits wird mir ganz anders bei dem Gedanken, was aus dem Kind geworden wäre, wenn du das Sorgerecht bekommen hättest. Mothra hätte einen besseren Vater abgegeben.«

»Roger, wer sind diese Leute?«

»Hast du das Cover vom neuen *Rolling Stone* gesehen?« fragt Roger und schnippt mit dem Finger nach einer jungen, nervösen asiatischen Kellnerin. »Ach, hab ich vergessen. Du liest diese Zeitschrift ja nicht mehr.«

»Nicht nach dem Scheiß, den sie nach Eds Tod abgezogen haben.«

»Sensibel, sensibel.« Roger seufzt. »Die English Prices sind heiß. Heißes Album, *Toadstool*, außerdem ist ein Videospiel über sie gemacht worden, das du, äh, gelegentlich mal spielen solltest.« Roger deutet auf seine Kaffeetasse, und die Kellnerin schenkt mit devot gesenktem Kopf nach. »Klingt abgeschmackt, ist es aber nicht. Echt.«

»Jesus, ich bin ein Wrack.«

»Die English Prices sind groß«, erinnert mich Roger. »Stratosphäre ist nicht zu hoch gegriffen.«

»Das hast du schon gesagt, und ich glaube dir immer noch nicht.«

»Sei einfach cool.«

»Scheiße, warum soll ich cool sein?« Ich sehe Roger zum ersten Mal, seit wir den Coffeeshop betreten haben, direkt an.

Roger sieht in seine Tasse, dann zu mir und artikuliert jedes Wort überdeutlich: »Weil ich sie managen werde.«

Ich sage gar nichts.

»Sie werden eine Menge Leute zusätzlich anziehen«, sagt Roger. »Eine *Menge*.«

»Für was? Für wen?« frage ich und merke im nächsten Moment, daß die Frage sinnlos ist, besser unbeantwortet bleibt.

»Für euch, Babys«, sagt Roger. »Wir haben einen beachtlichen Publikumsschnitt, aber trotzdem.«

»Es wird keine weitere Tour geben, Mann«, sage ich. »Das war's.«

»Das glaubst auch nur du, Baby«, sagt Roger leichthin.

»O Mann«, ist alles, was ich sage.

Roger schaut auf. »Scheiße – da kommen die kleinen Wichser. Sei bloß cool.«

»Meine Fresse, nee.« Ich seufze. »Ich *bin* cool.«

»Sag dir das bloß immer wieder, und roll deine Ärmel runter.«

»Mir wird langsam klar, wie sehr du doch in meinem Leben aufgehst«, sage ich und krempele meine Ärmel runter.

Vier Mitglieder der English Prices betreten den Coffeeshop, und jeder von ihnen hat ein junges asiatisches Mädchen an seiner Seite. Die Asiatinnen sind sehr jung und hübsch und tragen gestreifte Miniröcke und T-Shirts und pinkfarbene Lederstiefel. Der Leadsänger der English Prices ist auch sehr jung, jünger als die asiatischen Mädchen sogar, und er hat einen kurzen, platinblonden Haarpuschel auf dem Kopf und glatte gebräunte Haut, und er trägt Wimperntusche und roten Eyeliner und schwarzes Leder und hat ein Nietenarmband am Gelenk der Hand, die er mir entgegenstreckt. Wir schütteln uns die Hand.

»Hey, Mann, ich bin schon ewig lange Fan von dir«, höre ich ihn sagen. »Ewig lange.«

Die anderen Mitglieder nicken zur Bestätigung verdrießlich mit den Köpfen. Ich bringe es nicht über mich, zu lächeln oder zu nicken. Wir sitzen alle an einem großen Glastisch, und die asiatischen Mädchen starren mich ununterbrochen kichernd an.

»Wo ist Gus?« fragt Roger.

»Gus hat Drüsenfieber.« Der Leadsänger wendet sich zu Roger, sein Blick noch immer auf mir.

»Ich muß ihm ein paar Blumen schicken«, sagt Roger.

Der Sänger dreht sich wieder zu mir, erklärt: »Gus ist unser Drummer.«

»Oh«, sage ich. »Das ist . . . nett.«

»Sushi?« fragt Roger sie.

»Nein, ich bin Vegetarier«, sagt der Sänger. »Außerdem hatten wir schon eine Riesenportion Spaghettis zum Frühstück.«

»Mit wem?«

»Einem wichtigen Plattenboß.«

»Hip«, sagt Roger.

»Jedenfalls, Mann«, sagt der Leadsänger und wendet wieder mir seine volle Aufmerksamkeit zu. »Ich hab deine Platten – na ja, die Platten der Band – gehört, seit ich mich erinnern kann. Vor, irgendwie, na ja, ziemlich lange her, und ich lüge wohl nicht, wenn ich sage, ihr habt uns« – er unterbricht sich und hat Mühe, das nächste Wort herauszubringen – »beeinflußt.«

Der Rest der English Prices nickt und murmelt unisono etwas zur Bestätigung.

Ich versuche, dem Sänger in die Augen zu sehen. Ich versuche: »Spitze« zu sagen. Niemand sagt was.

»Hey«, sagt der Leadsänger zu Roger. »Er ist ziemlich, äh, mißmutig.«

»Ja«, sagt Roger. »Bei uns heißt er auch nur Miß Mutig, ehrlich.«

»Das ist … cool«, sagt der Leadsänger beklommen.

»Was hast du am liebsten gehört, Mann?« fragt mich einer von ihnen.

»Wann?« frage ich verwirrt.

»Als, na ja, als Kind, auf der Schule und so. Einflüsse, Mann.«

»Ach … alles mögliche. Äh, ich erinnere mich nicht mehr richtig …« Ich schaue hilfesuchend zu Roger. »Ich möchte es lieber nicht sagen.«

»Möchtest du, daß ich, na ja, die Frage wiederhole, Mann?« fragt der Leadsänger.

Ich starre ihn nur an, stocksteif, bewegungsunfähig.

»So ist das Leben«, sagt der Leadsänger schließlich seufzend.

»Captain Beefheart, die Ronettes, Anti-Establishment-Rage, ihr wißt schon«, sagt Roger munter, dann: »Wer sind eure Freundinnen?« Er lacht verschmitzt, und dann lacht der Leadsänger bellend, und auf sein Zeichen hin lachen auch die restlichen Bandmitglieder.

»Diese Girls sind spitze.«

»Ja, Sir«, lispelt einer von ihnen mit tiefer, monotoner Stimme. »Verstehen kein Wort Amerikanisch, aber ficken wie die Karnickel.«

»Wirklich nicht?« fragt der Leadsänger das neben ihm sitzende Mädchen. »Du gut ficki, Fotze?« fragt er und nickt mit treuherziger Miene. Das Mädchen sieht den Gesichtsausdruck, registriert das Nicken, das Lächeln, und sie lächelt besorgt und unschuldig zurück, und alle lachen.

Der Leadsänger nickt und lächelt weiter und fragt ein anderes Mädchen: »Du bist echt gut im Schwanzlutschen, was? Du stehst drauf, wenn ich dir meinen dicken, ledrigen Schwanz ins Gesicht klatsche, was, du Schlitzaugenfotze?«

Das Mädchen nickt lächelnd, sieht die anderen Mädchen an, und die Band lacht, Roger lacht, die asiatischen Mädchen lachen. Ich lache, nehme endlich meine Sonnenbrille ab und taue ein wenig auf. Schweigen breitet sich aus, und alle am Tisch bleiben für einen Moment ihren eigenen unguten Gedanken überlassen. Roger sagt der Band, sie sollen ein paar Drinks bestellen. Die asiatischen Mädchen kichern, richten ihre winzigen pinkfarbenen Stiefelchen aus, der Leadsänger glotzt weiter auf meine bandagierte Hand, und ich sehe mich selbst in demselben naiven schiefen Lächeln, im Taumel einer Fotosession, in einem Hotelzimmer in San Francisco, eine Fantastilliarde Dollars reich, in zehn Monaten.

In einer Garderobe im Stadion, kurz bevor wir auftreten sollen, sitze ich einfach auf einem Stuhl vor einem riesigen ovalen Spiegel und betrachte mein Konterfei durch Wayfarers, sehe mir selbst beim Radieschenknabbern zu. Ich trete mit dem Fuß gegen die Wand, die Hände zu Fäusten geballt. Roger tritt ein, setzt sich, zündet sich eine Zigarette an. Nach einer Weile sage ich etwas.

»Was?« fragt Roger. »Du nuschelst.«

»Ich will da nicht rausgehen.«

»Wieso denn nicht?« fragt Roger, als spräche er mit einem Kind.

»Mir geht's nicht so gut.« Ich starre sinnloserweise mein Spiegelbild an.

»Sag das nicht. Du verbreitest ausgesprochene Hochstimmung.«

»Ja, und dich küren sie bald zum Sympathen des Jahres«, fahre ich ihn an, sage dann ruhiger: »Ich brauch jetzt Reggie.«

»Seit wann stehst du auf Reggae?« fragt er und lenkt dann, als er sieht, daß ich kurz davor bin, ihm eine zu scheuern, ein. »Nur ein Witz.«

Roger führt ein Telefongespräch, zehn Minuten später bindet mir jemand was um den Arm, eine Vene wird geklopft, Nadelstiche, Vitamine, und ja, eine eigentümliche Wärme durchströmt mich und treibt die Kälte aus, erst schnell, dann langsamer, ja, alles klar.

Roger setzt sich wieder auf die Couch und sagt: »Schlag bitte keine Groupies mehr zusammen, in Ordnung? Hörst du mich? Halt dich zurück.«

»Oh, Mann«, sage ich. »Sie ... mögen ... das. Sie knutschen mich gern ab. Ich ... laß mich gern abknutschen.«

»Mach *halblang*. Hast du mich verstanden?«

»Oh, Mann, Scheiße, Mann, ich werd's wieder machen.«

»Was hast du gesagt?«

»Mann, ich bin Bryan –«

»Ich weiß, wer du bist«, schneidet Roger mir das Wort ab. »Du bist das erbärmliche Arschloch, das auf der letzten Tour drei Mädchen zusammengeschlagen hat und auf eins mit dem Brotmesser losgegangen ist. Diesen Mädchen zahlen wir heute noch Schweigegeld. Erinnerst du dich an die Schlampe aus Missouri?«

»Missouri?« frage ich kichernd.

»Die du fast umgebracht hast?« sagt Roger. »Frischt das deine Erinnerung auf?«

»Nein.«

»Wir zahlen *immer noch* an sie und ihren verdammten Winkeladvokaten.«

»Du kriegst deinen Moralischen, Mann, und wenn du deinen Moralischen kriegst ... mußt du, äh, mich in Ruhe lassen.«

»Erinnerst du dich, wie du sie zugerichtet hast?«

»Reit nicht auf alten Geschichten rum, Mann.«

»Weißt du, wieviel wir dieser Schlampe jeden verdammten Monat zahlen?«

»Laß mich in Ruhe«, flüstere ich.

»Sie hat ein Jahr lang im Rollstuhl gesessen.«

»Ich will dir was sagen.«

»Also komm mir nicht mit diesem O-Mann-das-weiß-ich-Quatsch«, sagt Roger. »Einen Scheiß weißt du.«

»Ich muß dir was sagen.«

»Was? Erklärst du deinen Rücktritt?« zischt Roger. »Laß mich raten – willst du dich endgültig dem Establishment in die Arme werfen?«

»Ich hasse Japan«, sage ich.

»Du haßt die ganze Welt«, raunzt Roger. »Du Pißfresse.«

»Japan ist so ... anders«, sage ich schließlich.

»Das ist wohl ein Witz. Du findest es überall anders.« Roger seufzt. »Reiß dich zusammen, um Himmels willen, reiß dich zusammen.«

Ich glotze wieder in den Spiegel, höre Rufe aus dem Stadion kommen.

»Bring mir meine Träume in Ordnung, Roger«, flüstere ich. »Bring mir meine Träume in Ordnung.«

Im Flugzeug, das Tokio verläßt, sitze ich allein im Heck und drehe an den Knöpfen eines elektronischen Malbuchs, und Roger sitzt neben mir und singt mir »Over the Rainbow« direkt ins Ohr, alles ändert sich, geht zu Bruch, verblaßt, noch ein Jahr, noch ein paar Winkelzüge, ein harter Mensch, der auf alles scheißt, eine Langeweile, so monumental, daß man sich klein vorkommt, Arrangements, so flüchtig, getroffen von Leuten, die man nicht mal kennt, daß man wirklich jeden Realitätssinn verlieren muß, den man sich einst vielleicht erworben hat, Erwartungen, so überzogen, daß man den Glauben daran verliert, sie je zu erfüllen. Roger bietet mir einen Joint an, und ich nehme einen Zug und starre aus dem Fenster, und ich entspanne mich einen Moment, als die Lichter von Tokio, das ich nie als Insel erkannt hatte, außer Sicht geraten, aber dieses Gefühl dauert nur einen Moment, weil Roger mir sagt, daß andere Lichter in anderen Städten, anderen Ländern, auf anderen Planeten, bald in Sicht kommen werden.

8 Briefe aus L. A.

4. September 1983

Lieber Sean,
ich wette, Du hast nicht erwartet, von mir zu hören. Soviel zum Thema Aussteigen! Hier bin ich – weit weg am anderen Ende des Landes, sitze auf meinem Bett, trinke Diet Coke und höre Bowie. Ziemlich schrill, oder? Ich bin seit einer Woche in L. A. und kann es immer noch nicht richtig fassen. Ich wußte ja den ganzen Sommer, daß ich herkommen würde, aber irgendwie war die Vorstellung nicht ganz real. Ist auch nicht weiter schlimm, daß ich nicht viel Zeit mit Nachdenken verschwendet habe, denn *nichts* hätte mich darauf vorbereiten können. L. A. ist unbeschreiblich.

Ich bin letzten Dienstag nachmittag am LAX angekommen, halb verrückt vor Schlafmangel und ohne den leisesten Schimmer, was zum Teufel ich hier eigentlich soll. Es war, als würde ich in eine andere Welt spazieren. 38 Grad und überall wunderschöne, braungebrannte Menschen (Prachtexemplare!), die stur ins Weltall starrten und um mich rum auf ihre Autos zusteuerten. Ich kam mir unglaublich blaß vor – ungefähr so, wie man sich als einziges blondes Mädchen in Ägypten fühlen muß oder so. Und ich hatte das schreckliche Gefühl, daß alle mich anstarren: nicht braun, nicht blond, nicht schön, am besten ignorieren! In diesen ersten paar Tagen habe ich nichts anderes gemacht, als mir eine Export A an der anderen anzuzünden, aufs Pflaster zu glotzen und mich nach Camden zurückzuwünschen. Ich bin mir nicht sicher, wie man sich hier einfügt. Braun werden? Mir die Haare blond färben? Ich weiß, es klingt paranoid, aber ich spüre wirklich diese Feindseligkeit mir gegenüber. Ich gewöhne mich dran, aber trotzdem.

Meine Großeltern waren überglücklich, mich zu sehen. Sie sind keine besonders überschwenglichen Menschen, aber ich bin immer ihre Lieblingsenkelin gewesen, und sie flippten buchstäblich aus vor Freude. Auf dem Weg zu ihrem Haus hat mein Großvater, der so braun und gesund aussah, daß es schon unheimlich war, meine Hand getätschelt und gesagt: »Von jetzt an kümmern wir uns um dich – dir wird es an nichts mangeln«, und er schien keine Witze zu machen.

Diese letzte Woche habe ich hauptsächlich mit Touristenquatsch, Partybesuchen und Schlaf nachholen verbracht. Wir waren einen Tag in Disneyland, ein echter Trip. Ich kannte Fotos davon, aber ich kann Dir sagen, Sean, diesen Ort in Wirklichkeit zu sehen, ist total unbeschreiblich. Der Assistent meines Großvaters hat bestimmt zwanzig Filme verschossen: ich neben Micky Maus (saublöd bin ich mir da vorgekommen), wie ich vor dem Matterhorn stehe, wie ich nachdenklich den Space Mountain betrachte, wie ein als Pluto verkleideter Perverser mich anmacht (widerlich), ich mit dem Geisterhaus im Hintergrund, etc. etc. etc. Ich hab mich in Disneyland verlaufen, was äußerst peinlich war. Der Park ist etwas kleiner, als ich ihn mir vorgestellt hatte, aber wunderschön. Wir waren auch in vier Wachsmuseen und sind dann den Sunset Boulevard rauf und runter gefahren. (L. A. bei Nacht ist so hübsch.) Übrigens ist das Nightlife ziemlich spannend. Am Freitagabend bin ich mit diesem Paar, Mr. und Mrs. Fang (sie ist Executive bei Universal und er ist Plattenproduzent), in einen exklusiven Club gegangen, und ich hab getanzt und mich betrunken und hatte viel Spaß. Und ich hatte gedacht, ich würde nicht viel geselligen Umgang haben! Dieses Paar und ich sind dicke Freunde geworden, und er hat versprochen, mich seiner Schwester vorzustellen, die etwa in meinem Alter ist und auf die Pepperdine University geht, wenn ich das nächste Mal mit ihnen und ihren ganzen Freunden unten in Malibu bin. Sie werden mir sogar den

Schlüssel zu ihrem (na ja, im Grunde seinem) Penthouse in Century City geben, damit ich immer, wenn ich von meinen Großeltern weg will, dort wohnen kann. Außerdem möchten sie, daß ich mitkomme, wenn sie das nächste Mal nach den Springs fahren (so nennen hier alle Palm Springs).

Trotzdem ist die Stadt so ruhig. Besonders verglichen mit New York. Und alles wirkt so sauber und scheint viel langsamer, auf sehr entspannte Art zu laufen. Ganz sicher fühle ich mich hier trotzdem noch nicht. Ich fühle mich schutzlos – ganz allein auf weiter Flur. Aber meine Großeltern beteuern, es sei ziemlich ungefährlich, und sie leben im angeblich besten Teil von Bel Air, also brauche ich mir keine Sorgen zu machen. Trotzdem bin ich immer noch so an meine behütete kleine Manhattan-Camden-Existenz gewöhnt, daß mein Leben hier ein echter Schock dagegen ist. Ich sehe mir die ganzen Leute an, die hier rumlaufen: die schönen, gesunden, gebräunten Männer und die eleganten Frauen, und alle fahren einen Mercedes, und es ist einfach kaum zu beschreiben.

Alles in allem fühle ich mich glücklicher und freier als seit langem. Ich bin froh, daß ich hergekommen bin. Ich glaube, dieser Schritt wird schrecklich gut für mich sein. Ich glaube, es war richtig, daß ich ein Semester frei genommen habe und hierhergekommen bin.

»I'm just a million miles away«, singen die Plimsouls auf KROQ, und ich muß daran denken, daß Songs manchmal gespenstisch zutreffend sein können. Ich bin wirklich so weit von allem weg. Aber es ist ein gutes Gefühl. Ich werde bis Februar hierbleiben, was bedeutet, daß ich im März wieder an der Uni sein werde. Ich werde meinem Großvater viel im Studio helfen und Drehbücher lesen und solchen Kram (ich bin ziemlich gespannt), und ich denke, ich werde nach Malibu fahren und in Palm Springs ausspannen (gut zu wissen, daß es ein paar Orte gibt, an die ich verschwinden kann, falls ich L. A. je über habe, was ich mir gar nicht vorstellen kann). Tja, ich hoffe, Du schreibst mir zurück. Ich würde mich wirklich freuen, von Dir zu hören. Mir liegt sehr viel daran.

Alles Liebe,
Anne

9. September 1983

Lieber Sean,
hallo! Ich habe heute an Dich in Camden gedacht. Wie Du ketterauchend im Café rumsitzt und Deine Seminare zusammenstellst. Läuft es gut für Dich, oder ist »Schönheit in Nöten« noch immer der treffende Ausdruck? Ich sorge mich um Dich, was ziemlich blöd von mir ist, aber andererseits sorge ich mich um so viele Dinge, daß es nicht unbedingt aus dem Rahmen fällt. Also – wie geht's Dir? Wie ist es an der Uni? Mit wem treibst Du Dich rum? Welche Seminare hast Du belegt? Warst Du oft gezwungen, Deine Wayfarers aufzusetzen? (Ich weiß Gott!) Hat sich irgendwas verändert? Bist Du okay? Wie Du bemerkst, stecke ich voller Fragen, Sean. Ich hoffe wirklich, daß Du mir schreibst. Es tut mir entsetzlich leid, falls Dir meine kleine Verliebtheit auf die Nerven gegangen ist. Ich steigere mich in manche Sachen so rein, daß ich jede Perspektive verliere. Aber auch schon bevor ich mich total in Dich verknallt habe, fand ich Dich sehr nett, und ich fände es schrecklich, Deine Freundschaft zu verlieren ... wegen was auch immer. Ich weiß, daß wir uns eigentlich gar nicht so gut kennen, und weil wir in Camden so viel zu tun hatten, konnten wir nicht viel reden. Ich hoffe trotzdem, daß Du und ich uns besser kennenlernen werden. Damit meine ich wohl, daß es viele Dinge gibt, die ich gern von Dir erfahren möchte. Ich weiß nicht. Ich wünschte, Du würdest schreiben.

Ich amüsiere mich immer noch blendend. Wenigstens glaube ich das. Ich bin hier so locker, daß ich mir nicht ganz sicher bin. Ich sitze jetzt draußen am Pool. Ich habe einen ersten Hauch Sonnenbräune – und ob Du's glaubst oder nicht, ich hab das Rauchen eingeschränkt! Ich werde gesundheitsbewußt. Ist das cool, *dude?* (Das war L. A.-Slang für Dich.)

Alles Liebe,

Anne

P. S. Hast Du meinen letzten Brief bekommen? Bitte schreib doch.

24. September 1983

Lieber Sean,

hi (?). Es ist mir irgendwie peinlich, Dir zu schreiben, weil ich vermute, daß Du stinkig auf mich bist oder so. Hab ich recht? Es muß was gewesen sein, was ich im letzten Brief geschrieben habe. Vielleicht findest Du, ich hätte übertrieben? Das kann ich verstehen, glaube ich. Ich neige dazu, in meinem Überschwang etwas extrem zu werden. Weißt Du, Du hättest Dich melden können und sagen, daß ich mir die Schreiberei schenken soll, und das wäre cool gewesen. Bitte, Sean, versteh doch, daß das irgendwie brutal für mich ist. Kannst Du mir verzeihen, egal, was es ist, was ich Dir getan habe? O Gott, ich habe mir gerade ausgemalt, wie ich im März nach Camden zurückkomme und Dich sehe und vor lauter Verlegenheit nicht weiß, was ich tun soll. Und vielleicht wirst Du nicht mal mit mir reden oder irgend so was Grauenhaftes. Könntest Du mir schreiben und mir alles erklären? Bitte? Bitte?

Ich sitze jetzt jedenfalls draußen am Pool in diesem tollen Haus in Palm Springs. Es ist später Vormittag, und ich habe die letzten paar Stunden nichts weiter getan, als in der Sonne zu sitzen und die Palmen anzugucken. Es ist so verlockend, schwimmen zu gehen und sich an den Pool zu legen und sich zu betrinken oder irgendeine von den unzähligen dekadenten Sachen zu machen, die man in Palm Springs so macht. Aber ich bin einfach zu faul, und mir graust bei dem Gedanken, mich unter diese ganzen unausstehlich braungebrannten Leute zu mischen. Im Moment sind wirklich die hirnlosesten

Leute im Haus: mittelalte Studio-Executives, denen ständig Joints zwischen den Lippen hängen und die extra für solche Gelegenheiten Goldfeuerzeuge dabei haben. Blöde blonde Bunnies, die nach Sonnenöl und Sex riechen. Alte reiche Frauen mit umwerfenden jungen Boys (die aus irgendeinem Grund alle schwul sind). Ich habe mir die Bücherregale im Haus angesehen und war schockiert, lauter Pornobücher mit Titeln wie *Stud Ranch* und *Gestapo Pussy Farm* zu finden. Eklig, oder?

Vor etwa einer Woche saß ich mit ein paar Freunden im schicksten Nachtclub von L. A. und der DJ spielte Yaz und Bowie, und die Videos liefen, und ich war bei meinem dritten Gin Tonic, und ich hab kapiert, daß es, egal wo ich bin, immer das gleiche ist. Camden, New York, L. A., Palm Springs – es spielt anscheinend wirklich keine Rolle. Vielleicht sollte mich das beunruhigen, tut es aber nicht. Ich finde es irgendwie tröstlich. Hier gibt es ein Schema, an das ich mich gewöhnt habe und das mir gefällt. Ist das gesund? Wird es so für den Rest meines Lebens sein? Für die restliche Zeit in L. A.? Ich weiß nicht. Ich denke immer nur, daß sich nichts über Nacht ändert und daß ich nicht mehr tun kann, als mein Bestes zu geben. Das klingt vielleicht, als wäre ich unglücklich oder deprimiert, aber das stimmt nicht. Ich bin so zufrieden und entspannt wie seit Jahren nicht mehr. Ich bin seit einem Monat von New York weg (und vermisse es immer noch irgendwie), aber es hat Wunder für meine Psyche gewirkt. Ich kann nicht behaupten, daß ich mich in das gesunde, idealistische kleine Mädchen zurückverwandelt hätte, das ich vor fünf Jahren war, aber ich bin viel weniger deprimiert und fühle mich viel weniger verzweifelt und verstört. Ich nehme die Dinge leichter. Ich glaube, Du hattest recht, als Du mir an diesem Abend gesagt hast, ich soll mich »endlich nach L. A. verpissen« (erinnerst Du Dich? Du warst sehr betrunken). Dein Rat war gut. Tja, wenn ich schon nicht glücklicher zurückkomme, dann definitiv wenigstens gesünder. Ich stehe wirklich auf die ganze Health-Food-Szene hier. Ich fresse Vitamine, als gäbe es nichts anderes mehr.

Was kann ich über mein Leben mit meinen Großeltern erzählen? Sie sind ein ziemlich normales Pärchen, und sie sind echt nett zu mir. Sie kaufen mir absolut alles, was ich will (ich muß zugeben, ich habe nichts dagegen, mich hier verwöhnen zu lassen). Anscheinend haben sie Freude daran, mir Sachen zu schenken und mich in Restaurants auszuführen. Das schönste dabei ist, daß sie nicht viel von mir erwarten, so daß ich sie unmöglich enttäuschen kann.

Offensichtlich werde ich in letzter Zeit philosophischer, besonders hier draußen in der Wüste vor L. A. Vielleicht ist das aber auch nur eine Überlebenstaktik. Wenn ich eines gelernt habe, dann, von Leuten nicht zuviel zu erwarten. Tue ich es dennoch, fühle ich mich immer verraten. Dabei gibt es wirklich keinerlei Veranlassung dazu. Natürlich mache ich immer noch viele Fehler, aber ich lerne. »Aha!« denkst Du jetzt vielleicht, »ich wette, sie spielt auf mich an.« Tja, da könntest Du recht haben. Es ist seltsam, wie Menschen sich in Briefen verraten können. Da ich mir wirklich nicht sicher bin, was Du denkst, kann ich Dir nur schreiben und hoffen, daß Du meine Briefe nicht zerreißt. Tust Du's? Vielleicht solltest Du einen Zettel in Deine Schreibmaschine einspannen und »Laß es!« drauftippen und ihn mir zuschicken. (Du hast doch meine Adresse in L. A., oder? ... hast Du überhaupt eine Schreibmaschine?) Und das würde reichen. Ich bin nicht unempfänglich für eine Generalabfuhr, auch wenn es mir leid tun würde, Deine Freundschaft zu verlieren (wir sind doch Freunde, oder?). Ich scheine ein Talent zu haben, mir die Dinge selbst kompliziert zu machen. Gebe ich Dir das Gefühl, daß es zwischen uns chaotisch und krampfig zugeht? Wie scheußlich. Können wir nicht einfach Freunde sein und alles vergessen, was chaotisch und krampfig ist? Vielleicht bin ich idiotisch oder mache es mir zu einfach, weil ich glaube, die Dinge könnten so unkompliziert sein, aber warum eigentlich nicht?

Also, was soll's, wie geht's Dir? Alles okay da oben in New Hampshire? Mit wem treibst Du Dich rum? Und wie verbringst Du Deine Zeit? Was beschäftigt Dich? Malst Du noch? Ich bin neugierig auf Deine aktuellen Eindrücke von Camden. Was siehst Du? Wie ist Deine Stimmung nach drei Semestern dort? Bitte schreib und erzähl's mir.

Ich habe mir gerade in der Küche ein Perrier geholt und dabei mitgehört, wie ein fetter, alter Produzent einen jungen Mann anschmachtete, der Matt Dillon verblüffend ähnlich sieht, wie er ihn begehre und brauche. Warum ich nicht überrascht bin? Ich bin schon zu lange in L. A., Sean. Mich überrascht nichts mehr(!). Wirst Du mir schreiben?

Alles Liebe,
Anne

29. September 1983

Lieber Sean,

hast Du meinen letzten Brief bekommen?

Mein Großvater hat sich gestern abend ziemlich betrunken und mir erzählt, daß alles verfällt und wir ans Ende von irgendwas kommen. Meine Großeltern (die nicht die intelligentesten Menschen sind) haben das Gefühl, im Goldenen Zeitalter gelebt zu haben, und sie haben mir gesagt, daß sie, wenn sie sterben, froh darüber sein werden. Gestern abend hat mir mein Großvater bei einer großen Flasche Chardonnay erzählt, daß er Angst um seine Kinder hat und daß er Angst um mich hat. Das war das erste Mal, daß ich etwas wie Aufrichtigkeit bei ihm spürte. Aber es war ihm wirklich ernst. Und wenn ich mich umschaue und im Fernsehen was über diese armen Jungs in Beirut, im Libanon oder wo zum Teufel sie sonst sind, sehe, oder von diesen Drogendealern lese, die gestern in den Cañons erstochen worden sind, muß ich ihm in gewissem Maße recht geben. Ich werde das Gefühl nicht los, daß die Menschen weniger human und dafür animalischer werden. Sie scheinen weniger zu denken und weniger zu empfinden, wodurch sich alle auf sehr primitivem Niveau bewegen. Ich frage mich, was Du und ich im Laufe unseres Lebens noch zu sehen bekommen werden. Es kommt mir so hoffnungslos vor, aber wir dürfen nicht aufgeben, Sean. (Ich sagte Dir ja, daß ich in letzter Zeit philosophischer geworden bin.) Ich vermute, wir können uns nicht davor verstecken, daß wir Produkte unserer Zeit sind, oder? Schreib zurück, ja? Es macht immer noch Spaß in der Sonne!

Alles Liebe,
Anne

11. Oktober 1983

Lieber Sean,

hast Du meine anderen Briefe bekommen? Ich bin mir nicht mal sicher, ob Du sie erhältst. Ich schreibe Dir dauernd Briefe und schicke sie ab, es kommt mir vor, als könnte ich sie genausogut als Flaschenpost vor Malibu in den Pazifik werfen.

Ich kann nicht glauben, daß ich schon sechs Wochen hier bin! Meine Großeltern haben mir vor ein paar Tagen gesagt, wie schrecklich lieb es ihnen wäre, wenn ich ein Jahr bei ihnen bliebe. Ich hatte nicht das Herz, ihnen zu sagen, daß ich mich lieber ein Jahr lang in der Galleria einschließen lassen würde! Dennoch, mir gefällt es hier draußen. Ich habe mehr Abenteuer erlebt und mehr über die Welt erfahren, als ich je für möglich hielt. L. A. ist eine aufregende Stadt, und meine Depression hat sich verflüchtigt. Aber es ist doch ein Unterschied, ob man zu Besuch hier ist oder hier wohnt und lebt. Ich glaube nicht, daß ich es aushalten könnte, immer hier zu leben. L. A. ist wie ein anderer Planet. Ich meine, die ganzen blonden, blauäugigen, sonnenverbrannten Surfer, die zu Tausenden auf den Straßen herumspazieren, in ihren neuen Porsches zum Strand fahren, um nur ja nicht die tolle Brandung zu verpassen (und sie sind alle *bekifft*), und die wunderschönen älteren Frauen, die in ihren langen schwarzen Rolls-Royces KROQ hören und versuchen, auf dem Rodeo Drive einen Parkplatz zu finden – ich weiß nicht, mir kommt das alles ein wenig exzentrisch vor. Ich habe es irgendwie satt, Nacht für Nacht in denselben Clubs rumzuhängen und am Pool zu liegen und dieses ganze unglaubliche Koks zu schnupfen. (Ja, ich habe was von dem weißen Pulver probiert – jeder, einfach jeder hier macht das, und ich muß zugeben: Es läßt den Tag definitiv schneller rumgehen.) Ich genieße es, und *so* übel ist es wirklich nicht, aber ich weiß nicht, wie lange ich das noch aushalte! Jeder Tag wirkt genau wie der Tag davor. Ein Tag gleicht dem anderen. Es ist seltsam. Als würde man sich selbst im selben Film sehen, nur jedesmal, wenn Du ihn Dir ansiehst, mit einem neuen Soundtrack. Wenn Du mich hier in L. A. im Voila's oder After Hours sehen würdest, würdest Du wahrscheinlich dasselbe zu mir sagen, was Du Kenneth gesagt hast, als er Dich nach Deiner Meinung zu mir gefragt hat (ich habe ihn gebeten, Dich zu fragen! Überraschung!): »Das ist ein sehr unglückliches, affektiertes Mädchen.« (Oh, das braucht Dir nicht peinlich zu sein – ich nehme es Dir nicht übel. Ich vergebe Dir, also keine Sorge.) Tja, das ist nur ein Teil meines Lebens in L. A.

Meine Zeit im Studio ist sehr viel interessanter und aufregender. Ich habe in den letzten vier Wochen *so viele* berühmte Schauspieler und Schauspielerinnen kennengelernt. Mein Großvater kennt anscheinend jeden. Ich muß bei einer Million Screenings gewesen sein. Und ich habe mir doppelt so viele Drehbücher angesehen. Außerdem schnappe ich jede Menge Studiojargon auf und erfahre einiges über die geschäftliche Seite. Es ist alles sehr aufregend.

Ich weiß, ich sollte über diese Stadt schreiben, aber ich

komme auf keine zusammenhängende Geschichte. Mir fehlt eine ausreichend solide Übersicht oder Ausgangsbasis zum Schreiben. Es gibt eigentlich nicht allzuviel zu verarbeiten oder zu sehen. Es liegt einfach daran, daß ich nicht genug Zeit habe, bei den ganzen Parties und Screenings und meinem Job im Studio und allem... Ach übrigens, was macht Deine Malerei? Malst Du noch? Ich weiß, Du hast zu tun, und Du mußt das auch nicht machen, wenn Du nicht möchtest, aber ich würde mich freuen, wenn Du mir ein Gedicht oder eine Zeichnung schicken würdest oder irgendwas, was Du in letzter Zeit gemacht hast, aber noch mehr hoffe ich, daß Du so glücklich und gesund und so ausgefüllt bist wie ich. Und wenn Dein Leben nicht zu turbulent ist, würde ich mich sehr freuen, einen Brief von Dir zu erhalten. Nur einen.

Alles Liebe,
Anne

22. Oktober 1983

Lieber Sean,

ich sitze in einem Penthouse in Century City, das Freunden von mir gehört. Es ist so etwa später Nachmittag, und ich bin sehr entspannt. Irgendwer hat mir eine Dalmane (ich glaube, so schreibt sich das) gegeben, weil ich Kopfschmerzen hatte, und man hat mir gesagt, das würde helfen. Ich fühle mich gerade sehr wohl und relaxed. Es ist das erste Mal seit meiner Kindheit, daß ich mich erinnern kann, dort glücklich und zufrieden zu sein, wo ich gerade bin. Ich weiß nicht, ob Du Dich je so gefühlt hast, aber ich habe mich ab einem gewissen Punkt immer und überall, wo ich gerade bin, sehr unwohl und rastlos gefühlt. Ich langweile mich und bin irritiert und kann an alles nur im Futur denken (vielleicht etwa so in der Art, wie Du an diesem Abend plötzlich aufgesprungen bist, als wir alle im Cafe saßen, und Du mich angesehen hast und unvermittelt abgehauen bist). Ich war immer kribblig, als könnte ich es nicht lange an einem Ort aushalten. Aber es ändert sich etwas. Echt rad (kurz für »radikal«), wie wir hier sagen.

Dieser Brief wird nicht lang, weil wir bald zum Dinner ausgehen, irgendwer hat im Spago reserviert, und anscheinend müssen wir in einer bis anderthalb Stunden los. Im Grunde will ich Dir bloß sagen, daß ich an Dich denke und hoffe, daß es Dir gutgeht. Wirst Du mir schreiben? Ich möchte was von *Dir* hören. Bitte?

Alles Liebe,
Anne

29. Oktober 1983

Lieber Sean,

das Leben in L. A. hat etwas Luxuriöses und Wundervolles. Ich habe das Gefühl, ewig so leben zu wollen. Jeder Tag dort bringt ein neues Abenteuer, einen neuen Menschen zum Reden, jeder Abend etwas anderes, das man sich ansehen kann. Selbst in den schlimmsten Momenten bin ich entspannt. Manchmal fühle ich mich einsam, aber diese Momente sind dünn gesät.

Meine Beziehungen zu den Menschen hier sind nicht krampfig oder aufreibend, weil keiner größeren emotionalen Aufwand erwartet. Die Menschen hier sind nicht sehr risikofreudig – aber denk nicht, sie wären oberflächlich. Das sind sie nicht. Ich meine, klar fühle ich mich ihretwegen manchmal irgendwie unsicher oder deprimiert, aber andererseits scheint immer die Sonne, und der Pool ist immer sauber und beheizt, also ist es nie kalt, und mit den Leuten hier kann ich leben.

Teilweise hat das mit den Leuten zu tun, mit denen ich meine Zeit verbringe. Sie sind alle geistig rege und interessant und *witzig*. Viele von ihnen sind im Plattengeschäft oder arbeiten in Studios, und es sind alles Menschen, die alt genug sind, sich darüber klar zu sein, daß sie ihr Leben nicht in einem Vakuum verschwenden wollen. Sie scheinen mir wohlwollend gesonnen zu sein und lassen mich von ihrer Erfahrung profitieren.

Na, hast Du all meine Briefe bekommen? Ich weiß nicht mehr, wie viele ich geschrieben habe – vielleicht vier oder fünf? Kein einziger Brief von Dir, Sean. Ich bin schockiert. Nein – war nur Spaß. Ich bin nicht schockiert, nicht richtig, glaube ich. Ich verstehe, daß Du vielleicht nicht sonderlich in Schreiblaune bist. Aber ich wüßte doch so gerne, *wie* Deine Laune ist.

Alles Liebe,
Anne

10. November 1983

Lieber Sean,

wie geht's Dir? Dein langes Schweigen hat mich nicht entmutigt (sollte es das?). Ich sage mir, Dein Leben ist, wie es ist, und ich kann völlig verstehen, daß Du weder die Energie noch die Lust zum Schreiben hast. Aber ich hoffe, Du nimmst mir das Briefbombardement meinerseits nicht übel.

Es ist interessant für mich, worüber ich Dir alles schreiben möchte. Ich könnte Dir alle Details meiner sexuellen Abenteuer erzählen und mich mit meinen neuesten Eroberungen brüsten. Aber das kommt mir ziemlich dumm vor. Ich meine, es klingt cool, aber in Wirklichkeit ist es gräßlich unoriginell. Nach einiger Zeit denkt man nur noch: Na und? Drogen und Alkohol und der Sex, den sie mit sich bringen, sind so verdammt alltäglich (na ja, hier etwas mehr, aber trotzdem), egal, wo man sich gerade aufhält. Für mich hat das alles einiges an Glamour verloren. Es macht Spaß, mehr aber auch nicht. Ich weiß nicht, auf welcher Stufe Du emotional stehst oder wie Dein Leben läuft oder wieviel Karma Du hast und wo, aber ich fühle mich ganz wohl da, wo ich bin. Ich meine, es macht irgendwie Spaß, hier drüben in den Tag reinzuleben, lauter absolut umwerfende Typen kennenzulernen (sie sind blöd, aber so was von süß. Eifersüchtig? Das brauchst Du nicht zu sein) und mit diesen ganzen reichen verwöhnten Kids aus Beverly Hills in Clubs abzuhängen, an den Strand zu gehen und jeden Tag auf Valium einzuschlafen, sich in Schale zu werfen, die ganze Nacht aufzubleiben und bei irgendwem zu Hause oben am Mulholland Drive zu tanzen und zu trinken und sonst was zu tun. Es ist alles witzig, aber irgendwie wird es langweilig. Aber ich hab diesen Typ kennengelernt...

Er ist Produktionsleiter in irgendeinem Studio hier, und wir sind uns auf einem der berüchtigten Besäufnisse meines Großvaters vorgestellt worden und haben uns angefreundet. Er hat einen Ferrari 308-GTB, und wir fahren raus in die Wüste, nach Palm Springs, und gehen in sein Haus und reden. Sean, der Mann ist faszinierend. Sein Name ist Randy, und er ist dreißig Jahre alt und geht mit diesem Model, das diese Woche zu einem Fototermin in New York ist, und er hat die ganze Welt gesehen – wir würden sagen: ein totaler Intellektueller, sehr distanziert und existentiell im besten Sinne des Wortes. Ich habe ihm alles über mich erzählt, über New York und Camden, über mein Leben, und ich habe ihm einige meiner Stories zu lesen gegeben. Er fand sie gut, war aber ehrlich genug, mir zu sagen, er hielte sie für nicht sehr kommerziell. Jedenfalls sagte er mir, er würde sehr gerne mehr von mir lesen. Außerdem hat er mir erzählt, daß er drei Vampire kennt, die in Woodland Hills wohnen, aber hier drüben lernt man, über so was hinwegzusehen.

Randy ist nur einer der vielen interessanten Menschen hier, die ich kennengelernt habe.

Ich habe gerade so ein fantastisches Drehbuch gelesen. Ein Remake von Camus' *Der Fremde* mit Meursault als bisexuellem, breakdancendem Punkrocker. Randy hat es mir gezeigt. Ich fand es toll. Randy meint »praktisch unverfilmbar« und daß ein Dreistundenfilm über eine Orange, die über einen Parkplatz kullert, mehr Zuschauer anziehen würde.

Tja, ich hoffe, Du schaffst es, mir zu schreiben, aber wenn nicht... tja, was kann ich sagen?

Alles Liebe,
Anne

20. November 1983

Lieber Sean,

ich muß Dir mehr über Randy schreiben (Du erinnerst Dich? der Studioboß?). Er und ich sind rauf zu seinem Haus am Mulholland Drive gefahren, wo wir auf der Terrasse saßen und den Sonnenuntergang verfolgten. Der Mond war voll und bereits am Himmel, als die Sonne unterging. Alles war so still, und da war nichts außer Randy und mir und seinem Ferrari, dem Wind, dem Whirlpool, den sich verdunkelnden Farben des Himmels. Wir teilten uns einen Joint (ja, ich habe ein bißchen davon geraucht), und ich dachte daran, wie schön und angenehm es doch ist, alles und jeden hinter sich zu lassen. Es hilft mir, klarer zu denken, klarer zu empfinden. Besonders draußen in Palm Springs, wo ich völlig von Wüste umgeben bin – es ist so tröstlich. Keine Ahnung, ob Du Dir das zusammenreimen kannst. Ich bin sicher, es gibt eine psychologische Erklärung dafür. Aber ich fühle mich so locker, so friedvoll, so entspannt. Und ich glaube, ich kann auch etwas für Randy tun. Wenn er mir anvertraut, daß er sich leer und ausgebrannt fühlt, sage ich ihm, das soll er nicht, und er scheint zu verstehen. Ich habe wieder etwas geschrieben, und wenn er nicht gerade müde ist, liest er es, auch wenn er nicht viel mehr dazu sagt, als daß es ein wenig kommerzieller sei als meine früheren Sachen und vielleicht auf dem Auslandsmarkt laufen könnte – immerhin eine konstruktive Kritik, findest Du nicht? Ich glaube, er hat in der Hauptsache recht.

Randy hat mir in den letzten Monaten so sehr geholfen. Er

hat mich aus der Defensive gelockt. Er ist so viel gereist, hat so viel erlebt, so viel mehr gelesen als ich. Ich vertraue seiner Meinung. Er ist wirklich mein bester Freund hier – der Mensch, dem ich alles anvertraue. Es ist wirklich erstaunlich – hier bin ich in Los Angeles, und mein bester Freund ist ein dreißigjähriger Studio-Executive. Das Leben ist verrückt, oder?

Hör mal, paß auf Dich auf, und wenn Du etwas freie Zeit hast, würde ich mich freuen, von Dir zu hören. Ach übrigens, wenn Du mich anrufen möchtest, kannst Du mich entweder im Haus meiner Großeltern erreichen (213-275-9008) oder im Studio (frag einfach nach Anne) oder bei Randy zu Hause (968-2030; steht nicht im Telefonbuch). Nur falls Du mal Lust hast.

Alles Liebe,
Anne

27. November 1983

Lieber Sean,

hi! Hier sitze ich also in einem Bungalow im Beverly Hills Hotel, zu Besuch bei Freunden von Randy. Gerade habe ich zum ersten Mal richtig gut geschlafen, seit ich nach L. A. gekommen bin. (Ich hab eine Zeitlang Tranquilizer genommen, was meine Schlafgewohnheiten irgendwie ziemlich versaut hat.) Bisher habe ich heute noch nichts gemacht, außer MTV geguckt und am Pool rumgelegen. Ich habe Randy (Du erinnerst Dich an Randy, oder?) und ein paar anderen Leuten gesagt, ich würde heute abend vielleicht mit ihnen ausgehen, vielleicht lasse ich's aber auch. O Mann, was für ein Leben. Hab ich Dir erzählt, daß ich bei meinem Alter geschummelt habe? Hier drüben wirken alle so jung, *sind alle* so jung, daß ich anfing, mich alt zu fühlen, und deshalb habe ich allen erzählt, ich sei siebzehn oder achtzehn (ich bin zwanzig). Randy glaubt, ich sei sechzehn. Ist das zu überbieten? Häufig muß ich mir in Erinnerung rufen, ja, Anne, du bist Collegestudentin im vierten Semester. Es ist kurios und ein wenig verwirrend, aber ich nehme an, so wichtig ist es nicht. Tja, ich muß los. Wie wär's mit einem Brief? Einer Karte? Bitte?

Alles Liebe,
Anne

30. November 1983

Lieber Sean,

da schreibe ich Dir also schon wieder. Etliche Leute fahren dieses Wochenende nach Palm Springs. Da kann man schwer nein sagen. Vor einigen Tagen hatte ich einen Traum, in dem Du vorkamst. (Ich und meine verrückten Träume – weißt Du noch, der eine, den ich Dir letztes Semester erzählt habe? Der hatte mich so interessiert, daß ich darüber im vorletzten Semester eine Arbeit für das Psychologieseminar geschrieben habe. Aber nur keine Sorge – Namen wurden keine genannt! Warum ich Dir das damals nicht erzählt habe? Wahrscheinlich, weil ich fürchtete, es könnte Dir peinlich sein.) Dieser Traum war ziemlich seltsam. Du lebtest in L. A., und wir waren beide wesentlich älter, und Du hast mich zu Deiner Geburtstagsparty eingeladen, und ich mußte von irgendwo einfliegen und hatte ziemlichen Streß deswegen. Der Rest des Traums war über die Party. Alle, die da waren, waren alt, und es war deprimierend, weil niemand sich wirklich verändert hatte, und obwohl es wundervoll war, Dich zu sehen, und Du so reizend wie immer warst, kam ich mir komisch und deplaziert vor und habe alle gehaßt. Gehaßt vielleicht nicht gerade, nur unerträglich gefunden.

Sean, ich denke wirklich ernstlich daran, etwas länger hierzubleiben. Irgendwie habe ich vergessen, wie New York und Camden aussehen, ich habe auch viele Gesichter von dort vergessen, und ich weiß nicht, ob ich mich mit der Rückkehr anfreunden kann. Wahrscheinlich werde ich nicht hierbleiben, aber ich hab mit dem Gedanken gespielt. Mir graut davor, die Leute zu sehen, die ich meine Freunde nannte. Weißt Du, ich würde lieber hier drüben bleiben, anstatt mich dem »zu stellen«, wie Du so oft gesagt hast. Hier führen alle so aufregende und interessante Leben, zurückzugehen kommt mir so reizlos dagegen vor. (Gott, dieser Brief ist ja fürchterlich verwurstelt – ich frage mich, ob Du überhaupt durchblickst. Falls Du ihn unverständlich findest, sei wenigstens so nett, ihn zu überfliegen, okay?)

Tja, alles hier ist interessant und anregend. L. A. macht (wie immer) Riesenspaß. Ich habe mich hier richtig ins Gesellschaftsleben gestürzt. (Habe Duran Duran hier kennengelernt! Es war so aufregend, ich hätte sterben können – *aber sicher.*) Ich bin mit jeder Menge echt netten englischen Jungs ausgegangen. (Hier drüben treiben sich viele englische Jungs rum – frag nicht, warum.) Sie sind alle sehr jung und braungebrannt und arbeiten in Läden auf der Melrose Avenue. Randy ist mit vielen befreundet. Einer von ihnen, mit dem Randy besonders oft zusammensteckt, ist Scotty, den ich mal bei Randy zu Hause getroffen habe. Er ist 17 und hat übersinnliche Kräfte und arbeitet bei Flip und steckt voller Energie und ist möglicherweise der bestaussehende Mensch, den ich je getroffen habe. Wir haben schon verabredet, an den Strand und auf einige Parties zu gehen und einen Ausflug nach den Springs zu machen.

Ich hab mich auch mit Scottys Freundin Christie angefreundet (die Randy nicht mag; Christie mag Randy auch nicht), ein Model (sie war schon in fünf Levis-Spots und einem ZZ-Top-Video – sie ist umwerfend – Du würdest sie erkennen, wenn Du sie siehst). Christie ist oft in L. A. und New York (sie lebt praktisch an beiden Küsten). Sie ist zur Hälfte Deutsche und sehr, sehr süß. Und dann gibt es noch Carlos, der Randys »Vertrauter« ist. Er ist etwa 18 und faszinierend und arbeitet als Badeklamotten-Model für *International Male.*

Ständig ist er betrunken und versucht, Witze zu erzählen. Er ist rasend komisch. Carlos wird zu einem meiner engsten Freunde unter den Leuten hier. Außerdem findet er, daß ich eine tolle Blondine abgebe, hat reichlich Valium und praktiziert eine neue Art von Voodoo, das er in Bakersfield gelernt hat.

Jedenfalls bin ich sehr beschäftigt. Morgens gehe ich mit Christie in so einen Aerobic-Kurs, und ich bin auch oft am Strand gewesen und habe an meiner Bräune gearbeitet. Im Studio war ich eigentlich nicht viel. Ich war auch tanzen und habe versucht, was zu unternehmen.

Gestern war Randy aus irgendeinem Grund völlig am Ende, also sind wir in seinem Ferrari raus zu den Springs, und stell Dir vor, er hat allen Ernstes davon geredet, sich die Kugel zu geben. Er hat zu mir gesagt: »Ich will nur sterben – ich will Schluß machen«, lauter solches Zeug. Tja, ich hab ihm ein paar neue Bodies vorgeführt, die ich gekauft hatte, und das munterte ihn auf, und jetzt ist alles okay, aber er hat mir einen ziemlichen Schreck eingejagt. Tja, wir sind nach L. A. zurückgefahren und sind an den Strand gegangen und haben uns den Sonnenuntergang angesehen, und alles war okay. Randy redet nicht mehr davon, das Gefühl zu haben, er würde sich auflösen. (Ja, auflösen – irre, hm?) Bitte, bitte, ich flehe Dich an – schreib mir? Okay, Sean?

Alles Liebe,
Anne

5. Dezember 1983

Lieber Sean,

ich wette, Du rätst nie, wer Dir schon wieder schreibt. Ja, ich bin's. Was dagegen? Ich hatte einfach einen sehr hektischen Tag und brauche etwas Abstand. Mir ist nicht nach lesen oder kreativ sein. Ich will einfach irgendwie meinen Gedanken freien Lauf lassen.

Typischer Samstag. Ich bin spät aufgestanden und hab mir einen Joint mit Randy und Scott geteilt, die beide zusammen draußen geschlafen haben – während ich oben in Randys Bett schlief. Dann haben wir lange MTV geguckt und dann sind wir an den Strand gegangen, und danach sind wir nach Malibu gefahren und haben uns die Dreharbeiten für das neue Adam-Ant-Video angesehen – die English Prices waren da. Es war scharf. Dann hatte ich meinen Aerobic-Kurs, und dann haben Randy und ich ein paar Drinks genommen und weiter MTV geguckt. Und dann haben wir zu schlafen versucht. In manchen Nächten spielen wir alle neuen Platten, die Randy mit der Post bekommt. Er bekommt Promoexemplare von jeder verdammten Platte, die gepreßt wird. Einfach irre. Und die hören wir manchmal durch. Hauptsache, Randy kommt dadurch von seinem Selbstmordtrip runter. Er fängt schon wieder damit an, Sean. Es ängstigt mich. Tja, in einer halben Stunde ist wieder Zeit, zum Aerobic zu gehen. Schreib mir bitte.

Alles Liebe,
Anne

7. Dezember 1983

Lieber Sean,

zum ersten Mal, seit ich hier bin, hat es geregnet. Die Temperatur ist auf etwa 18 Grad gefallen, und es hat geregnet. Randy und ich waren im Haus, und ich habe ein paar Scripts gelesen und MTV geguckt. Habe Michael Jackson bei einer Party in Encino kennengelernt. War nicht so toll. Ich mache mir immer noch Sorgen um Randy. Randy glaubt, daß ich ihn verlassen werde. Er redet dauernd davon, daß hier jeder nur Zwischenstation macht, daß niemand triftige Gründe hat, hier zu sein. Randy hat Scotty verprügelt und läßt nur Carlos (der jetzt sein Astrologe ist) und mich in sein Haus. Es kommt mir vor, als sei ich jetzt ununterbrochen hier. Meine Großeltern merken das anscheinend nicht, oder es ist ihnen egal. Das klingt, als sei ich nicht besonders begeistert. Bin ich aber. Es macht immer noch Spaß hier. Schreib mir. Ich habe nicht einen Brief von Dir bekommen, Sean. Bitte schreib.

Alles Liebe,
Anne

10. Dezember 1983

Lieber Sean,

habe ich also wieder mal der Versuchung nachgegeben, einen Brief an jemanden daheim im Osten zu schreiben. Im Moment liege ich in Randys Bett, weil man bei dieser Scheißhitze nichts anderes tun kann. Ich rauche echt gutes Gras und gucke mir Videos an. Es hat sich also nicht viel verändert, was? Aber ich mag Tage wie diese. Ich hoffe, es bleibt immer so. Dezember ist der beste Monat für Parties in L. A. (das habe ich zumindest gehört). Das Ende des Jahres rückt näher, mit all den Aussichten und Hoffnungen auf ein völlig neues Jahr, das bevorsteht. Denk nur daran, wie viele Dinge sich in einem einzigen Jahr ändern können. Du lieber Himmel. Wenn ich daran denke, was ich letzten Dezember gemacht habe, und es mit heute vergleiche, kann ich mir kaum vorstellen, daß ich diese Person war. Gott sei Dank, daß die Zeit vergeht.

Randy macht immer noch eine schwierige Phase durch. Er hat nach wie vor das Gefühl, »in der Luft zu hängen«. Er liegt jetzt neben mir. Na ja, eigentlich liegt er auf dem Fußboden, und ich bin im Bett. Carlos ist draußen und nutzt die letzte Sonne aus. Ich versuche, so gut ich kann, mit Randy fertig zu werden. Er wird so dünn. Randy lacht gerade. Warte . . . okay, im Moment geht es ihm gut. Ach, Sean, ich weiß nicht, ob ich nach Camden zurückgehe. Der Gedanke, zu den ganzen stupiden Pseudointellektuellen zurückzugehen, kommt mir schrecklich vor. Ich glaube, das wäre zuviel für mich. Es gibt für mich wirklich keinen Grund, wieder zur Uni zu gehen.

Dich würde ich natürlich total gern wiedersehen. Aber nach New Hampshire zurückzuziehen, erscheint mir wenig verlokkend.

Gibt es irgendwas, das ich Dir schicken soll? Wie wär's mit einem Riesenvorrat Valium (das hier anscheinend jeder hat)? Nein – ich werde Deinem Drogenkonsum nicht Vorschub leisten (ha ha). Randy hat praktisch alles hier. Zeug, von dem ich nicht mal den Namen weiß. (Los Angeleser – heißen die so? – sind nicht besonders pingelig mit ihren Pillen.)

Wir (Randy, Carlos, irgendwer namens Kakerlaken-Wallace und ich) fahren vielleicht über Weihnachten nach Palm Springs. Kommt darauf an, wie es Randy geht. Meine Großeltern möchten, daß ich bei ihnen bleibe, aber ich weiß nicht, ob ich das mache. Vielleicht. Vielleicht auch nicht.

Am einfachsten wäre, hier in L. A. zu bleiben und ins Plattengeschäft einzusteigen oder im Studio meines Großvaters zu arbeiten (weiß ich jetzt noch nicht – in den letzten vier Wochen bin ich nicht oft dort gewesen). Aber meinen Großeltern fällt meine Abwesenheit gar nicht richtig auf. Sie sind beide süchtig nach Tranquilizern. Ich bin kürzlich dahintergekommen, daß sie beide massenhaft Librium schlucken. Carlos ist gerade reingekommen – Carlos sagt »hi« und fragt, ob Du süß bist. Was habe ich wohl geantwortet? Du wirst es nie erfahren.

Wenn Du diesen Brief bekommst, werde ich 21 oder 18 sein – je nachdem, wen Du fragst. Wo werden wir in zehn Jahren sein? Ich frage mich, was dann los sein wird? Ich frage mich, was jetzt los ist.

Ein Freund von Carlos wurde tot in einem Mülleimer in Studio City gefunden. Man hatte ihm in den Kopf geschossen und die Haut abgezogen. Schaurig, was? Carlos macht keinen sehr traurigen Eindruck, aber Carlos ist eine starke Persönlichkeit, das überrascht mich also nicht. Carlos hat gerade ein neues Video eingelegt. Wir haben uns *Die Nacht der lebenden*

Toten und *Zombie 2* angeschaut. Hast Du die mal gesehen? Randy läßt sie dauernd laufen. Ich habe sie oft gesehen, seit ich hier bin. Sie sind beide echt witzig. Carlos versucht, Randy aufzuwecken, damit er sich den Film ansieht. Carlos sagt, L. A. wimmelt von Vampiren. Ich nehme eine Valium.

Hör mal, Sean. Ich habe beschlossen, Dir nicht wieder zu schreiben, bis ich von Dir einen Antwortbrief bekomme. Ich werde nicht mehr betteln. Wenn Du mir nicht schreibst, schreibe ich einfach nicht zurück. Also schreib mir und paß auf Dich auf.

Alles Liebe,
Anne

26. Dezember 1983

Lieber Sean,

ich habe gerade die Rohfassung dieses Briefs noch mal durchgelesen und erkannt, daß er gar nichts Näheres enthält über das, was hier los ist. Sorry, ich bin anscheinend unfähig, einen inforeichen Brief zu schreiben. Beschreibungen langweilen mich wohl, und das Beste, was ich zustande bringe, ist dieses Gekritzel, das für Dich wahrscheinlich wenig Sinn ergibt. Wie geht's allen bei Dir? Wie war Dein Weihnachten? Ich hoffe, Du amüsierst Dich. Ich bin jetzt bei Christie und sitze am Pool. Ich war vorhin shoppen und habe Ohrringe gekauft, zwei Paar Slipper, einen Beutel Orangen und hab mich dann zum Mittagessen mit einem Typ aus dem Studio getroffen, der für mich jongliert und dann in eine Topfpalme gepinkelt hat.

Randy hat sich vor einer Woche eine Überdosis verpaßt (ich glaube, es war vor einer Woche). Tja, zumindest haben sie gesagt, daran sei er gestorben. Sie haben mir alle erzählt, Randy hätte eine Überdosis erwischt, aber, Sean, ich habe das Zimmer gesehen, wo sie ihn gefunden haben, und da war so viel Blut. Es war überall. Sogar die Decke war mit Blut bespritzt, Sean. Wie kann bei einer Überdosis Blut an die Decke kommen? (Scotty sagt, dafür müsse man schon explodieren.) Na ja, ich bin mit Lance (diesem echt umwerfenden Punker, der bei Poseur auf der Melrose Avenue arbeitet) an den Strand gegangen, und Lance hat mir Seconal gegeben, was sehr geholfen hat. Ich fühle mich jetzt viel besser. Ehrlich.

Ich hab mit meiner Stiefmutter darüber gesprochen, hierzubleiben. Ich werde nicht bei meinen Großeltern wohnen, sondern in Randys Haus (ist alles wieder aufgeräumt, also keine Sorge), zusammen mit Carlos. Und ich bekomme auch Randys Ferrari, es ist also nicht so, daß ich mit ganz leeren Händen dastehe. Aber noch ist nichts entschieden. Hab nicht sehr viel darüber nachgedacht. Wirst Du schreiben?

Alles Liebe,
Anne

29. Januar 1984

Lieber Sean,

scheint es nicht ewig her zu sein, seit ich Dir das letzte Mal geschrieben habe? Ich schätze, mir liegt nicht mehr viel daran. Tja, ich lebe noch, also keine Sorge. Ist es zu glauben, daß ich tatsächlich hierbleibe? Daß ich schon seit fünf Monaten hier bin? O Gott. Tja, ich schätze, ich werde im Herbst nicht nach Camden zurückkommen. Ich habe mich so an alles hier gewöhnt. Ich bin viel rumgefahren, und manchmal gehe ich ins Studio. Gelegentlich fahre ich raus nach Palm Springs. Nachts ist es still.

Ich schreibe an einem Drehbuch mit einem Typ, den ich im Studio kennengelernt habe, er heißt Tad. Ich darf wirklich nicht zuviel darüber sagen, aber es handelt von Betreuern in einem Feriencamp und einer riesigen Schlange und ist echt gruselig. (Vielleicht schicke ich Dir eine Kopie.) Tad ist im Grunde ein echter Künstler (er malt fantastische Wandbilder in Venice), aber er will Drehbücher schreiben. Seit Wochen hat niemand Carlos gesehen. Zuletzt hieß es, er sei in Las Vegas, obwohl jemand anders mir erzählt hat, daß man seine beiden Arme in einem Beutel in einer Querstraße der La Brea Avenue gefunden hat. Er wollte das Drehbuch mit mir zusammen schreiben. Ich habe meiner Großmutter einige Passagen daraus gezeigt. Es hat ihr gefallen. Sie sagte, es sei kommerziell.

Alles Liebe,
Anne

9 Noch eine Grauzone

Ich sehe mit einem Auge Christie zu, die neben dem Großbildfernseher tanzt. Die Fun Boy 3 auf MTV singen »Our Lips Are Sealed«, und Christie tanzt rhythmisch, bekifft, läßt mit geschlossenen Augen die Hände über ihren Bikini gleiten. Ich langweile mich, will es aber nicht zugeben, und Randy liegt reglos auf dem Fußboden und schaut Christie zu, und Christie tritt beinahe auf ihn, beide völlig zu. Ich sitze auf dem beigen Stuhl neben der beigen Couch, auf der Martin liegt. Martin trägt Dolphin-Shorts, Wayfarers, blättert in der neuen Nummer von *GQ*. Das Video geht zu Ende, und Christie läßt sich kichernd zu Boden fallen und brabbelt vor sich hin, wie high sie sei. Randy zündet einen neuen Joint an und inhaliert tief und hustet und gibt ihn an Christie weiter. Ich schaue mich zu Martin um. Martin glotzt die ganze Zeit auf dasselbe Bild in der Zeitschrift. Jetzt sind Police in Schwarzweiß auf MTV, und Stings dicker blonder Kopf guckt zu uns vieren raus und beginnt zu singen. Ich schaue vom Bildschirm weg und rüber zu Christie. Randy gibt mir den Joint, und ich ziehe einmal und schließe die Augen, aber ich bin so stoned, daß der Hit nichts bewirkt, außer mich auf die Pseudoerkenntnis zu bringen, daß ich in einem kommunikationsfreien Raum gelandet bin. »Gott, Sting ist so irre«, stöhnt Christie, vielleicht ist es auch Randy. Christie macht noch einen Zug an dem Joint, wälzt sich auf den Bauch und sieht zu Martin hoch. Aber Martin nickt nur und rückt seine Sonnenbrille gerade. Christie sieht weiter zu ihm hoch. Martin hat während der letzten zwölf Videos kein Wort gesagt. Ich habe mitgezählt. Christie ist meine Freundin, ein Model, das, soweit ich weiß, aus England stammt.

Ich stehe auf, setze mich hin, stehe wieder auf, ziehe meine Shorts über, gehe raus auf den Balkon und stehe da mit den Händen auf dem Geländer und blicke auf Century City. Die Sonne geht unter, und der Himmel ist orange und purpur, und es scheint heißer zu werden. Tief durchatmen, sich zu erinnern versuchen, wann Christie und Randy gekommen sind, wann Martin sie reingelassen hat, wann sie MTV eingeschaltet haben, wann sie die erste Ananas aßen, wann sie den zweiten Joint anzündeten, den dritten, den vierten. Aber jetzt läuft drinnen ein anderes Video, und ein Junge wird von einer riesigen Wolke aufgesogen, die in allen Regenbogenfarben schillert und die Form eines Fernsehers hat. Christie hockt auf Martin auf der Couch. Martin hat immer noch die Sonnenbrille auf. Die *GQ*-Nummer, die er in der Hand hatte, liegt jetzt auf dem beigen Fußboden. Ich gehe an ihnen vorbei, steige über Randy und gehe in die Küche und nehme eine Flasche Aprikosen-Blaubeer-Saft aus dem Kühlschrank und gehe zurück auf den Balkon. Ich trinke den Saft aus und beobachte noch ein wenig den dunkler werdenden Himmel, und als ich mich umdrehe, sehe ich, daß Martin und Christie wahrscheinlich in Martins Zimmer sind, wahrscheinlich nackt auf den beigen Laken, während der Plattenspieler läuft, Jackson Browne leise singt. Ich gehe rüber zu Randy und schaue auf ihn runter.

»Gehen wir was essen?« frage ich.

Randy sagt nichts.

»Gehen wir was essen?«

Randy fängt mit geschlossenen Augen an zu lachen.

»Gehen wir was essen?« frage ich wieder.

Er schnappt sich das *GQ* und legt es sich, immer noch lachend, übers Gesicht.

»Gehen wir was essen?« frage ich.

Auf dem Cover ist John Travolta, und es sieht fast so aus, als läge John Travolta auf dem Boden, kichernd, völlig bekifft, nur mit einer abgeschnittenen Jeans bekleidet. Ich wende mich ab und sehe auf den Bildschirm: ein Spielzeugflugzeug mit einem Rockstar in der Kanzel, der in gespielter Verzweiflung die Steuerung in den Griff zu bekommen versucht und dabei ein Mädchen ansingt, das ihn nicht beachtet und sich die Nägel lackiert. Ich verlasse die Wohnung und fahre auf den Wilshire Boulevard und dann zu einem Café in Beverly Hills, das Café Beverly Hills heißt, und dort bestelle ich einen Salat und einen Eistee.

Ich erwache um zwanzig nach elf aus einer Art Koma, und als ich auf der Suche nach einer Orange oder ein paar Streichhölzern für mein Bong in die Küche gehe, finde ich eine auf einem Briefbogen des Beverly Hills Hotels geschriebene Nachricht mit der Aufforderung, mich zum Lunch mit jemandem in einem Haus in den Hügeln oberhalb des Sunset Boulevard zu treffen, wo irgendwer ein Video für eine Band namens English Prices dreht. Jemand hat die Adresse und Wegbeschreibung hinterlassen, und nachdem ich etwa eine Stunde auf dem Balkon gedöst und in meinen Jockey-Shorts unter der Sonne vor mich hingeträumt und den Videos gelauscht habe, die unter besänftigendem, unaufhörlichem Gesumm dahinrauschen, entschließe ich mich, diesen Jemand zum Lunch zu treffen. Ehe ich gehe, ruft Spin an und erzählt mir, er habe, seit Lance nach Venezuela gegangen ist, Probleme, gutes Koks aufzutreiben, und in der Stadt hätten einige Leute das Flattern bekommen, und er würde vielleicht von der USC abgehen, wenn er im Herbst nicht den richtigen Mercedes findet, und der Service im Spago würde auch immer mieser.

»Aber was willst du?« frage ich und mache den Fernseher aus.

»Ich brauche Koks. Soviel du hast. Hundert, hundertfünfzig Gramm.«

»Das kann ich besorgen bis, uh...« Ich breche ab. »Äh, Samstag.«

»Jung«, sagt Spin. »Ich brauch es aber eher als Samstag.«

»Nicht Samstag? Und wann zum Beispiel?«

»Heute abend zum Beispiel.«

»Freitag zum Beispiel?«

»Morgen zum Beispiel.«

»Eher Freitag«, seufze ich. »Ich könnte es dir heute besorgen, aber ich will echt nicht.«

»Typ«, seufzt er. »Nervig, aber okay.«

»Okay? Komm einfach Freitag irgendwann vorbei«, sage ich.

»Freitag, ja? Ich weiß es zu schätzen. Hier in der Stadt haben einige Leute das Flattern bekommen, Junge.«

»Ja, ich weiß«, sage ich zu ihm. »Ich glaube ich weiß, was du meinst.«

»Freitag, ja?« fragt er.

»M-hm.«

Ich parke den Wagen vor dem Haus und gehe die Stufen zur Vordertür hoch. Zwei Mädchen, jung und sonnengebräunt und blond, mit zerrissenen Sweatshirts und Schweißbändern, sitzen mit leerem Blick auf den Stufen, ohne ein Wort zu wechseln, und ignorieren mich, als ich an ihnen vorbei ins Haus gehe. Ich höre von oben Musik, und dann bricht sie ab. Ich gehe langsam nach oben in einen großen Raum, der den gesamten ersten Stock des Hauses einzunehmen scheint. Ich bleibe im Türrahmen stehen und sehe zu, wie Martin mit einem Kameramann spricht und auf Leon deutet, den Leadsänger der English Prices, der eine Zigarette raucht, in der einen Hand eine Pistole – ein Spielzeug – hält und in der anderen einen kleinen Spiegel, in dem er ständig seine Frisur prüft. Hinter Leon steht ein langer Tisch mit nichts drauf und dahinter der Rest der Band, und irgendwer hat den Hintergrund hinter der Band blaßrosa mit grünen Streifen gestrichen, und Martin geht rüber zu Leon, der den Handspiegel weglegt, als Martin ihm einen Klaps aufs Handgelenk gibt, und Leon reicht Martin die Spielzeugpistole. Ich schiebe mich in den Raum, lehne mich an eine Wand und achte darauf, auf keine Kabel oder Leitungen zu treten. Ein Mädchen sitzt gleich neben meinem Stehplatz auf einem Kissenberg, sie ist jung und braun und blond und trägt ein zerrissenes Sweatshirt und ein Schweißband, das ihr üppiges Haar bändigt, und als ich sie frage, was sie hier macht, sagt sie, daß sie sozusagen mit Leon hier sei, und sie sieht mich nicht an, während sie das sagt, und ich drehe mich von ihr weg und sehe zu Martin, der jetzt auf dem Tisch ist, und er wälzt sich von ihm runter auf den Fußboden, schaut in die Kamera und zielt mit der Spielzeugpistole auf das Objektiv, und dann wälzt sich Leon vom Tisch auf den Fußboden, schaut in die Kamera und zielt mit der Spielzeugpistole auf das Objektiv, und dann wälzt sich Martin vom Tisch auf den Fußboden, schaut in die Kamera und zielt mit der Spielzeugpistole auf das Objektiv, und dann wälzt sich Leon vom Tisch auf den Fußboden, schaut in die Kamera und zielt mit der Spielzeugpistole auf das Objektiv. Leon steht jetzt mit den Händen in den Hüften da und schüttelt den Kopf, und Martin liegt auf dem Boden und schaut in die Kamera, und er kann mich sehen, und er steht auf, läßt die Pistole auf dem Boden liegen und kommt rüber, und Leon hebt sie auf und riecht daran, und es ist praktisch niemand hier.

»Was ist los?« fragt Martin.

»Du hast mir einen Zettel hingelegt«, sage ich. »Irgendwas von wegen Lunch.«

»So?«

»Ja«, sage ich. »Du hast mir einen Zettel hingelegt.«

»Nicht daß ich wüßte.«

»Ich hab aber einen Zettel gesehen«, sage ich unsicher.

»Tja, vielleicht war es sonst wer.« Martin sieht auch nicht besonders sicher aus. »Ganz wie du meinst, Alter. Aber von mir? Ich spinn doch nicht, Altcr.«

»Ich bin ziemlich sicher, daß da ein Zettel lag«, sage ich. »Kann ja sein, daß ich Halluzinationen hab, aber nicht heute.«

Martin sieht müde zu Leon rüber. »Tja, okay, hm, ja, ich werde hier in etwa zwanzig Minuten abhauen können und, äh.« Er ruft dem Kameramann zu: »Nebelmaschine immer noch im Arsch?«

Der Kameramann liegt jetzt am Boden und ruft ungerührt zurück: »Nebelmaschine im Arsch.«

»Okay, schön.« Martin sieht auf seine Swatch und sagt: »Wir müssen nur noch diese Einstellung hinkriegen und –« Martin hebt seine Stimme, aber nur ein wenig – »Leon stellt sich wie ein echter Idiot dabei an. Stimmt's, Leon?«

In der anderen Zimmerecke schaut Leon von der Pistole auf und kommt sehr langsam auf Martin zu.

»Martin, ich springe doch nicht von diesem Scheißtisch auf den Scheißboden und glotze in die Scheißkamera und zwinkere. Vergiß es. Scheiße, das ist einfach zu dämlich.«

»Viermal hast du jetzt Scheiße gesagt, du Müllkutscher«, sagt Martin.

»Na so was«, sagt Leon.

»Du machst das, Mann«, sagt Martin und klingt fast, als verstünde er keinen Spaß.

»Nein, Martin, ausgeschlossen. Es ist ätzend, ich mach das nicht.«

»Aber du bist schon in einem Video mit singenden Fröschen aufgetreten«, protestiert Martin. »Du hast ein Video gemacht, in dem du dich hintereinander in einen verstörten Baum, einen Teller voll Wasser und eine große, geschwätzige Banane verwandelt hast.«

Eins der Bandmitglieder sagt: »Da hat er recht.«

»Na und?« Leon zuckt die Achseln. »Du hast Herpes, Rocko.«

»Hat denn jeder vergessen, daß ich hier Regie führe?« fragt Martin in die Luft.

»Hey, ich hab den Scheißsong geschrieben, du Kulissenschieber.« Leon schaut zu dem Mädchen, das sozusagen mit ihm da ist und auf dem Kissenberg sitzt. Das Mädchen lächelt Leon an. Leon sieht verwirrt zu ihr hin, dann weg, dann wieder zu dem Mädchen hin, dann wieder weg, dann wieder hin, dann weg.

»Leon«, sagt Martin. »Hör zu, das Video ergibt ohne die Einstellung keinen Sinn.«

»Aber darum geht's doch – ich will nicht, daß es Sinn ergibt. Es braucht keinen Sinn zu ergeben«, sagt Leon. »Sinn willst du haben? Lieber Himmel.« Leon sieht mich an. »Kannst du was mit Sinn anfangen?«

»Nein«, sage ich.

»Na bitte«, sagt Leon vorwurfsvoll zu Martin.

»Willst du, daß sämtliche Dorftrottel in Dingsda, Nebraska, sich mit hängendem Unterkiefer dein Video auf MTV anglotzen, ohne zu kapieren, daß alles ein Witz ist? Sollen die glauben, daß du deine Freundin und den Typ, mit dem sie im Clinch war, in den Kopf geschossen und das mit Absicht gemacht hast? Hä? Das war keine Absicht, Leon. Du hast das Mädchen gemocht, dem du in den Kopf geschossen hast. Das Mädchen, dem du in den Kopf geschossen hast, war wie eine Blume für dich, Leon. Es geht um dein Image, Leon. Ich helfe dir nur, dein Image zu formen, klar? Nämlich das eines netten, lieben Jungen aus Anaheim, der vor lauter Einsamkeit den Verstand verliert, okay? Machen wir es einfach so. An diesem Skript hat jemand vier Monate gesessen – das macht einen Monat pro Minute, was ziemlich ansehnlich ist, wenn man sich's so überlegt – und es geht um dein Image«, insistiert Martin. »Image, Image, Image, Image, Image.«

Ich schlage meine Hände vor den Kopf und sehe Leon an, der nicht so anders wirkt, als ich ihn letzten Donnerstag mit Tim bei Madame Wong's getroffen habe, nur ein wenig anders vielleicht, auf eine Art, über die ich mir nicht ganz klar bin.

Leon sieht zu Boden und seufzt, dann guckt er zu dem Mädchen und dann zu mir und dann wieder zu Martin, und ich habe das Gefühl, daß aus dem Lunch mit Martin nichts wird, was irgendwie schade ist.

»Leon«, sagt Martin, »das ist Graham, Graham, das ist Leon.«

»Hi«, sage ich leise.

»Ja?« murmelt Leon.

Es entsteht eine längere, diesmal deutlichere Pause. Der Kameramann steht auf, setzt sich dann wieder auf den Boden und zündet sich eine Zigarette an. Die Band steht nur da und starrt Leon ohne erkennbare Regung an. Der Kameramann sagt noch mal: »Nebelmaschine im Arsch«, und eins der Mädchen von draußen kommt reinmarschiert und fragt, ob jemand ihr KAJAGOOGOO-T-Shirt irgendwo rumliegen sehen hat, und dann, ob Martin sie noch braucht.

»Nein, Baby, mit dir bin ich fertig«, sagt Martin. »Was nicht heißen soll, daß du nicht toll bist – ich ruf dich demnächst mal an.«

Sie nickt, lächelt, geht.

»Die ist ziemlich scharf«, sagt Leon und schaut ihr nach. »Hast du mal mit der, Rocko?«

»Weiß nicht«, ist Rockos Antwort.

»Ja, sie ist verdammt scharf, sie achtet auf ihre Figur, sie hat jeden gefickt, den ich kenne, sie ist ein Engel, sie hat Mühe, ihre Telefonnummer, den Namen ihrer Mutter, das Atmen nicht zu vergessen«, seufzt Martin.

»Schon, aber der springende Punkt ist, daß ich sie ohne weiteres ficken könnte«, sagt Leon.

Das auf den Kissen sitzende Mädchen, das sozusagen mit Leon da ist, schaut zu Boden.

»Dann würdest du ein schwarzes Loch ficken«, sagt Martin gähnend und rekelt sich. »Ein sauberes, irgendwie begabtes schwarzes Loch. Aber trotzdem ein schwarzes Loch.«

Ich fasse mir wieder mit den Händen an den Kopf, vergrabe sie dann in meiner Jeans.

»Tja«, fängt Martin an. »Das ist ja alles amüsant. Aber was tun wir hier, Leon? Hm? Was tun wir hier?«

»Weiß ich nicht.« Leon zuckt die Achseln. »Was?«

»Ich frage dich – was tun wir hier?«

»Ich weiß es nicht«, sagt Leon, noch immer achselzuckend. »Ich weiß es nicht. Frag ihn.«

Martin sieht mich an.

»Ich weiß auch nicht, was wir hier tun«, sage ich verdattert.

»Du weißt nicht, was wir hier tun?« Martin sieht wieder Leon an.

»Scheiße«, sagt Leon. »Das besprechen wir später. Machen wir eine Pause. Ich hab irgendwie Hunger. Kennt hier jemand einen, der ein Bier hat? Hal, hast du Bier?« fragt er den Kameramann.

»Die Nebelmaschine ist im Arsch«, sagt der Kameramann.

Martin seufzt. »Hör zu, Leon.«

Leon starrt jetzt in den Handspiegel und mustert kritisch seine Frisur, einen voluminösen, steifen weißblonden Pompadour.

»Leon, hörst du mir zu?« flüstert Martin.

»Ja«, flüstert Leon zurück.

Ich marschiere los, durch die Tür, an dem Mädchen auf dem Kissenberg vorbei, das sich eine Flasche Wasser über den Kopf kippt, ob im Spaß oder nicht, kann ich nicht sagen. Ich gehe die Treppe runter, an den Mädchen vorbei, von denen eine sagt: »Schicker Porsche«, die andere: »Schicker Arsch«, und dann bin ich in meinem Auto und fahre weg.

Nach dem Verzehr eines Teils des Salats aus zehn verschiedenen Blattsalaten, dem einzigen, was sie bestellt hat, erwähnt Christie, daß Tommy aus Liverpool letztes Wochenende irgendwo in Mexiko gefunden wurde und daß es möglicherweise Hinweise auf eine faule Sache gäbe, da seine Leiche völlig ausgeblutet und seine Kehle aufgehackt gewesen sei und seine lebenswichtigen Organe fehlten, wenn die mexikanischen Behörden den Leuten auch weismachen wollten, Tommy sei »ertrunken«, und wenn nicht ertrunken, so sei es vielleicht einfach »Selbstmord«, aber Christie ist sicher, daß er unmöglich ertrunken sein kann, und wir sind in irgendeinem Restaurant am Melrose Boulevard, und ich habe keine Zigaretten mehr, und sie nimmt ihre Sonnenbrille nicht ab, als sie mir sagt, daß Martin ein netter Kerl sei, also kann ich nicht sehen, wohin ihr Blick gerichtet ist, was mir wahrscheinlich sowieso nicht weiterhelfen würde. Sie sagt irgendwas über unermeßliche Schuld, und die Rechnung kommt.

»Vergiß es«, sage ich. »Kommt mir gar nicht ungelegen, daß du davon angefangen hast.«

»Er ist ein netter Junge«, sagt sie.

»Ja«, sage ich. »Er ist ein netter Junge.«

»Ich weiß nicht«, sagt sie.

»Hast du mit ihm geschlafen?«

Sie holt Luft, sieht mich dann an. »Angeblich ›logiert‹ er bei Nina.«

»Aber er hat mir erzählt, daß Nina, äh, verrückt ist«, sage ich zu ihr. »Martin hat mir erzählt, daß Nina verrückt ist, daß sie ihr Kind im Gym trainieren läßt und der Junge erst vier ist.« Pause. »Martin hat mir gesagt, er hätte ihn trainieren müssen.«

»Nur weil er ein Kind ist, muß er ja nicht in lausiger Form sein«, sagt Christie.

»Aha.«

»Graham«, fängt Christie an. »Martin bedeutet mir *nichts*.

Du warst letzte Woche bloß so gereizt. Ich konnte wirklich nicht mit ansehen, wie du nur auf dem Stuhl sitzt, nichts sagst und diese Riesenavocado umklammerst.«

»Aber sind wir nicht irgendwie, na ja, zusammen oder so was?« frage ich.

»Ich denke schon.« Sie seufzt. »Wir sind jetzt zusammen. Ich esse gerade einen Salat mit dir.« Sie hört auf und schiebt Martins Wayfarers nach unten, aber ich sehe sie sowieso nicht an. »Vergiß Martin. Außerdem – wen schert es, ob wir andere Leute treffen? Und sag mir nicht, dich oder mich.«

»Treffen oder ficken?« frage ich.

»Ficken.« Sie seufzt. »Denke ich.« Pause. »Sag ich jetzt mal.«

»Okay«, sage ich. »Wer weiß, nicht?«

Später fragt sie grinsend, während sie Sonnenöl über meinen Bauch schmiert: »Macht's dir was aus, daß ich mit ihm geschlafen habe?« und dann: »Hübsche Muskeln.«

»Nein«, sage ich schließlich.

Das Geräusch von Schüssen weckt mich. Ich schaue rüber zu Martin, der auf dem Bauch liegt, nackt, tief atmend, zwischen uns Christie sowie zwei flauschige, gescheckte Kätzchen und ein Meerschweinchen, das ein kleines Diamanthalsband um hat und das ich noch nie gesehen habe, und es peitschen noch ein paar Schüsse, und beide zucken im Schlaf zusammen. Ich steige aus dem Bett und ziehe mir Bermudashorts und ein FLIP-T-Shirt an und fahre mit dem Aufzug in die Lobby, setze die Sonnenbrille auf, weil meine Augen verquollen sind. Als sich die Aufzugtür öffnet, werden zwei weitere Schüsse abgefeuert. Ich gehe langsam durch die dunkle Lobby. Der Nachtportier, junger Typ, braun, blond, vielleicht zwanzig, mit einem Walkman um den Hals, steht an der Tür und guckt nach draußen. Sieben oder acht Streifenwagen parken auf dem Wilshire Boulevard vor einem Haus auf der anderen

Straßenseite. Noch ein Schuß wird aus dem Apartmenthaus abgefeuert. Der Nachtportier glotzt, belemmert und mit offenem Mund, zur Musik der Dire Straits aus dem Walkman. Ein großes, blau schimmerndes Slurpee-Stangeneis liegt auf dem Empfangspult.

»Was ist hier los?« frage ich.

»Ich weiß nicht. Ich glaube, irgendein Typ hat seine Frau da oben, na, und er droht, sie zu erschießen oder so. So was in der Art«, sagt der Portier. »Vielleicht hat er sie schon erschossen. Vielleicht hat er schon zig Leute umgenietet.«

Ich stelle mich zu ihm, eigentlich nur, weil mir der Song aus dem Walkman gefällt. In der Lobby ist es so kalt, daß unser Atem dampft.

»Ich glaube, oben im Haus ist eine Spezialeinheit, die ihm das auszureden versucht«, sagt der Türsteher. »Sie sollten lieber nicht die Tür öffnen.«

»Mach ich«, sage ich.

Noch ein Schuß. Noch ein Streifenwagen trifft ein. Dann ein Krankenwagen. Meine Stiefmutter für etwa zehn Monate, mit der ich am Schluß zweimal im Bett gelandet bin, steigt aus einem Transporter und wird vor einer Kamera ausgeleuchtet und in Positur gestellt. Ich gähne zitternd.

»Haben die Schüsse Sie aufgeweckt?« fragt der Portier.

»Ja.« Ich nicke.

»Sie sind der Typ, der im elften Stock wohnt, stimmt's? Dieser Typ, der Videos dreht, Jason oder so, kommt Sie oft besuchen?«

»Martin?« sage ich.

»Ja, hi, ich heiße Jack«, sagt der Portier.

»Ich heiße Graham.« Wir geben uns die Hand.

»Ich hab mich ein paarmal mit Martin unterhalten«, sagt Jack.

»Über... was?«

»Er kennt einen aus ner Band, bei der ich fast mal eingestiegen wäre.« Jack holt eine Packung Beedies raus, bietet mir eine an. Noch drei Schüsse, dann beginnt ein Helikopter zu kreisen. »Was machen Sie?« fragt er.

»Studieren.«

Jack zündet meine Zigarette an. »Ja? Wo studieren Sie?«

»An der...« Ich breche ab. »Äh, ich studiere an der U... äh, an der USC.«

»Ja? Im wievielten Semester?«

»Im Herbst komme ich ins vierte«, sage ich. »Glaube ich jedenfalls.«

»So? Cool.« Jack denkt eine Minute darüber nach. »Kennen Sie Tim Price? Blonder Typ? Echt gutaussehend, aber irgendwie als Mensch unmöglich? Ich glaub, er ist in ner Verbindung oder so?«

»Glaube ich nicht«, antworte ich. Von der anderen Seite des Wilshire Boulevard dringt ein gräßlicher Schrei, dann Rauch herüber.

»Und Dirk Ericson?« fragt er.

Ich tue eine Minute so, als würde ich nachdenken, ehe ich sage: »Nein, glaube ich nicht.« Pause. »Aber ich kenne einen Typ namens Wave.« Pause. »Er ist ziemlich fit, und seiner Familie gehört praktisch der ganze Lake Tahoe.«

Noch ein Streifenwagen trifft ein.

»Studieren Sie?« frage ich nach einer Weile.

»Nein, ich bin eigentlich Schauspieler.«

»Ach ja?« frage ich. »Wo haben Sie mitgemacht?«

»In nem Kaugummiwerbespot. Außerdem war ich der Freund in nem Clearasil-Spot.« Jack zuckt die Achseln. »Wenn man nicht bereit ist, sich für ein paar ziemlich miese Sachen herzugeben, ist es schwer, in dieser Stadt einen Job zu kriegen – und ich bin bereit.«

»Ja, scheint so.«

»Ich will unbedingt ins Videogeschäft«, sagt Jack.

»Ja«, sage ich. »Video, Mann.«

»Ja, deshalb ist Mark ein echt guter Kontakt.« Man hört ein gigantisches Krachen, dann mehr Rauch, dann der nächste Krankenwagen.

»Martin meinst du«, sage ich. »Es wäre bestimmt nützlich, Mann, wenn du dir Namen merken würdest.«

»Ja, Martin«, sagt er. »Ist ein guter Kontakt.«

»Ja, er ist ein guter Kontakt«, sage ich langsam. Ich rauche die Zigarette auf und bleibe neben der Tür stehen, auf weitere Schüsse wartend. Als es so aussieht, als würde nicht mehr viel passieren, bietet mir Jack einen Joint an, und ich schüttle den Kopf und sage, ich müsse etwas Saft trinken und dann eine Mütze Schlaf nehmen. »Oben in meinem Bett sind zwei gescheckte Kätzchen und ein Meerschweinchen, das ich noch nie gesehen habe.« Pause. »Außerdem muß ich noch ein bißchen Saft trinken.«

»Ja, klar, Mann, verstehe«, sagt der Portier mit aufflakkerndem Interesse. »Saft, Mann. Das ist gut.«

Der Joint riecht süß, und irgendwie möchte ich gern bleiben. Noch ein Schuß, mehr Schreie. Ich gehe auf den Aufzug zu.

»Hey. Ich glaube, es passiert vielleicht was«, sagt der Portier, als ich in den Aufzug trete.

»Was?« frage ich und halte die Türen auf.

»Vielleicht wird was passieren«, sagt der Portier.

»Ja?« sage ich, unschlüssig, was ich tun soll. Ich starre den Portier an, der in der Lobby steht und einen Joint raucht, dann das Slurpee-Stangeneis, und wir warten beide.

Am nächsten Morgen um elf rufen mich per Konferenzschaltung meine Mutter, der Anwalt meines Vaters und einer aus dem Studio an, in dem er arbeitet. Ich höre zu, sage ihnen dann, ich würde noch heute nach Las Vegas fliegen, und lege auf, um den Flug zu buchen. Martin wacht auf, schaut gähnend zu mir rüber. Ich frage mich, wo Christie steckt.

»Oh, Mann«, schnauft Martin und rekelt sich. »Wie spät ist es? Was ist los?«

»Es ist elf. Mein Vater ist tot.«

Lange Pause.

»Du ... hattest einen Vater?« fragt Martin.

»Ja.«

»Was ist passiert?« Martin setzt sich auf, legt sich dann verwirrt wieder hin. »Wie, Mann?«

»Flugzeugabsturz«, sage ich.

Ich nehme die Pfeife vom Nachttisch, sehe mich nach einem Feuerzeug um.

»Ist das dein Ernst?« fragt er.

»Ja.«

»Kommst du damit klar?« fragt er. »Bist du in Ordnung?«

»Ja, ich denke schon«, sage ich und inhaliere.

»Wow«, sagt er. »Tja, tut mir leid.« Eine Pause entsteht. »Sollte es das?«

»Nein«, sage ich und wähle die Nummer der LAX-Auskunft.

Ich gehe zusammen mit einem Sachverständigen für Cessna-172-Motoren, der Fotos vom Zustand des Motors für die Akten seiner Firma machen muß, und einem Ranger, der uns als Bergführer begleitet und am Freitag als erster am Wrack war, zur Absturzstelle rauf. Ich treffe die beiden Typen in meiner Suite im MGM Grand, und wir fahren mit dem Jeep bis etwa zur Mitte des Berghangs. Von dort aus gehen wir einen schmalen Pfad hoch, der steil und mit Laub bedeckt ist. Auf dem Weg zur Absturzstelle unterhalte ich mich mit dem Ranger, einem jungen Typ, neunzehn vielleicht, etwa in meinem Alter, gutaussehend. Ich frage den Ranger, wie die Leiche ausgesehen hat, als er sie fand.

»Wollen Sie das wirklich wissen?« fragt der Ranger, und ein Lächeln erscheint auf seinem ruhigen, kantigen Gesicht.

»Ja.« Ich nicke.

»Na ja, das klingt jetzt schrecklich komisch, aber als ich ihn zuerst gesehen hab, ich weiß nicht, sah er für mich aus wie ein ... ein hundertzehn Pfund schwerer Mini-Darth-Vader«, erzählt er mir und kratzt sich dabei am Kopf.

»Ein was?« frage ich.

»Ja, wie ein Darth Vader. Wie ein kleiner Darth Vader. Sie wissen schon. Darth Vader aus *Krieg der Sterne,* klar?« sagt der Ranger mit einem kaum merklichen Akzent, den ich nicht einordnen kann.

Der Ranger, mit dem ich einen Flirt anzufangen scheine, fährt fort. Der Oberkörper und Kopf waren völlig enthäutet und saßen aufrecht. Was von den Armknochen noch übrig war, lehnte da, wo der Steuerknüppel hätte sein müssen. Von der Kabine war nichts mehr da. »Der Oberkörper hockte einfach da, direkt auf dem Boden. Er war völlig schwarz verkohlt, an vielen Stellen bis auf die Knochen.« Der Ranger geht nicht weiter und schaut den Berg hinauf. »Ja, sah ziemlich übel aus, aber ich habe schon Schlimmeres gesehen.«

»Was zum Beispiel?«

»Ich hab mal einen Zug schwarzer Ameisen Teile von jemandes Gedärm zu ihrer Königin schleppen sehen.«

»Das ist ... beeindruckend.«

»Würde ich auch meinen.«

»Was noch?« frage ich. »Darth Vader? Wow, Mann.«

Der Ranger sieht mich an und dann zu dem Motorsachverständigen vor uns und geht weiter den Pfad hoch. »Interessiert's Sie wirklich?«

»Denke schon«, sage ich.

»Viel mehr gibt's nicht zu erzählen«, sagt der Ranger. »Da waren viele Fliegen. Roch ein bißchen. Aber das war's schon fast.«

Nach weiteren vierzig Minuten Fußmarsch erreichen wir die Absturzstelle. Ich sehe mich in den Überresten des Flugzeugs um. Die Kabine ist fast völlig zerstört, so daß nicht mehr viel übrig ist außer den Tragflächenspitzen und dem intakt gebliebenen Leitwerk. Aber eine Nase gibt's nicht mehr, und der Motor ist völlig zu Bruch gegangen. Niemand hat den Propeller gefunden, obwohl man intensiv danach gesucht hat. Von der Steuerkonsole ist auch nichts mehr da, noch nicht einmal geschmolzene Teile. Anscheinend ist der Aluminiumrahmen des Flugzeugs beim Aufprall zerborsten und dann geschmolzen.

Da kleine Cessnas so leichte Flugzeuge sind, gelingt es mir, das ganze Leitwerk hochzuheben und umzukippen. Der Spezialist sagt mir, das Feuer, in dem das Flugzeug geschmolzen ist, sei möglicherweise durch beim Aufprall entstandene Risse in den Treibstofftanks ausgelöst worden. Bei einer Cessna sind die Treibstofftanks in den Tragflächen zu beiden Seiten der Kabine. Ich finde auch Knochensplitter in der Asche und Teile der Kamera meines Vaters. Ich stehe neben dem Ranger an einen Felsblock gelehnt, während der Cessna-Sachverständige zögernd einige Fotos von uns macht, die ich haben möchte.

Später an diesem Tag, nach einem Nickerchen, spreche ich auch mit dem Pathologen, und er sagt mir, die Leiche sei in dem Plastiksack auf dem Weg den Berg runter durchgeschüttelt worden, weil sich das, was er im Pathologielabor erhalten habe, stark von dem unterscheide, worauf die vorläufigen Berichte von der Absturzstelle hatten schließen lassen. Der Pathologe erklärt mir, die meisten Organe seien für ihn durch den verheerenden Aufprall und die schweren Brandverletzungen, die mein Vater erlitten habe, »nicht als Organe identifizierbar« gewesen. Da diese Leiche nicht als mein Vater zu erkennen ist, wird sie anhand seiner falschen Zähne identifiziert. Seine echten Zähne verlor mein Vater, so erfahre ich, mit zwanzig bei einem Autounfall auf dem Pacific Coast Highway.

Auf dem Rückflug nach L. A. sitze ich neben einem alten Mann, der eine Bloody Mary nach der anderen trinkt und vor sich hin brabbelt. Als das Flugzeug zum Landeanflug ansetzt, fragt er mich, ob ich das erste Mal in L. A. sei, und ich sage »Ja«, und der Mann nickt, und ich setze die Kopfhörer wieder auf und höre mir Joan Jett and the Blackhearts an, die »Do You Wanna Touch Me?« singen, und verkrampfe mich, als das Flugzeug zur Landung durch den Smog bricht. Als ich aufstehe und mein Übernachtköfferchen aus dem Handgepäckfach hebe, lasse ich mein Feuerzeug auf den Schoß des alten Mannes fallen, und er reicht es mir lächelnd, mit leicht herausgestreckter Zungenspitze, und bietet mir eine Rolle in einem Pornofilm mit einigen gutaussehenden schwarzen Jungs an. Die einzigen Dinge in meinem Übernachtköfferchen sind ein paar T-Shirts, eine Jeans, ein Anzug, eine Nummer von *GQ*, ein ungeöffneter Brief meines Vaters, der nie abgeschickt wurde, mein Bong und eine Handvoll Asche in einem kleinen schwarzen Filmdöschen – der Rest wurde an einem Blackjacktisch im Casino im Ceasars Palace verspielt. Der alte Mann, runzlig und betrunken, zwinkert mir zu und sagt: »Willkommen in L. A.«, und ich sage: »Danke, Mann.«

Ich öffne die Tür des Apartments und trete ein und schalte den Fernseher an und stelle meinen Übernachtkoffer in der Spüle ab. Martin ist nicht da. Ich hole mir eine Flasche Aprikosen-Apfel-Saft aus dem Kühlschrank und setze mich auf den Balkon, um auf Martin oder Christie zu warten. Ich stehe auf, öffne meinen Übernachtkoffer und finde das *GQ* und lese es draußen auf dem Balkon, und dann trinke ich den Saft aus. Der Himmel wird dunkel. Ich frage mich, ob Spin angerufen hat. Ich höre Martin nicht die Tür öffnen. Aus der Eismaschine im Kühlschrank klirren Eiswürfel.

»Mann, war das heiß heute«, sagt Martin, ein Strandtuch und einen Volleyball unterm Arm.

»Ach?« frage ich ihn. »Ich hörte, es hätte geschneit.«

»In Vegas bißchen gespielt?«

»Ich hab etwa zwanzigtausend Dollar verloren. Ging in Ordnung.«

Nach einer Weile sagt Martin: »Spin hat angerufen.«

Ich sage gar nichts.

»Er ist leicht angesäuert, Graham«, sagt Martin. »Du hättest ihn anrufen sollen.«

»So sorry«, sage ich. »Ich werde ihn anrufen.«

»Wir haben für neun im Chinois reserviert.«

Ich schaue hoch. »Toll.«

Die Musik aus dem Fernseher dringt bis auf den Balkon. Martin dreht sich um und geht in die Wohnung zurück. »Ich schäle mir einen Granatapfel und gehe unter die Dusche, okay?«

»Ja. Okay.« Ich gehe auch vom Balkon und versuche, Spins Nummer zu finden, aber dann folge ich Martin ins Bad, und später finde ich Christies Guess-Jeans neben Martins Bett, und darunter liegt ein Bajonett.

Am nächsten Tag sitzen wir im Carny's, und Martin ißt einen Cheeseburger, und er kann nicht glauben, daß eine Exfreundin von mir auf dem Cover des dieswöchigen *People* ist. Ich sage ihm, ich könnte es auch nicht glauben. Ich esse meine Fritten auf, trinke einen Schluck Cola und sage Martin, daß ich was zu kiffen will. Martin hat auch mit dem Mädchen auf dem Cover des dieswöchigen *People* geschlafen. Ich beobachte, wie ein roter Mercedes langsam in der Hitze vorbeifährt, am Steuer ein hemdloser Typ, mit dem Martin ebenfalls geschlafen hat, und für einen Sekundenbruchteil blitzen mein und Martins Spiegelbild in der Seite des Wagens auf. Martin fängt an zu nörgeln, daß er mit dem English-Prices-Video noch nicht fertig sei, daß Leon Ärger mache, daß die Nebelmaschine noch immer nicht funktioniere und wahrscheinlich nie funktionieren werde, daß Christie nerve, daß Gelb seine Lieblingsfarbe sei, daß er sich kürzlich mit einem Steppenläufer namens Roy angefreundet habe.

»Warum filmst du diese Sachen?« frage ich.

»Videos? Warum?«

»Ja.«

»Ich weiß nicht.« Er sieht mich an und dann zu den vorbeifahrenden Autos auf dem Sunset Boulevard. »Nicht jeder hat eine reiche Mami und einen reichen Daddy – Mami, meine ich. Und« – er trinkt einen Schluck von meiner Cola – »nicht jeder dealt mit Drogen.«

»Aber deine Eltern haben's dicke«, protestiere ich.

»Dicke haben kann man so und so auslegen, Mann«, sagt Martin.

Ich seufze, zupfe an einer Serviette. »Du bist ein echtes ... Rätsel.«

»Hör mal, Graham. Mir ist es schon peinlich genug, mich in deiner Wohnung breitzumachen. Und daß du die Rechnungen fürs Fitneßcenter und Maxfield's bezahlst. Das alles.«

Der nächste rote Mercedes fährt vorbei.

»Hör mal«, sagt Martin. »Nach diesen nächsten beiden Videos werde ich heiß sein.«

»Heiß?« frage ich.

»Ja, heiß«, sagt er.

»Na ja, wie heiß? Mittelheiß? Wie heiß?« frage ich.

»Vielleicht brandheiß. Rotglühend vielleicht«, sagt er. »Die English Prices sind riesig. Heavy Rotation auf MTV. Vorprogramm für Bryan Metro. Riesig.«

»Ja?« frage ich. »Heiß und riesig?«

»Klar. Und wie. Leon ist ein Star.«

»Hast du mit Christie geschlafen, während ich weg war?« frage ich.

Er sieht mich an und mault: »O Mann, natürlich.«

Christie und ich stehen vor einem Kino in Westwood an. Es ist fast Mitternacht, und Westwood ist überlaufen. Die Gehwege sind so verstopft, daß sich die Kinoschlange mit den Passanten auf der Straße und den Leuten am anderen Ende der Kinoschlange vermischt, die aus Schuhläden und Geschäften strömen, in denen Joghurteis und Poster verkauft werden. Christie ißt italienische Eiscreme und erzählt mir, daß Tommy in Wirklichkeit in Delaware steckt und daß es Monty und nicht Tommy war, den man in San Diego – nicht Mexiko – zerstückelt aufgefunden hat, seine Leiche war völlig blutleer, nicht die von Tommy, das wisse sie genau, weil sie eine Postkarte mit Richard Gere drauf von Tommy bekommen hat, aber Corey habe man tatsächlich in einem verschweißten Metallfaß in der Wüste verscharrt gefunden. Sie fragt mich, ob Delaware ein Staat sei, und ich sage, ich sei mir nicht ganz sicher, ganz sicher sei ich mir aber, daß ich heute morgen Jim Morrison in einer Autowaschanlage am Pico Boulevard gesehen hätte. Er trank Mineralwasser und kümmerte sich um seinen eigenen Kram. Christie ißt das Eis auf, wischt sich die Lippen mit einer Serviette ab und klagt über ihre Implantate.

Zwei Leute vor uns unterhalten sich über eine Drogenrazzia in Encino letzte Nacht und daß das neue Jahr unaufhaltsam näher rückt. Ich beobachte, wie ein junges hispanisches Mädchen über die Straße aufs Kino zugeht. Als sie mit langen, energischen Schritten die Straße überquert, wird sie beinahe von einem schwarzen Rolls-Royce-Cabrio angefahren, das plötzlich abbremst und ins Schleudern gerät. Die Leute auf dem Gehweg sehen schweigend zu. Kann sein, daß ein Mädchen sagt: »O nein.« Der Fahrer des Corniche, ein braungebrannter Typ ohne Hemd, der eine Skippermütze trägt und Zigarre raucht, brüllt: »Paß doch auf, blöde Chilifotze«, und das Mädchen geht, kein bißchen erschüttert, lässig auf die andere Straßenseite. Ich wische mir Schweiß von der Stirn und beobachte, wie das Mädchen ungerührt zu einer

Palme geht und sich dagegen lehnt, ihr weißes T-Shirt mit dem Schriftzug CALIFORNIA ist schweißnaß, ihre Brüste zeichnen sich unter dem Baumwollstoff ab, ein goldenes Kreuz hängt von ihrem Hals, klein, ein Glitzern, und selbst als sie bemerkt, wie ich sie ansehe, gaffe ich weiter in das glatte, braune Gesicht und die leeren, schwarzen Augen mit dem gelassenen, gelangweilten Ausdruck, und jetzt löst sie sich von der Palme und kommt auf die Stelle zu, wo ich immer noch gebannt glotzend stehe, und sie bahnt sich langsam einen Weg zu mir, während ein warmer Wind weht, die Menge sich einen Spalt weit auftut, der Schweiß auf ihrem Gesicht beim Näherkommen trocknet, und mit großen Augen sagt sie in einem tiefen, gehauchten Flüstern: »Mi hermano.«

Ich sage nichts, starre nur zurück.

»Mi hermano«, flüstert sie wieder.

»Was?« sagt Christie. »Was wollen Sie? Kennst du sie, Graham?«

»Mi hermano«, sagt sie noch einmal, dieses letzte Mal in beschwörendem Ton, und dann verschwindet sie. Ich verliere sie in der Menge aus den Augen.

»Wer war das?« fragt Christie, als die Schlange vor dem Kino aufzurücken beginnt.

»Ich weiß nicht«, antworte ich und schaue zu der Stelle, wo das Mädchen, das aussieht, als lohne es sich, ihr zu folgen, hingegangen ist.

»Also wirklich – die ganze Stadt wimmelt von denen«, sagt Christie. »Wahrscheinlich war sie stoned bis zum Umfallen.« Sie zückt ihre Eintrittskarte, gibt mir meine. Die Leute, die sich über die Drogenrazzia und 1985 unterhalten haben, wenden sich um und sehen Christie an, als würden sie sie erkennen.

»Was hat sie gesagt?« frage ich.

»Mi hermano? Ich glaube, das ist eine Art Hähnchen-Enchilada mit viel Salsa«, sagt Christie. »Vielleicht ist es ein

Taco, wer weiß?« Sie zuckt unbehaglich die Achseln. »Diese Implantate bringen mich um, und es ist so heiß.«

Wir gehen ins Kino und setzen uns, und der Film fängt an, und nach dem Film, als wir auf dem Weg zum Apartment den Wilshire Boulevard runterfahren, kommen wir wieder an eine rote Ampel, und an der Bushaltestelle stehen fünf mexikanische Punkrocker herum, die T-Shirts mit schwarzen Kreuzen und schwefelgelben Totenschädeln tragen, und sie funkeln uns beide in Christies BMW-Cabrio böse an, und ich starre zurück, und zu Hause in dem Apartment schlafen wir miteinander, und Martin sieht zwischendurch zu.

Heute abend erwähnt Martin irgendwas von einem neuen Club, der auf der Melrose Avenue aufgemacht hat, ganz am Ende der Melrose, also fahren wir in Martins Cabrio, das Nina Metro ihm zu Halloween geschenkt hat, zur Melrose runter, und Martin kennt den Clubbesitzer, also kommen wir ohne viel Aufhebens umsonst rein. Animotion dröhnt aus den Lautsprechern, Leute tanzen, die Duschszene aus Psycho läuft nonstop auf den Videoschirmen über der Bar, und wir koksen auf einer der Toiletten, und ich lerne ein Mädchen namens China kennen, das mir sagt, ich sähe aus wie ein größerer Billy Idol, und dann laufe ich Spin in die Arme.

»Hey, wo bist du gewesen?« fragt er, die Musik überschreiend und auf Janet Leigh starrend, die wieder und wieder erstochen wird.

»Las Vegas«, sage ich ihm. »Brasilien. In einem Tornado.«

»Ja? Wie wär's mit ein paar Gramm?« fragt er.

»Klar. Was du willst«, sage ich ihm.

»Ja?« sagt er im Gehen. »Ich muß mit China reden. Ich glaube, Madonna ist hier.«

»Madonna?« frage ich ihn. »Wo?«

Er kann mich nicht hören. »Spitze. Ich melde mich am Freitag. Gehen wir ins Spago.«

»Ich hab's nicht eilig«, sage ich.

Ich winke, und er geht, und ich tanze schließlich mit Martin und zwei dieser blonden Mädchen, die er kennt und die bei RCA arbeiten, und dann gehen wir alle nach Hause in die Wohnung am Wilshire Boulevard und kiffen uns zu und wechseln uns ab mit den drei Highschool-Kids, die wir draußen auf dem Parkplatz an der anderen Straßenseite der Melrose gegenüber des Clubs aufgegabelt haben.

Ich fahre zum Beverly Center und gehe bummeln, sehe mich in Klamottenläden um, blättere in Buchläden Magazine durch und sitze gegen sechs in einem leeren Restaurant im oberen Stock der Mall und bestelle mir ein Glas Milch und ein Plunderteilchen, das ich nicht esse, und ich weiß nicht, warum ich es überhaupt bestellt habe. Um sieben, nachdem die meisten Läden geschlossen haben, entschließe ich mich, mir einen der Filme in einem der vierzehn kleinen Kinos im Obergeschoß der Mall anzusehen – ein Katzensprung von dem Restaurant, wo ich sitze. Ich zahle mein Eintrittsgeld und kaufe ein paar Waffeln und setze mich in einen der kleinen Säle und sehe mir im Tran einen Film an. Als der Film zu Ende ist, entschließe ich mich, mir die erste Hälfte noch mal anzugucken, da ich mich nicht erinnern kann, was passiert ist, ehe ich achtzugeben begann. Nachdem ich die ersten vierzig Minuten wieder über mich habe ergehen lassen, wechsle ich in ein ähnliches, aber kleineres Kino, ohne mich darum zu kümmern, ob einer der Platzanweiser mich dabei sieht, und sitze langsam atmend im Dunkeln. Gegen Mitternacht bin ich ziemlich sicher, in sämtlichen Kinos einige Zeit verbracht zu haben, also gehe ich. Der Eingang, durch den ich gekommen bin, ist geschlossen und verriegelt, also mache ich kehrt und gehe ans andere Ende der Mall, wo ich feststellen muß, daß dieser Ausgang ebenfalls geschlossen ist. Ich versuche es im Obergeschoß der Mall und finde beide Ausgänge geschlossen und verriegelt. Ich gehe über die abgestellten Rolltreppen ins Erdgeschoß und komme an ein Ende der Mall, und auch dort ist alles verschlossen. Aber das andere Ende ist geöffnet, und ich gehe durch diesen Ausgang zu dem Platz, an dem ich meinen Wagen geparkt habe, und ich steige in den Porsche und fahre an geschlossenen Kassenschaltern vorbei, werfe meine nicht entwertete Karte weg und stelle das Radio an.

Ich warte allein an der Ampel Ecke Beverly und Doheny Boulevard und drehe das Radio lauter. Ein schwarzer Junge rennt vom Parkplatz des Hughes-Supermarkts an der Straßenkreuzung an meinem Wagen vorbei. Zwei Verkäufer und ein Wachmann verfolgen ihn. Der Junge wirft irgendwas auf die Straße und rennt weg in die Dunkelheit West-Hollywoods, die drei Männer hinterher. Ich sitze im Porsche, sehr still, während die Ampel grün wird und ein Steppenläufer vorbeiweht. Ich steige vorsichtig aus dem Wagen, gehe auf die Kreuzung und sehe mich um nach dem, was der schwarze Junge weggeworfen hat. Aus keiner der vier Straßen, die sich hier kreuzen, kommt ein Auto, und außer dem Summen der Neonstraßenlampen und den Plimsouls im Radio ist kein Laut zu hören, und ich hebe auf, was der Junge fallengelassen hat. Es ist ein abgepacktes Filet Mignon, und als ich es im grellen Schein der Neonlampe über mir anstarre, sehe ich etwas Saft aus der Styroporpackung meinen Handrücken herunterrinnen und den Aufschlag meines Comme-des-Garçons-Hemds bekleckern. Ich lege das Stück Fleisch vorsichtig wieder hin, wische mir am Hosenboden meiner Jeans die Hand ab, steige dann in mein Auto. Ich drehe das Radio leiser, und die Ampel wird wieder grün, und ich komme an eine andere Ampel, die von Gelb auf Rot springt, und ich stelle das Radio ab und lege eine Kassette ein und fahre zurück zum Apartment am Wilshire Boulevard.

10 Die Geheimnisse des Sommers

Ich versuche, eine passabel aussehende blonde Valleyschlampe im Powertools aufzureißen, und sie ist ganz zugänglich, trinkt aber nicht genug, tut nur betrunken, aber sie steht auf mich, wie sie's alle tun, und sagt, sie sei zwanzig.

»Hm-hmm«, sage ich zu ihr. »So. Du siehst wirklich jung aus«, auch wenn ich weiß, daß sie nicht älter als sechzehn sein kann, vielleicht sogar fünfzehn, falls Junior heute abend Tür macht, was ziemlich aufregend ist, wenn man sich die Möglichkeiten vorstellt. »Ich mag sie jung«, sage ich zu ihr. »Nicht zu jung. Zehn? Elf? Nein danke. Aber fünfzehn?« sage ich. »Hey, ja, cool. Man steht zwar mit einem Bein im Knast, aber was soll's.«

Sie glotzt mich nur ausdruckslos an, als hätte sie kein Wort verstanden, prüft dann ihre Lippen in einer Puderdose und glotzt mich weiter an, fragt mich, was ein Wok sei, was das Wort »infantil« bedeute.

Ich werde total fickrig, diese Schlampe in meine Wohnung zu kriegen, und ich habe sogar einen mittelharten Ständer, als ich auf sie warte, während sie auf der Damentoilette ihren Freundinnen erzählt, daß sie mit dem bestaussehenden Typ hier abhaut, während ich an der Bar sitze und mit meinem mittelharten Ständer gespritzten Rotwein trinke.

»Wie nennt man denn das?« frage ich neugierig den Barmann, einen cool aussehenden Knaben in meinem Alter, und deute auf den Drink.

»Gespritzter Rotwein«, sagt er.

»Ich will nämlich nicht zu betrunken werden«, sage ich, während er einer Gruppe Verbindungsjungs eine neue Runde einschenkt. »Nein danke. Nicht heute nacht.«

Ich drehe mich um und sehe zu, wie draußen auf der Tanzfläche getanzt wird, und mir ist, als hätte ich vor einer Million Jahren die DJ-Frau gebumst, bin mir aber nicht ganz sicher, und sie spielt irgendeinen saubescheuerten Nigger-Rapsong, und ich bekomme Hunger und will abhauen, und da kommt auch das Mädchen, ganz wild darauf, mit mir loszuziehen.

»Es ist der anthrazitfarbene Porsche«, sage ich dem Parkplatzwächter, und sie ist beeindruckt. »Das wird geil«, sage ich. »Ich bin total scharf«, sage ich zu ihr, bemühe mich aber, nicht allzu gierig zu wirken.

Während wir ins Valley fahren, läßt sie eine Bowie-Kassette laufen. Ich erzähle ihr einen Äthiopier-Witz.

»Wie nennt man einen Äthiopier mit Salz auf dem Kopf?«

»Was ist ein Äthiopier?« fragt sie.

»Eine Salzstange«, sage ich. »Ich lach mich schlapp.«

Wir kommen nach Encino. Ich öffne das Garagentor mit dem Garagentoröffner.

»Wow«, sagt sie. »Du hast ein großes Haus«, und dann: »Du bringst mich doch nachher nach Haus, später?«

»Ja. Klar«, sage ich und öffne eine Flasche Fumé blanc. »Es gibt schon blöde Weiber, aber das mag ich beim Ficken.«

Wir gehen ins Schlafzimmer, und sie wundert sich, wo die ganzen Möbel sind. »Wo sind die Möbel?« winselt sie.

»Die hab ich gefressen. Halt einfach die Klappe, schmeiß das Pessar ein und leg dich hin«, murmele ich, deute zum Badezimmer, und dann: »Nachher gebe ich dir Koks«, wenn ich auch nicht sage, was nachher bedeutet, noch nicht mal andeutungsweise.

»Was meinst du? Ein Pessar?«

»Ja. Du willst doch nicht schwanger werden, oder? Irgendwas Scheußliches zur Welt bringen. Ein Monster? So ne Art Bestie? Willst du das?« frage ich. »Mein Gott, da würde selbst dein Abtreibungsarzt ausrasten.«

Sie schaut aufs Bett und dann zu mir und versucht dann, die Tür zum Nebenzimmer zu öffnen.

»Nichts da.« Ich halte sie auf. »Nicht *dieses* Zimmer.« Ich schiebe sie Richtung Badezimmertür. Sie schaut mich an, spielt immer noch die Betrunkene, geht dann rein und schließt die Tür. Ich höre sie tatsächlich furzen.

Ich mache das Licht aus, zünde mit einem Bic-Feuerzeug die Kerzen an, die ich gestern abend in der Pottery Barn gekauft habe. Ich ziehe meine Kleider aus, fasse mich an, habe schon einen Steifen, lege mich aufs Bett und warte, jetzt voller Heißhunger.

»Na los, na los, na los.«

Die Toilette rauscht, sie benutzt das Bidet, und dann kommt sie raus, die Schuhe in der Hand, und ist offensichtlich geschockt, mich mit dem gigantischen Rohr auf dem Bett liegen zu sehen, aber sie stellt sich cool. Sie will das nicht tun, und ihr ist klar, daß es eine Nummer zu groß für sie ist, und ihr ist klar, daß es zu spät ist, und das geilt mich noch mehr auf, und ich muß kichern, und sie zieht ihre Kleider aus und fragt: »Wo ist das Koks? Wo ist das Koks?«, und ich sage: »Später, später« und ziehe sie an mich. Eigentlich will sie nicht ficken, also versucht sie, mir einen zu blasen, und ich lasse sie einen Moment lang machen, obwohl ich nicht das geringste spüre, dann ficke ich sie brutal durch, sehe in ihr Gesicht, als es mir kommt, und wie erwartet rastet sie aus, als sie meine schwarzglänzenden Augen und die entsetzlichen Zähne sieht, den schartigen Mund (der, wie Dirk findet, »wie ein Oktopusarsch« aussieht), und ich liege schreiend auf ihr, die Matratze unter uns ist klatschnaß von ihrem Blut, und sie fängt auch an zu schreien, und dann schlage ich sie hart mit der Faust ins Gesicht, bis sie besinnungslos ist, und ich trage sie raus an den Pool, wo ich ihr im Schein des erleuchteten Wassers und des heute nacht hoch über Encino stehenden Monds das Blut aussauge.

Ich treffe Miranda im Ivy auf der Robertson zu einem späten Imbiß, und sie sieht, laut eigener Aussage, »ab-so-lut unwiderstehlich« aus. Miranda ist »vierzig«, hat straff zurückgebundenes, lackschwarzes, an der Seite von einer gezackten, weißen Strähne durchzogenes Haar, einen blaßbraunen Teint und hohe, prachtvolle Wangenknochen, blitzfarbene Zähne, und sie trägt ein in Handarbeit perlenbesticktes Lagerfeld-Samtkleid von Bergdorf Goodman, das sie gekauft hat, als sie letzte Woche in New York war, um bei Sotheby's eine Wasserflasche zu ersteigern, die letztlich für eine Million Dollar wegging, und bei einer privaten Wahlspendenparty für George Bush vorbeizuschauen, die Miranda zufolge »einfach riesig« war.

»Obwohl du an die, na, zwanzig Jahre älter bist als ich, wirkst du immer unglaublich jung«, sage ich. »In deiner Gesellschaft fühle ich mich in L. A. mit am wohlsten.«

Heute abend sitzen wir auf der Terrasse, und es ist heiß, und wir plaudern darüber, daß Donald ziemlich exzessiv in einer Fotostrecke mit Leinenanzügen in der Augustnummer von *GQ* zum Einsatz kommt, und daß man, wenn man das Model neben ihm sehr genau ansieht, vier kleine, tiefrote Pünktchen an seinem sonnengebräunten Hals erkennen kann, die der Retuscheur übersehen hat.

»Donald ist ab-so-lut bösartig«, sagt Miranda.

Ich gebe ihr recht und sage: »Ein anderes Wort für überflüssig? Äthiopischer Magenbitter.«

Miranda lacht und sagt mir, ich sei auch bösartig, und ich lehne mich zurück und nehme selbstzufrieden einen Schluck von meinem Stoli mit Lemon.

»Oh, sieh mal, da ist Walter«, sagt Miranda und richtet sich ein wenig auf. »Walter, Walter«, ruft sie und winkt.

Ich verabscheue Walter – um die fünfzig, ein Homo-Klon, Agent bei ICM, als dessen größte Ruhmestat in gewissen Kreisen gilt, daß er jeden einzelnen aus dem Brat Pack ausgelutscht hat, mit Ausnahme von Emilio Estevez, der mir eines Abends im On the Rox erzählt hat, er hätte mit »diesem ganzen Dracula-Scheiß« nichts am Hut. Walter schlendert auf unseren Tisch zu, er trägt einen völlig verkitschten Versace-Smoking und schwafelt uns voll über das Screening bei Paramount heute abend, daß der Film allein auf dem Binnenmarkt 110 Millionen Dollar einspielen wird und daß er Fickificki mit einem der Stars des Films gespielt hat, obwohl der Film Schrott sei, und er flirtet schamlos mit mir, und es läßt mich kalt. Er zieht ab – »So ein Schleimsack, so ne Schwuchtel«, murmele ich – und dann sind Miranda und ich wieder allein.

»Dann erzähl mal, was du so gelesen hast, Darling«, fragt sie, sobald die New York Steaks, blutig roh und *au jus,* auf dem Tisch stehen und wir uns darüber hermachen. »Übrigens, das ist« – sie legt kauend den Kopf schief – »köst-lich«, und dann: »Oh, hab ich Kopfweh.«

»Tolstoi«, schwindele ich. »Ich lese nie. Langweilig. Und du?«

»Ich bin ab-so-lut hin und weg von dem neuen Jackie Collins. Herrlicher Trash«, sagt sie kauend, und ein dünner Faden Bratensaft rinnt über ihr blasses Kinn, als sie zwei Advil nimmt und sie mit dem Fond aus der Sauciere runterspült. Sie wischt sich das Kinn ab und lächelt.

»Wie geht's Marsha?« frage ich und nippe an meinem gespritzten Rotwein.

»Sie ist immer noch in Malibu bei ...« Miranda spricht leiser, erwähnt einen der Beach Boys.

»Nie im Leben«, platze ich lachend raus.

»Könnte ich dich anlügen, Baby?« sagt Miranda, verdreht die Augen, leckt sich über die Lippen und verputzt den Rest des Steaks.

»Hat sich Marsha nicht ewig lange mit Tieren zufriedengegeben?« frage ich. »Kühe? Pferde, Vögel, Hunde, Haustiere – alles mögliche, richtig?«

»Was glaubst du, wer letzten Sommer die Kojotenpopulation dezimiert hat?« sagt Miranda.

»Ja, davon hab ich gehört«, murmele ich.

»Baby, sie ist manchmal nach Calabasas rausgefahren, zu den Gestüten, und hat in glatten dreißig Minuten einem Scheißpferd das Blut ausgesaugt«, sagt Miranda. »Also alles, was recht ist, Baby, eine Zeitlang war es wirklich lächerlich.«

»Ich persönlich kann Pferdeblut nicht ausstehen«, sage ich. »Es ist viel zu dünn, zu süß. Aber sonst bin ich nicht wählerisch, allerdings nur, wenn ich einen schwarzen Tag hab.«

»Die einzigen Tiere, die ich nicht ausstehen kann, sind Katzen«, sagt Miranda kauend. »Und zwar, weil so viele Leukämie und andere Ekelkrankheiten haben.«

»Dreckige, verlauste Viecher.« Mich schüttelt es.

Wir bestellen zwei weitere Drinks und teilen uns noch ein Steak, ehe die Küche schließt, und dann vertraut mir Miranda an, daß sie sich gestern abend in Tuesdays Wohnung von einigen Verbindungsjungs der USC beinahe hätte durchbumsen lassen.

»Also, ich muß sagen, ich bin konsterniert«, sage ich. »Miranda, du kannst ja so was von fies sein.« Ich trinke den Rest des gespritzten Weins, der heute abend etwas stark perlt.

»Darling, glaub mir, es war eine Art Mißgeschick. Eine Party. Lauter prachtvolle junge Männer.« Sie zwinkert und dreht ein hohes Glas Moet zwischen den Fingern. »Ich wette, du kannst dir ausrechnen, wie's weiterging.«

»Du bist einfach niederträchtig«, sage ich kichernd. »Wie hast du dich aus der... Affäre gezogen?«

»Was glaubst du, was ich getan hab?« sagt sie schelmisch und kippt den Rest ihres Champagners runter. »Ich hab ihnen die Scheiße aus dem Leib gelutscht.« Sie sieht sich auf der größtenteils leeren Terrasse um, winkt Walter zu, als er mit einem Mädchen, das dem Aussehen nach etwa sechs ist, in seine Limo steigt, und Miranda sagt leise: »Sperma und Blut sind eine köstliche Mischung, und weißt du was?«

»Ich bin gespannt.«

»Diese lächerlichen USC-Jungs waren begeistert.« Sie lacht und wirft den Kopf in den Nacken. »Haben sich hinten wieder angestellt, und ich war natürlich nur zu gerne bereit, sie noch mal zu beglücken, und sie sind alle umgekippt.« Sie lacht lauter, und ich lache auch, und dann hört sie auf und schaut zu einem am Himmel kreuzenden Hubschrauber, dessen Suchscheinwerfer einen weißen Kegel wirft. »Der, den ich mochte, ist ins Koma gefallen.« Sie schaut traurig auf die Robertson und einen kleinen Steppenläufer, mit dem die Parkplatzwächter Fußball spielen. »Sein Hals hing in Fetzen.«

»Sei nicht traurig«, sage ich. »Es war ein reizender Abend.«

»Vielleicht schaffen wir noch den Spätfilm in Westwood«, schlägt sie vor, und ihr eigener Vorschlag läßt ihre Augen aufblitzen.

Wir gehen nach dem Dinner ins Kino, aber vorher kaufen wir zwei große rohe Steaks in einem Westward Ho und essen sie in der ersten Reihe, und ich flirte mit einigen Verbindungsmädchen, von denen eine mich fragt, woher ich meine Weste habe, während mir das Fleisch aus dem Mund hängt, und Miranda hat sogar Servietten gekauft.

»Ich bete dich an«, sage ich, als der Vorfilm anfängt. »Weil du die richtigen Ideen hast.«

Ich bin in einem anderen Club, dem Rampage (aber bitte französisch aussprechen), und gucke mir eine pseudoscharf aussehende Valleyschlampe aus, sie macht einen echt lahmen und blöden Eindruck, als sei sie völlig bekifft oder betrunken oder so was, aber sie hat tolle Titten und einen ziemlich scharfen Körper, nicht zu stämmig, vielleicht ein wenig zu mager, und mich reizt gerade ihre Hohlheit.

»Normalerweise mag ich so magere Weiber nicht«, sage ich zu ihr. »Aber du siehst toll aus.«

»Magere Weiber schmecken dir nicht?« fragt sie.

»Hey – das ist ja richtig lustig«, sage ich.

»So?« fragt sie schlapp und ausgelaugt.

»Ich steh jedenfalls auf dich.«

Wir nehmen meinen Wagen und fahren ins Valley nach Encino. Ich erzähle ihr einen Witz.

»Wie nennt man einen Äthiopier mit Turban?«

»Ist das ein Witz?«

»Ein Q-Tip«, sage ich. »Ich mach mir in die Hose. Selbst du mußt zugeben, daß das brüllend komisch ist.«

Das Mädchen ist zu bekifft, um auf den Witz zu reagieren, aber sie ringt sich die Frage ab: »Wohnt Michael Jackson hier in der Nähe?«

»Yep«, sage ich. »Wir sind befreundet.«

»Da bin ich aber beeindruckt«, sagt sie spitz.

»Ich war nur mal auf einer Party nach der Victory-Tour, und die war wirklich beschissen«, erzähle ich ihr. »Ich finde es sowieso zum Kotzen, mich mit Niggern abzugeben.«

»So was zu sagen, ist aber nicht nett.«

»Reg dich ab«, sage ich patzig.

In meinem Zimmer kommt sie direkt zur Sache, und wir ficken wie die Wahnsinnigen, und als es ihr kommt, lecke und knabbere ich an der Haut an ihrem Hals, ertaste keuchend und geifernd mit meiner Zunge ihre Halsschlagader und fange an, sie auszusaugen, und sie lacht und stöhnt und kommt noch heftiger, und Blut schießt mir in den Mund, spritzt bis zur Decke, und dann geht etwas Seltsames vor sich, Müdigkeit überkommt mich und mir wird übel, und ich muß mich von ihr runterwälzen, und da wird mir klar, daß dieses

Mädchen nicht betrunken oder bekifft ist, sondern auf irgendwelchen, wie sie es jetzt ausdrückt, »scheiß-abgefahrenen Wahnsinnsdrogen«.

»Ecstasy? LSD? Smack etwa?« würge ich.

Sie liegt stumm da.

»Oh, Jesus, nein«, sage ich, als ich es spüre. »Es ist ... Heroin«, krächze ich. »O Scheiße. Jetzt bin ich voll bedient.«

Ich wälze mich vom Bett auf den Boden, nackt, mein Kopf bringt mich um, und dieses Gift wütet in meinem Magen, und ich robbe ins Bad, und die ganze Zeit kriecht diese beschissene drogenverseuchte Schlampe, die plötzlich putzmunter ist, neben mir her und quakt: »Komm spielen, spielen, spielen, du bist der Cowboy und ich die Squaw, ja, kapiert?«, und ich knurre sie an, versuche ihr angst zu machen, zeige ihr meine Zähne, die Fänge, meinen entsetzlich verformten Mund, meine schwarzen, lidlosen Augen. Aber sie rastet nicht aus, kichert nur völlig high. Ich schaffe es endlich bis zum Klo, kotze auf dem Rücken liegend in hohem Bogen ihr Blut aus und werde dann hinter der verschlossenen Tür auf dem Boden bewußtlos. Ich wache in der nächsten Nacht auf, kaputt, ihr getrocknetes Blut ist überall, auf meinem Gesicht, meinem Hals und meiner Brust. Ich wasche es während einer langen heißen Dusche mit einem Luffaschwamm ab und gehe dann ins Schlafzimmer. Auf einem Streichholzheftchen aus der California Pizza Kitchen auf dem Bett steht der Name des Mädchens und ihre Telefonnummer und darunter: »War ein *wilder* Abend!« Ich gehe ins Nebenzimmer, nehme ein paar Valium, öffne meinen Sarg und mache ein Nickerchen.

Später wache ich auf, rastlos, immer noch etwas schwach, dankbar für den neuen maßgefertigten Sarg, den ich mir von einem Typ in der Burbank habe bauen lassen. UKW-Radio, Kassettendeck, Digitalwecker, Perry-Ellis-Bettwäsche, Telefon, kleiner Farbfernseher mit eingebautem Videorecorder und Kabel (MTV, HBO). Elvira ist die schärfste Braut im Fernsehen, sie moderiert diese Horrorfilmsendung am Sonntagabend, meine Lieblingsfernsehsendung, und ich würde Elvira gern mal kennenlernen, und vielleicht werde ich das eines Tages.

Ich stehe auf, nehme meine Vitamine, absolviere mein Hanteltraining, während ich Madonna auf CD laufen lasse, nehme eine Dusche, begutachte mein Haar, blond und dicht, und spiele mit dem Gedanken, Attila, meinen Friseur, anzurufen und einen Termin für morgen abend auszumachen, und dann rufe ich ihn an und hinterlasse eine Nachricht. Die Putzfrau war da und hat aufgeräumt, wie von ihr erwartet wird, und ich habe ihr klargemacht, daß ich, sollte sie je versuchen, den Sarg zu öffnen, ihre beiden kleinen Kinder zu menschlichen Tostadas mit Salat und Salsa verarbeiten und essen werde, muchas gracias. Ich ziehe mich an: Levi's, Penny Loafers, keine Socken, ein weißes T-Shirt von Maxfield's, eine Armani-Weste.

Ich fahre zum Sun'n'Fun-24-Stunden-Bräunungsstudio auf der Woodman Avenue und nehme ein Zehn-Minuten-Sonnenbad, mache mich dann auf nach Hollywood, um vielleicht Dirk zu besuchen, der in erster Linie auf hübsche Jungs steht, Stricher vom Santa Monica Boulevard, aus Bars und Fitneßstudios. Er mag Kettensägen, wogegen nichts einzuwenden ist, wenn man wie Dirk seine Bude schalldicht isolieren läßt. Ich komme an einer schmalen Straße, vier Parkplätzen, einem 7-Eleven, diversen Polizeiwagen vorbei.

Die Nacht ist warm, und ich lasse das Sonnendach aufgleiten, drehe das Radio auf. Zwischenstop bei Tower Records, wo ich ein paar Kassetten kaufe, dann geht's zum 24-Stunden-Hughes Ecke Beverly und Doheny Boulevard, dort nehme ich eine Riesenmenge Steaks mit, falls mir nächste Woche nicht nach Ausgehen ist, denn rohes Fleisch ist okay, auch wenn der Saft dünn und nicht salzig genug schmeckt.

Die fette Braut an der Kasse flirtet mit mir, während ich einen Scheck über siebenhundertvierzig Dollar ausstelle – ich habe nichts außer Filet Mignon gekauft. Kurzer Halt bei einigen Clubs – Läden, in denen ich freien Eintritt habe oder den Türsteher kenne –, um die Szene auszuchecken, dann fahre ich noch ein bißchen spazieren. Ich denke an das Mädchen, das ich im Powertools aufgerissen habe, wie ich sie zu einer Bushaltestelle am Ventura Boulevard gefahren und rausgeschmissen hab, und hoffe, sie erinnert sich nicht daran. Ich komme an einem Sportgeschäft vorbei und denke daran, was Roderick zugestoßen ist, und mich schaudert, mir wird ganz anders. Aber ich nehme eine Valium, und kurz darauf fühle ich mich recht wohl, ich komme an der Reklametafel am Sunset Boulevard vorbei, auf der DISAPPEAR HERE steht, und ich zwinkere zwei blonden Girls zu, die, beide mit Walkman auf, in einem 450er SL-Cabrio neben mir an der Ampel stehen, und ich lächle sie an, und sie kichern, und ich folge ihnen auf dem Sunset, überlege, mit ihnen irgendwo ein paar Sushi zu essen, und will ihnen schon sagen, sie sollen rechts ranfahren, als ich plötzlich das Schild eines Thrifty-Drugstore vor mir sehe, dessen riesiges, neonblaues kleingeschriebenes »t« immer wieder flackernd aufleuchtet, hoch über Häusern und Werbetafeln, dahinter und darüber der tiefstehende Mond, und ich steuere genau darauf zu, spüre, wie mich meine Kräfte verlassen, und ich mache eine völlig illegale Wende und fahre, mich immer noch flau fühlend, aber zusehends auflebend, je weiter ich das Schild hinter mir lasse, mit gekipptem Rückspiegel zu Dirks Haus.

Dirk wohnt in einem riesigen, altmodischen, spanisch anmutenden Kasten, der vor Ewigkeiten oben in den Hügeln erbaut wurde, und ich betrete das Haus durch die Hintertür und kann in der Küche oben den mit voller Lautstärke laufenden Fernseher hören. In der Spüle voll rosafarbenem Spülwasser liegen zwei Metallsägen, und ich muß lächeln und kriege Hunger. Wann immer ich in den Nachrichten von einem jungen Kerl höre, der in Strandnähe gefunden wurde, vielleicht auch nur Teile einer Leiche, ein Arm, ein Bein oder ein Rumpf, ausgeblutet in einem Sack neben einer Freeway-Unterführung, flüstere ich leise vor mich hin: »Dirk.« Ich nehme zwei Coronas aus dem Kühlschrank und laufe rauf in sein Zimmer, öffne die Tür, und es ist dunkel. Dirk sitzt auf der Couch, trägt ein PHIL-COLLINS-T-Shirt, Jeans und Tony Lamas, einen Sombrero auf dem Kopf, sieht sich *Bad Boys* auf Video an, während er sich einen Joint rollt, und er sieht pappsatt aus, in der Zimmerecke liegt ein blutiges Handtuch.

»Hallo, Dirk«, sage ich.

»Hey, Alter.« Er dreht sich um.

»Was läuft?«

»Nichts. Und bei dir?«

»Wollte nur mal vorbeischauen, nachsehen, was anliegt.« Ich reiche ihm eins der Coronas. Er dreht den Kronkorken ab. Ich setze mich neben ihn, öffne meine Flasche, werfe den Kronkorken auf das blutige Handtuch unter einem Poster der Go-Go's und einer neuen Anlage. Aus einem Haufen feuchter Knochen tropft es auf den Filz eines Pooltischs, darunter liegt ein Bündel nasser, violett und schwarz und rot getupfter Jockey-Shorts.

»Danke, Junge.« Dirk trinkt einen Schluck. »Hey« – er grinst – »was ist braun und voller Spinnweben?«

»Das Arschloch eines Äthiopiers«, sage ich.

»Genau.« Wir geben uns High-five.

Auf dem Balkon hängt ein mit Fleisch gefüllter Sack von einem hölzernen Tragbalken, den Motten umflattern, und wenn Blut daraus tropft, schwirren die Motten auseinander und formieren sich dann neu. Darunter hat irgendwer weiße Christbaumlämpchen um einen großen, dornigen Steppenläufer drapiert. Eine blonde Fledermaus klatscht mit den Flügeln und verändert ihre Position in den Dachsparren über dem Sack voll Fleisch und den Motten.

»Wer ist das?« frage ich.

»Das ist Andre.«

»Hallo, Andre.« Ich winke.

Die Fledermaus quiekt zur Begrüßung.

»Andre läßt sich heute hängen«, sagt Dirk gähnend.

»So'n Mist.«

»Es dauert eben seine Zeit, einem das Hirn durch den Mund rauszuziehen«, sagt Dirk.

»M-hm.« Ich nicke. »Kann ich ein Wasser haben?«

»Weiß nicht, ob du das kannst.«

»Hübscher Tukan«, sage ich, als ich einen halbtoten Vogel bemerke, der in einem Käfig neben den Fenstertüren zum Balkon hängt. »Wie heißt er?«

»Bok Choy«, sagt Dirk. »Hey, wenn du dir ein Wasser holst, mach mir einen Mimosa, ja?«

»Mein Gott«, flüstere ich. »Was dieser Tukan alles mit angesehen hat.«

»Der Tukan hat keinen Schimmer«, sagt Dirk.

Leichensäcke liegen rund um den Whirlpool, brennende Kerzen säumen das dampfende Wasser im Gedenken an Verwandte, die weniger gramgebeugt sein werden, als sie sein sollten, ein Test, den sie nicht bestehen werden.

Ich gehe wieder runter, hole mir ein Wasser, mache Dirk einen Mimosa, dann schlagen wir die Zeit tot, sehen uns den Film an, trinken noch mehr Bier, blättern zerfledderte Nummern von *GQ*, *Vanity Fair* und *True Life Atrocities* durch, rauchen Pot, und etwa um die Zeit kann ich das Blut riechen, aus dem Nebenzimmer, so frisch, daß es pulsiert.

»Mir knurrt der Magen«, sage ich. »Ich glaube, ich werde zum Tier.«

Dirk spult den Film zurück, und wir sehen ihn wieder von vorn an. Aber ich kann mich nicht konzentrieren. Sean Penn wird dauernd zusammengeschlagen, und ich werde immer hungriger, sage aber nichts, und dann ist der Film aus, und Dirk schaltet um auf HBO, wo *Bad Boys* läuft, und dann gucken wir uns den Film noch mal von vorn an und rauchen noch mehr Pot, und schließlich muß ich aufstehen und im Zimmer auf und ab tigern.

»Marsha ist bei einem der Beach Boys«, sagt Dirk. »Walter hat mich angerufen.«

»Ja«, sage ich. »Ich habe gestern abend mit Miranda im Ivy gegessen. Ist das zu fassen?«

»Klar. Ich kann's fassen.« Er zuckt die Achseln. »Ich hab mit Marsha nicht mehr geredet seit ...« Er bricht ab, denkt nach, sagt zögernd: »Seit Roderick.« Er schaltet um, dann wieder auf HBO.

Niemand spricht noch viel von Roderick. Letztes Jahr waren Marsha und Dirk mit Roderick zum Dinner im Chinois verabredet, und als sie an seinem Haus in Brentwood haltmachten, fanden sie am Boden von Rodericks leerem Swimmingpool einen Holzpflock (der in Wirklichkeit ein krude zurechtgehackter Wilson-5-Baseballschläger war) in den Beton neben dem Abfluß gerammt, der völlig aufgescharrt war (Rodericks ganzer Stolz waren seine langen, manikürten Klauen gewesen), und in einer Ecke lagen verstreute Häuflein von grauschwarzem Sand und Staub und Asche. Marsha und Dirk hatten den Pflock, der mit Lawry's Knoblauchpulver eingerieben war, herausgezogen und in Rodericks leerem Haus verbrannt, und seither ward Roderick nie mehr gesehen.

»Tut mir leid, Mann«, sagt Dirk. »Das macht mir eine Heidenangst.«

»Oh, vergiß es, Mann, reden wir nicht darüber«, sage ich. »Vergiß es.«

»Alles paletti, Professor.« Dirk imitiert Kater Felix, schubst sich die Wayfarers auf die Nase und grinst.

Ich laufe jetzt im Dunkeln im Zimmer herum, aus dem

Fernseher dringen Schreie, ich nähere mich der Tür, der Geruch ist verlockend und sehr schwer, und ich nehme noch einen tiefen Atemzug, und süß ist er auch und definitiv männlich. Ich hoffe, daß mir etwas angeboten werden wird, aber ich will kein Parasit sein und lehne mich an die Wand, und Dirk redet davon, Konserven aus dem Cedars-Krankenhaus zu stehlen, und ich nähere mich dieser Tür, steige über das blutgetränkte Handtuch und versuche beiläufig, sie zu öffnen.

»Laß die Tür zu, Alter«, sagt Dirk mit tiefer, heiserer Stimme, er hat noch immer die Sonnenbrille auf. »Geh da nicht rein.«

Ich ziehe meine Hand ganz schnell weg, stecke sie in die Tasche, tue so, als hätte ich nie vorgehabt, die Tür zu öffnen, und pfeife einen Billy-Idol-Song, der mir nicht aus dem Kopf geht. »Ich wollte da nicht rein, Alter. Immer mit der Ruhe.«

Er nickt langsam, nimmt den Sombrero ab, schaltet um und dann zurück zu *Bad Boys*. Er seufzt und schnippt etwas von einem seiner Cowboystiefel. »Er ist noch nicht tot.«

»Nein, nein, schon kapiert, Alter«, sage ich. »Reg dich ab.«

Ich gehe runter, bringe ein paar Bier mit, und wir rauchen noch etwas Pot, erzählen uns noch ein paar Witze, einen über einen Koalabär und einen über Schwarze, dann noch einen über einen Flugzeugabsturz, und dann sehen wir den Rest des Films, ohne viel zu sagen, mit langen Pausen zwischen den Sätzen, selbst zwischen den Worten, der Nachspann läuft, und Dirk nimmt seine Sonnenbrille ab, setzt sie dann wieder auf, und ich bin stoned. Er sieht mich an und sagt: »Ally Sheedy sieht vermöbelt richtig gut aus«, und dann zieht draußen wie bei einem Ritual ein Sturm auf.

Ich drücke mich im Phases in Studio City rum, und es wird spät, und ich bin in Gesellschaft eines jungen Mädchens mit langem, blondem Haar, das vielleicht zwanzig sein mag und das ich zuerst mit irgendeiner Null zu »Material Girl« tanzen gesehen habe, und jetzt langweilt sie sich und ist bei mir gelandet, und ich langweile mich, und ich will raus hier, und wir trinken unsere Drinks aus und gehen zu meinem Wagen und steigen ein, und ich bin irgendwie betrunken und lasse das Radio aus, und es ist still im Wagen, als sie ihr Fenster runterläßt, und der Ventura Freeway ist so ausgestorben, daß es trotzdem still bleibt, von der Klimaanlage abgesehen, und das Mädchen sagt kein Wort über meinen tollen Wagen, also frage ich diese Kuh schließlich, während ich unnötigerweise das Sonnendach öffne, um sie zu beeindrucken, kurz vor Encino: »Wie viele Äthiopier gehen in einen Volkswagen?«, und ich nehme eine Marlboro aus meiner Jacke und drücke mit verschmitztem Lächeln den Zigarettenanzünder rein.

»Alle«, sagt sie.

Ich lenke den Wagen mit quietschenden Reifen an den Straßenrand und stelle den Motor ab. Ich sitze da und warte. Irgendwie ist plötzlich das Radio eingeschaltet, und ein Song läuft, aber ich weiß nicht, welcher Song es ist, und der Zigarettenanzünder springt raus. Meine Hand zittert, und ich starre das Mädchen an, rücke von ihr ab, die Zigarette immer noch in der Hand. Ich glaube, das Mädchen fragt mich, was los sei, aber ich höre sie nicht mal, und ich versuche, mich zusammenzureißen und will schon auf den Ventura Freeway zurückfahren, aber dann muß ich anhalten und sie wieder anstarren, und gelangweilt fragt sie mich, was machen wir hier, und ich starre sie weiter an und drücke dann sehr langsam, noch immer die Zigarette haltend, den Zigarettenanzünder rein, warte, bis er glüht, rausspringt, zünde mir die Zigarette an, puste den Rauch aus, mustere das Mädchen immer noch aus sicherem Abstand, und dann frage ich sehr ruhig, mißtrauisch, vielleicht ein wenig verstört: »Okay« – nehme einen tiefen Zug – »wie viele Äthiopier gehen in einen Volkswagen?« Ich halte den Atem an, bis sie antwortet. Ich sehe einen Steppenläufer aus dem Nichts auftauchen und höre, wie er an der Stoßstange des Porsche entlangschrammt.

»Alle, hab ich gesagt«, sagt sie. »Gehen wir zu dir, oder was ist jetzt?«

Ich lehne mich zurück, rauche einen Teil der Zigarette, frage: »Wie alt bist du?«

»Zwanzig.«

»Nein. Echt«, sage ich. »Komm schon. Hier sind nur wir zwei. Wir sind unter uns. Ich bin kein Bulle. Sag die Wahrheit. Du kriegst keinen Ärger, wenn du die Wahrheit sagst.«

Sie läßt sich das durch den Kopf gehen, fragt dann: »Gibst du mir ein Gramm?«

»Ein halbes.«

Sie zündet sich einen Joint an, den ich für eine Zigarette halte, und bläst den Rauch durchs Sonnendach und sagt: »Okay, ich bin vierzehn. Ich bin vierzehn. Was sagst du nun? Mein Gott.« Sie bietet mir den Joint an.

»Nee«, sage ich ungläubig.

Sie zuckt die Achseln. »Doch.« Noch ein Zug.

»Nee«, wiederhole ich.

»Doch. Ich bin vierzehn. Meine Bar-Mitzwah hatte ich im Beverly Hills Hotel, es war die Hölle, und im Oktober werde ich fünfzehn«, sagt sie, hält den Rauch in der Lunge, atmet dann aus.

»Wie bist du in den Club reingekommen?«

»Gefälschter Ausweis.« Sie greift in ihre Tasche.

»Sollte ich tatsächlich Hello Kitty mit Louis Vuitton verwechselt haben?« murmele ich laut, schnappe mir ihre Tasche und schnuppere daran.

Sie zeigt mir den gefälschten Ausweis. »Scheint so, Mr. Oberschlau.«

»Woher weiß ich, daß er gefälscht ist?« frage ich. »Woher weiß ich, daß du mich nicht nur aufziehst?«

»Mach doch mal die Augen auf. Klar, ich bin 1964 vor zwanzig Jahren geboren, m-hm, klar«, spöttelt sie. »Ach nee.«

Ich gebe ihr den Ausweis zurück. Dann lasse ich den Wagen an, schere, während ich immer noch zu ihr rüberschaue, auf den Ventura Boulevard ein und halte auf die Dunkelheit von Encino zu.

»Alle.« Mich schaudert. »Puh.«

»Was ist mit meinem Gramm?« fragt sie, dann: »Oh, guck mal, Ausverkauf bei Robinson's.«

Ich zünde mir noch eine Zigarette an.

»Eigentlich rauche ich nicht«, sage ich. »Aber du stellst irgendwas Seltsames mit mir an.«

»Du solltest nicht rauchen.« Sie gähnt. »Diese Dinger werden dich umbringen. Hat wenigstens meine unmögliche Mutter immer gesagt.«

»Ist sie durchs Rauchen gestorben?« frage ich.

»Nein, irgendein Irrer hat ihr die Kehle aufgeschlitzt«, sagt sie. »Geraucht hat sie nicht.« Pause. »Praktisch bin ich von Mexikanern aufgezogen worden.« Noch eine Pause. »Ich kann dir sagen, das war kein Zuckerlecken.«

»Ach ja?« Ich grinse böse. »Du glaubst, Zigaretten werden mich umbringen?«

Sie macht noch einen Zug an ihrem Joint, dann ist er alle, und ich fahre in die Garage, und dann gehen wir ins Schlafzimmer, und die Dinge kommen in Schwung, es wird klarer, wohin der Abend sich entwickelt, und sie erkundet das Haus und bittet um einen großen Wodka mit Eis. Ich sage ihr, Bier sei im Kühlschrank und daß sie es sich verdammt noch mal selbst holen kann. Sie führt sich auf, als hätte sie sie nicht alle, schlurft in die Küche und murmelt »Jesus, da hat ja mein Vater bessere Manieren.«

»Du kannst nicht vierzehn sein«, sage ich. »Nie im Leben.« Ich ziehe meine Krawatte und das Jackett aus, schlüpfe aus meinen Schuhen.

Sie kommt mit einem Corona in der einen und einem frischen O-Saft in der anderen Hand zurück. Sie trägt zuviel Make-up und so eine häßliche, weiße Guess-Jeans, aber sie sieht wie die meisten Girls aus, wächsern und künstlich.

»Du arme, bemitleidenswerte Schlampe«, murmele ich.

Ich lege mich aufs Bett, rutsche nach hinten, lege den Kopf auf zusammengedrückte Kissen, starre sie an, greife nach unten, bringe mich in Stellung.

»Du hast gar keine Möbel?« fragt sie.

»Ich hab einen Kühlschrank. Ich hab dieses Bett«, sage ich und streiche mit meiner Hand über die Designerlaken.

»Ja, das ist wahr. So kann man das sehen.« Sie geht im Zimmer herum, dann zur Tür am Ende des Zimmers, drückt auf die Klinke: abgeschlossen. »Was ist da?« fragt sie und guckt auf die mit Tesafilm an die Tür geklebten Sonnenaufgang-, Sonnenuntergang-Tabelle, die ich aus dem *L.A. Herald Examiner* dieser Woche ausgeschnitten habe.

»Nur ein anderes Zimmer«, sage ich.

»Oh.« Sie sieht mich an, nun doch ein wenig verängstigt.

Ich ziehe meine Hose aus, lege sie zusammen und werfe sie auf den Boden.

»Warum hast du soviel, na ja...« Sie bricht ab. Sie rührt ihr Bier nicht an. Sie schaut zu mir rüber, verwirrt.

»Soviel was?« frage ich, mein Hemd aufknöpfend.

»Na ja... soviel Fleisch«, sagt sie zögernd. »In deinem Kühlschrank liegt soviel Fleisch.«

»Kann sein«, sage ich. »Vielleicht weil ich auch mal Hunger bekomme? Weil Fisch mich anwidert?« Ich lege das Hemd hin, neben die Hose. »Mein Gott.«

»Oh.« Sie steht einfach da.

Ich sage nichts weiter, lege meinen Kopf wieder auf die Kissen. Ich pelle mich langsam aus meiner Unterwäsche und winke das Mädchen zu mir her, und sie kommt langsam näher, hilflos, in der Hand eine volle Bierflasche, in deren Hals ein Limonenscheibchen steckt, einen erloschenen Joint. Die Armreifen um ihr Handgelenk sehen aus wie aus Pelz.

»Äh, hör mal, das ist jetzt – das hört sich jetzt vielleicht total grotesk an«, stammelt sie. »Aber bist du ...«

Sie kommt jetzt näher auf mich zu, schwebt, ohne sich bewußt zu sein, daß ihre Füße den Boden gar nicht berühren. Ich stehe auf, habe eine riesige, zum Platzen gespannte Erektion.

»Bist du so was wie ...« Sie hört auf zu lächeln. »So was wie ...« Sie spricht nicht zu Ende.

»Ein Vampir?« souffliere ich grinsend.

»Nein – ein Agent«, fragt sie allen Ernstes.

Ich räuspere mich.

Als ich sage, nein, ich sei kein Agent, stöhnt sie, und ich habe sie jetzt an den Schultern gepackt, bugsiere sie sehr langsam, gelassen, ins Badezimmer, und während ich sie ausziehen und ihr ESPRIT-T-Shirt ins Bidet werfe, kichert sie ständig bekifft und fragt: »Kommt dir das nicht komisch vor?«, und dann ist ihr junger, perfekter Körper endlich nackt, und sie blickt auf in Augen, die sich völlig verschleiern, schwarz und bodenlos, und sie streckt ungläubig schluchzend die Hand aus und berührt mein Gesicht, und ich lächle und fasse an ihre glatte, haarlose Muschi, und sie sagt: »Mach mir bloß keinen Knutschfleck«, und dann schreie ich und stürze mich auf sie und reiße ihr die Kehle auf, und dann ficke ich sie, und dann spiele ich mit ihrem Blut, und danach ist im Grunde alles okay.

Heute abend fahre ich auf den Ventura Freeway zur Praxis meines Psychiaters hinter den Hügeln. Ich habe vorher ein paar Lines genommen, und »Boys of Summer« dröhnt aus dem Kassettenrecorder, und ich singe mit, spiele an den Ampeln Luftgitarre, vorbei an der Galleria, an Tower Records und der Factory und dem La Reina-Kino, das bald schließen wird, und vorbei am neuen Fatburger und dem riesigen Nautilus-Fitneßcenter, das gerade aufgemacht hat. Ich habe vorhin einen Anruf von Marsha erhalten, die mich zu einer Party in Malibu eingeladen hat. Dirk hat mir einige ZZ-TOP-Aufkleber für meinen Sargdeckel geschickt, die ich ziemlich geschmacklos finde, aber trotzdem behalte. Ich beobachte heute abend die vielen Leute in ihren Autos, und ich muß die ganze Zeit an Atombomben denken, seit ich ein paar Autoaufkleber gesehen habe, die dagegen protestieren.

In Dr. Novas Praxis habe ich einen schweren Stand.

»Was ist heute mit Ihnen los, Jamie?« fragt Dr. Nova. »Sie wirken ... überreizt.«

»Ich hab so Bilder im Kopf, Mann, nein, Visionen«, erzähle ich ihm. »Visionen von Nuklearsprengköpfen, die alles hier ausradieren.«

»Was alles, Jamie?«

»Das Valley, das gesamte Valley zerschmilzt. Die ganzen Schlampen – totes Fleisch. Die Galleria – nur noch Geschichte. Alles weg.« Pause. »Verdampft.« Pause. »Ist das ein Wort?«

»Wow«, sagt Dr. Nova.

»Ja, wow«, sage ich und starre aus dem Fenster.

»Was wird dann aus Ihnen?« fragt er.

»Warum? Glauben Sie, das könnte mir was anhaben?« frage ich zurück.

»Was glauben Sie denn?«

»Sie glauben, mit einer Scheiß-Atombombe wäre alles zu Ende?« sage ich. »Von wegen, Mann.«

»Was zu Ende?« fragt Dr. Nova.

»Wir werden es überleben.«

»Wer ist wir?«

»*Wir* waren schon immer da, und *wir* werden wahrscheinlich auch immer da sein.« Ich betrachte meine Nägel.

»Was haben *wir* dann vor?« fragt Dr. Nova, nur mit halbem Ohr zuhörend.

»Uns rumtreiben.« Ich zucke die Achseln. »Durch die Gegend fliegen. Über euch kreisen wie irgendwelche Scheiß-Raben. Stellen Sie sich den größten Raben vor, den Sie je gesehen haben. Stellen Sie sich vor, wie er über Ihnen schwebt.«

»Wie geht es Ihren Eltern, Jamie?«

»Ich weiß nicht«, sage ich und dann, meine Stimme zu einem Schrei steigernd: »Aber ich lebe das coole Leben, und wenn Sie mir nicht mein Rezept für Darvocet erneuern –«

»Werden Sie was tun, Jamie?«

Ich erwäge die verschiedenen Möglichkeiten, setze es ihm dann ruhig auseinander.

»Ich werde Ihnen auflauern«, sage ich ihm. »Ich werde Ihnen eines Nachts in Ihrem Schlafzimmer auflauern. Oder Ihnen unter dem Tisch Ihres Lieblingsrestaurants Ihr zartes Beinchen abhacken.«

»Ist das . . . eine Drohung?« fragt Dr. Nova.

»Oder ich warte, wenn Sie mit Ihrer Tochter zu McDonald's gehen, als Ronald McDonald verkleidet, und dann fresse ich sie auf dem Parkplatz auf, während Sie zusehen und ganz schnell den Appetit verlieren.«

»Darüber haben wir schon früher gesprochen, Jamie.«

»Ich werde Ihnen auf dem Parkplatz auflauern, auf dem Schulhof Ihrer Tochter oder in einer Toilette. Ich werde Ihnen in Ihrem Bad auflauern. Ich werde Ihrer Tochter von der Schule nach Hause folgen, und wenn ich mit ihr Fickificki gespielt hab, verstecke ich mich in Ihrem Bad.«

Dr. Nova sieht mich nur gelangweilt an, als gäbe es eine Erklärung für mein Verhalten.

»Ich war im Krankenhauszimmer, in dem Ihr Vater an Krebs starb«, sage ich ihm.

»Das erwähnten Sie bereits«, sagt er träge.

»Er faulte vor sich hin, Dr. Nova«, sage ich. »Ich hab ihn gesehen. Ich hab Ihren Vater verwesen sehen. Ich hab all meinen Freunden erzählt, Ihr Vater sei an einem toxischen

Schock gestorben. Er hätte sich ein Tampon in den Arsch gesteckt und es zu lange dringelassen. Er starb schreiend, Dr. Nova.«

»Haben Sie in letzter Zeit... wieder jemanden getötet, Jamie?« fragt Dr. Nova, nicht eben sichtlich erschüttert.

»In einem Film«, sage ich. »In Gedanken.« Ich kichere.

Dr. Nova seufzt, mustert mich ohne große Zuversicht. »Was wollen Sie?«

»Ich will auf dem Rücksitz Ihres Wagens sein, Ihnen geifernd auflauern...«

»Schon klar, Jamie.« Dr. Nova seufzt.

»Ich will mein Rezept erneuert haben, andernfalls lauere ich Ihnen eines Nachts am schwarzgekachelten Grund Ihres zauberhaften Pools auf, wenn sie ein kleines Mitternachtsbad nehmen, Dr. Nova, und reiße Ihnen die Adern und Sehnen aus Ihren wohlgeformten Schenkeln.« Ich springe auf, laufe hin und her.

»Sie kriegen das Darvocet, Jamie«, sagt Dr. Nova. »Aber ich möchte Sie weniger unregelmäßig hier begrüßen.«

»Ich bin total fickrig«, sage ich. »Sie sind so cool wie nur was.«

Er schreibt mir ein Rezept und fragt dann, während er es mir reicht: »Warum sollte ich Angst vor Ihnen haben?«

»Weil ich ein braungebranntes, muskelbepacktes Arschloch bin, mit Zähnen, so scharf, daß ein Rasiermesser dagegen ein Schuhlöffel ist.« Ich warte ab. »Brauchen Sie einen besseren Grund?«

»Warum drohen Sie mir?« fragt er. »Warum sollte ich Angst vor Ihnen haben?«

»Weil ich das Letzte bin, was Sie je sehen werden«, sage ich ihm. »Verlassen Sie sich drauf.«

Ich gehe zur Tür, drehe mich dann wieder um.

»An welchem Ort fühlen Sie sich am sichersten?« frage ich.

»In einem leeren Kino«, sagt Dr. Nova.

»Was ist Ihr Lieblingsfilm?« frage ich.

»*Die schrillen Vier auf Achse* mit Chevy Chase und Christie Brinkley.«

»Ihre Lieblingsfrühstücksflocken?«

»Frosted Mini Wheats oder sonstwas mit Kleie drin.«

»Ihr Lieblingswerbespot?«

»Bayer Aspirin.«

»Wen haben Sie bei der letzten Wahl gewählt?«

»Reagan.«

»Definieren Sie den Nullpunkt.«

»Definieren« – er weint jetzt – »definieren Sie ihn doch.«

»Wir sind schon dort gewesen«, sage ich ihm. »Wir haben ihn schon überschritten.«

»Wer sind ... wir?« Er würgt.

»Legion.«

11 Das fünfte Rad

»Killen wir den Jungen?« fragt Peter, er wirkt fahrig und nervös, reibt sich mit aufgerissenen Augen die Arme, seine riesige Wampe quillt unter einem BRYAN-METRO-T-Shirt vor, und er sitzt in einem zerfetzten grünen Sessel vor dem Fernseher und sieht sich Trickfilme an.

Mary liegt auf der Matratze im anderen Zimmer, fickerig und ausgelaugt, und hört Rick Springfield oder sonst ein Arschloch im Radio, und ich fühle mich ziemlich mies und will einen Joint rollen und versuche mir vorzumachen, daß Peter nichts gesagt hat, aber er fragt noch mal.

»Ich weiß nicht, ob du mich fragst oder Mary oder einen von den Scheiß-Feuersteins im Scheiß-Fernsehen, Mann, aber frag nicht noch mal«, sage ich.

»Killen wir den Jungen?« fragt er.

Ich gebe meinen Versuch auf, den Joint zu rollen – die Blättchen sind zu feucht und lösen sich in meinen Fingern auf – und Mary nennt stöhnend einen Namen. Der Kleine liegt jetzt seit sagen wir fünf Tagen verschnürt in der Badewanne, und wir alle sind ein wenig nervös.

»Ich werd kribblig«, sagt Peter.

»Du hast gesagt, es sei ganz einfach«, sage ich. »Du hast gesagt, alles würde cool laufen. Daß sich alles finden würde, Mann.«

»Ich hab's verbockt.« Er zuckt die Achseln. »Weiß ich.« Er schaut von den Trickfilmen auf. »Und ich weiß, daß du es auch weißt.«

»Du kriegst einen Orden, Mann.«

»Mary blickt nichts.« Peter seufzt. »Das Mädchen hat nie was geblickt.«

»So, du weißt also, daß ich weiß, daß du echt völlige Scheiße gebaut hast?« frage ich. »Hm – war's das?«

Er fängt an zu lachen. »Killen wir den Jungen?«, und Mary lacht mit ihm, und ich wische mir die Hände trocken und höre ihnen zu.

Peter findet mich durch einen Dealer, für den ich mal gearbeitet habe, und er ruft mich aus Barstow an. Peter ist in Barstow mit einer Indianerin, die er in Reno an einem Spielautomaten kennengelernt hat. Der Dealer gibt mir die Nummer eines Hotels mitten in der Wüste, und ich rufe Peter da an, und er sagt mir, daß er nach L. A. kommt und daß er und die Indianerin für ein paar Tage eine Absteige brauchen. Ich habe Peter seit drei Jahren nicht gesehen, seit ein Brand, den wir beide gelegt hatten, außer Kontrolle geraten ist. Ich flüstere ihm am Telefon zu: »Ich weiß, was für ein Dreckskerl du bist«, und er sagt am anderen Ende: »Na klar, laß mich vorbeikommen.«

»Scheiße, ich will nicht, daß du tust, was ich glaube, daß du vorhast«, sage ich und schlage mir die Hände vors Gesicht. »Ich will, daß du über Nacht bleibst und dich dann verziehst.«

»Weißt du was?« fragt er.

Ich kann nichts sagen.

»Daraus wird nichts«, sagt er.

Peter und Mary, die nicht mal Indianerin ist, kommen nach L. A., und sie stöbern mich gegen Mitternacht in einem Laden in Van Nuys auf, und Peter kommt rein und packt mich und sagt: »Tommy, Alter, wie läuft's, Bruder?«, und ich stehe zitternd da und sage: »Hi, Peter«, und er ist fett, hundertfünfzig oder zweihundert Kilo, und sein Haar ist lang und blond und schmierig, und er trägt ein grünes T-Shirt, hat im ganzen Gesicht Soße, auf den Armen ein Loch neben dem anderen, und ich werde sauer.

»Peter?« frage ich. »Was soll der Scheiß?«

»Oh, Mann«, sagt er. »Krieg dich wieder ein. Ist doch cool.« Seine Augen sind groß und irre, und er macht mich nervös.

»Wo ist die Braut?« frage ich.

»Draußen im Lieferwagen«, sagt er.

Ich warte, und Peter steht einfach da.

»Draußen im Wagen? Hör ich richtig?« frage ich.

»Ja«, sagt Peter. »Draußen im Wagen.«

»Tja, ich warte darauf, daß du dich in Bewegung setzt«, sage ich. »Wie wär's, wenn du das Mädchen holst?«

Er tut's nicht. Er steht einfach da.

»Das Mädchen ist im Wagen?« sage ich.

»Stimmt«, sagt er.

Ich werde sauer. »Warum bringst du die Fotze nicht her, Fettsau?«

Aber er tut's nicht.

»Tja, Mann«, seufze ich. »Sehen wir sie uns an.«

»Wen?« fragt er. »Wen, Mann?«

»Wen meine ich wohl?«

Endlich sagt er: »Ach so. Mary. Klar.«

Das Mädchen liegt völlig weggetreten hinten im Wagen, sie ist braun und dunkel, hat langes, blondes Haar, wegen der Drogen sehr mager, aber nicht übel und hübsch. Sie schläft in der ersten Nacht auf der Matratze in meinem Zimmer, und ich schlafe auf der Couch, und Peter sitzt im Sessel und sieht sich das Nachtprogramm im Fernsehen an, und ich glaube, er geht ein- oder zweimal was zu essen holen, aber ich bin müde und sauer und nehme die Situation nicht zur Kenntnis.

Am nächsten Morgen bittet Peter mich um Geld.

»Das ist viel Geld«, sage ich.

»Was heißt das?« fragt er.

»Daß du völlig übergeschnappt bist«, sage ich. »Ich hab kein Geld.«

»Gar keins?« fragt er. Er fängt an zu kichern.

»Du scheinst es mit Fassung zu tragen«, sage ich.

»Ich muß hier einen Typ auszahlen.«

»Tut mir leid, Alter«, sage ich. »Ich hab einfach nichts.«

Er sagt nicht mehr viel, geht einfach zurück in das dunkle Zimmer zu Mary, und ich gehe zur Waschanlage in Reseda, wo ich manchmal arbeite, wenn ich nichts Besseres zu tun habe.

Ich komme nach einem reichlich beschissenen Tag nach Hause, und Peter sitzt im Sessel, und Mary hört noch immer im Hinterzimmer Radio, und mir fallen die zwei kleinen Schuhe auf dem Tisch neben dem Fernseher auf, und ich frage Peter: »Wo hast du die kleinen Schuhe her, Mann?«

Peter ist völlig hinüber, ein blödes, beängstigendes Grinsen auf seinem Ballongesicht, er guckt Trickfilme, und ich starre auf die Schuhe und höre ein entferntes Schluchzen irgendwo, ein Klappern und Rumoren von hinter der Badezimmertür.

»Ist das ... ein Witz?« frage ich. »Ich weiß ja, was für ein krankes Arschloch du bist, Alter, und ich weiß auch, daß das kein Witz ist, aber oh, Scheiße, Mann.«

Ich öffne die Badezimmertür und sehe den Jungen, weiß, blond, vielleicht zehn oder elf, er trägt ein Hemd mit einem kleinen Pferdchen drauf, verblichene Designerjeans, seine Hände sind hinter dem Rücken mit einer Kordel gefesselt und seine Füße mit einem Seil verschnürt; und Peter hat dem Jungen irgendwas in den Mund gestopft und Isolierband drübergeklebt, und der Junge reißt die Augen auf, weint und tritt gegen die Wände der Badewanne, in die Peter ihn gesteckt hat, und ich knalle die Badezimmertür zu und renne zu Peter und packe ihn an den Schultern und schreie ihm ins Gesicht: »Scheiße, was fällt dir ein, Scheißkopf, was hast du getan, du verdammter Scheißkopf?«

Peter glotzt friedlich auf den Bildschirm.

»Er bringt uns Geld«, murmelt er und versucht mich abzuschütteln.

Ich kralle mich noch fester in seine fetten, fleischigen Schultern, schreie weiter »Warum?«, und ich gerate so in Panik, daß ich mit der Faust aushole und Peter kräftig auf den Schädel schlage, und er rührt sich nicht. Er fängt an zu lachen, die Laute aus seinem Mund sind Irrsinn, sind mit nichts, was ich je gehört habe, zu vergleichen.

Ich haue fester auf seinen Kopf ein, und irgendwann nach dem sechsten Schlag packt er meinen Arm und dreht ihn so grob um, daß ich glaube, er bricht ihn mir, und ich gehe langsam zu Boden, sinke auf die Knie, und Peter dreht fester und lächelt nicht mehr und knurrt, tief und schleppend, vier Worte: »Halt-dein-Scheiß-Maul.«

Er reißt mit einem letzten harten Dreher meinen Arm hoch, und ich falle auf den Rücken, halte mir den Arm und bleibe lange einfach sitzen, ehe ich schließlich aufstehe, mich auf die Couch lege und versuche, ein Bier zu trinken, und mein Arm brennt, und der Junge gibt nach einer Weile keinen Laut mehr von sich.

Mir wird erzählt, daß Peter und Mary den ganzen Morgen den Parkplatz der Galleria ausbaldowert haben, und der Junge ist dort Skateboard gefahren, und Peter sagt, sie hätten »abgewartet, bis keiner hinsah«, und Mary (das ist der Teil, der mir nur schwer nachvollziehbar ist, weil ich sie mir nicht in Bewegung vorstellen kann) fährt zu dem Jungen, als er sich gerade einen Schuh zubindet, und Peter öffnet die Hecktür des Transporters, hebt den Jungen ganz einfach und mühelos hoch und schubst ihn mir nichts, dir nichts in den Fond des Transporters, und Mary fährt zurück zum Haus, und Peter erklärt mir, eigentlich habe er die Absicht gehabt, den Jungen an einen Vampir zu verkaufen, den er drüben in West Hollywood kennt, statt dessen wolle er nun aber lieber mit den Eltern des Jungen verhandeln und mit dem Geld, das wir für ihn kassieren, eine Schwuchtel namens Spin auszahlen, und dann werden wir uns nach Las Vegas oder Wyoming absetzen, und ich bin so von der Rolle, daß ich nichts sagen kann, und ich habe keine Ahnung, wo Wyoming liegt, und Peter muß mir in einem Buch auf einer Landkarte einen dunkelroten Staat zeigen, der weit weg aussieht.

»So was klappt nie«, sage ich zu ihm.

»Mann, du kannst einfach nicht abschalten, das ist dein Problem, Mann, das macht dich fertig. Du kannst dich nicht entspannen.«

»Ehrlich, Mann?«

»Das ist nicht gut für dich. Überhaupt nicht gut, Alter«, sagt Peter. »Du mußt lernen, mit dem Strom zu schwimmen, dich treiben zu lassen. Zu relaxen.«

Drei Tage vergehen, in denen sich Peter Trickfilme ansieht, den in der Badewanne liegenden Jungen vergißt und genau wie Mary so tut, als sei das Kind gar nicht vorhanden, während ich versuche, die Nerven zu behalten und so zu tun, als wüßte ich, was läuft und worauf das Ganze abzielt, obwohl ich keine Ahnung habe, was passieren wird.

Ich gehe zur Waschanlage, denn wenn ich aufwache, sitzt Peter vor dem Fernseher und macht einen Löffel Stoff heiß, worauf Mary angeschlichen kommt, schlank und braun, und Peter macht Witze und setzt ihr einen Schuß, und dann bedient er sich selbst, und bevor ich zur Waschanlage gehe, rauche ich Pot und sehe mir mit Peter Trickfilme an, und Mary legt sich wieder auf die Matratze, und ab und zu höre ich den Jungen da drinnen durchdrehen und gegen die Wanne treten. Wir drehen das Radio laut und beten, der Junge möge aufhören, und ich pisse ins Küchenbecken und gehe zum Scheißen zur Mobil-Tankstelle auf der anderen Straßenseite, und ich frage Peter und Mary nicht, ob sie den Jungen füttern. Wenn ich von der Waschanlage nach Hause komme und leere Winchell-Schachteln und McDonald's-Tüten sehe, weiß ich nicht, ob sie das Zeug selbst gegessen oder dem Jungen gegeben haben, und der Junge rumort mitten in der Nacht in der Wanne, und selbst bei laufendem Fernseher und Radio kann man ihn hören, bis man hofft, jemand draußen würde was hören, aber als ich rausgehe, ist gar nichts zu hören.

»Das kommt dir nur so vor«, sagt Peter. »Das kommt dir nur so vor, Mann.«

»Verdammt, was kommt mir nur so vor?«

»Ich kann nichts hören«, sagt Peter.

»Du ... lügst doch«, sage ich.

»Hey, Mary«, ruft er. »Hörst du irgendwas?«

»Die kannst du doch nicht fragen, Mann«, sage ich. »Die ist doch ... total fertig, Mann.«

»Und darum wirst du was dagegen unternehmen«, sagt er.

»Oh, Scheiße, Mann«, maule ich. »Das ist alles deine Schuld, Mann.«

»Nach L. A. zu kommen ist meine Schuld?« fragt er.

»Den Jungen einfach so zu kassieren.«

»Darum wirst du was dagegen unternehmen.«

Am vierten Tag fällt Peter etwas ein.

»Ich weiß nicht, was du meinst, wenn du das sagst«, sage ich ihm, den Tränen nahe, als er mir seinen Plan unterbreitet.

»Killen wir den Jungen?« wiederholt er, aber eigentlich ist das keine Frage mehr.

Ich stehe am nächsten Morgen spät auf, und Peter und Mary liegen bewußtlos im Hinterzimmer auf der Matratze, und der Fernseher ist an und Trickfilmbälle, blau und pelzig und mit Gesichtern, scheuchen einander mit großen Hämmern und Spitzhacken, und der Ton ist so leise gedreht, daß man sich ausdenken kann, was sie zueinander sagen, und als ich in der Küche bin, mache ich mir ein Bier auf und pisse ins Spülbekken und stecke mir tatsächlich ein Stück vom Rest eines Big

Macs, der auf der Anrichte liegt, in den Mund, kaue und schlucke, und ich ziehe einen neuen Overall an und will gerade gehen, als ich sehe, daß die Badezimmertür einen Spalt offensteht, und ich gehe vorsichtig hin, besorgt, daß Peter den Jungen gestern abend vielleicht wieder verprügelt hat, aber dann bringe ich es noch nicht mal über mich, richtig nachzusehen, also schließe ich nur schnell die Tür und fahre mit dem Wagen raus nach Reseda, zur Waschanlage, denn vor zwei Nächten war ich high und bin reingegangen, da lag der Kleine auf dem Bauch, die Hose über den gefesselten Knöcheln zusammengerafft, und sein Hintern war voller Blut, und da bin ich wieder raus, und als ich den Kleinen das nächste Mal sehe, ist er gewaschen, umgezogen – irgendwer hat ihm sogar das Haar gebürstet –, immer noch gefesselt, mit einer Socke im Mund, halb irre, seine Augen röter als meine.

Ich komme zu spät zur Waschanlage, und irgendein Jude schnauzt mich an, und ich erwidere nichts, sondern gehe nur durch einen langen, dunklen Tunnel, an dessen anderem Ende ich mit einem Kerl namens Asylum, der sich selbst für eine »echte Knallerbse« hält, einen Wagen trockne, und jeder im Valley will heute seinen Wagen gewaschen haben, und ich trockne die Wagen ab, ohne mich darum zu scheren, wie heiß es ist, ohne irgendwen anzusehen oder anzusprechen außer Asylum.

»Inzwischen bin ich nicht mal mehr beunruhigt«, erzähle ich ihm. »Oder mißtrauisch oder so was. Verstehst du?«

»Dir, äh, ist jetzt alles scheißegal?« fragt Asylum. »Ist es so? Habe ich das richtig erfaßt?«

»Ja«, sage ich. »Es ist mir einfach egal.«

Ich reibe einen Wagen trocken und warte darauf, daß der nächste aus dem Tunnel kommt, und ich bemerke einen kleinen Jungen, der neben mir steht. Er trägt eine Schuluniform und beobachtet, wie die Autos aus dem Tunnel rollen, und meine Paranoia ist ein dumpfer Schmerz. Ein Wagen kommt vom Band, und Asylum steuert ihn zu mir rüber.

»Das ist das Auto meiner Mom«, sagt der Kleine.

»Ach ja?« sage ich. »Na und.«

Ich fange an, einen Volvo-Kombi trocken zu reiben, während der Junge immer noch dasteht.

»Da werd ich sauer«, sage ich dem Jungen. »Ich mag es nicht, wenn du mich anglotzt.«

»Warum?« fragt er.

»Weil ich dir den Schädel einschlagen will oder so was, klar?« sage ich und sehe aus zusammengekniffenen Augen in den Smog.

»Warum?« fragt er.

»Ich tu jetzt so, als würde ich gar nicht merken, daß du mit mir sprichst«, sage ich und hoffe, daß er weggehen wird.

»Warum?«

»Du bist ein kleiner Scheißer, der mir blöde Fragen stellt, als wären sie wichtig«, sage ich.

»Findest du das nicht wichtig?« fragt der Junge.

»Sprichst du mit mir?« frage ich den Jungen.

Er nickt stolz mit dem Kopf.

»Ich weiß nicht, warum du es für erforderlich hältst, mich das zu fragen, Mann, ich weiß es einfach nicht.« Ich seufze. »Es ist eine blöde Frage.«

»Was heißt ›erforderlich‹?« fragt der Junge.

»Blöd, blöd, blöd«, murmele ich.

»Warum ist das blöd?«

»Es ist unerheblich, du verdammter Idiot.«

»Was heißt unerheblich?«

Genervt mache ich einen Schritt auf den Jungen zu. »Hau ab hier, du Arsch.« Der Junge lacht und geht rüber zu einer Frau, die Tab trinkt und auf eine Gucci-Handtasche starrt, und ich reibe schnell den Volvo trocken, und Asylum erzählt mir von einem Mädchen, das er letzte Nacht gefickt hat und das wie eine Kreuzung zwischen einer Fledermaus und einer Riesenspinne aussah, und schließlich halte ich der Frau mit dem Tab und dem Jungen die Tür auf, und plötzlich ist es so heiß, daß ich mir mit einer miefenden Hand Schweiß von der Stirn wischen muß, und der Junge starrt mich noch an, als sie wegfahren.

Peter geht gegen zehn aus, weil er was Geschäftliches zu erledigen hat, und sagt, er sei um Mitternacht zurück. Ich versuche, fernzusehen, aber der Junge rumort dauernd herum, und das macht mich wahnsinnig, darum gehe ich in mein Zimmer, wo Mary im dunklen Zimmer auf der Matratze liegt, das Licht ist aus, die Fenster stehen offen, aber es ist immer noch heiß, und ich schaue sie an und frage, ob sie sich einen Joint mit mir teilen will.

Sie sagt nichts, bewegt nur ganz langsam den Kopf.

Ich will gerade gehen, als Mary sagt: »Hey, Mann ... bleib da ... warum bleibst du nicht ... da?«

Ich sehe sie an. »Willst du wissen, was ich denke?«

Ihr Mund bewegt sich, sie verdreht die Augen. »... nein.«

»Ich denke, Mann, ist das Mädchen verkorkst«, sage ich. »Ich denke, jedes Mädchen, das sich mit Peter rumtreibt, muß unglaublich verkorkst sein.«

»Was denkst du sonst noch?« flüstert sie.

»Ich weiß nicht.« Ich zucke die Achseln. »Ich bin ... geil.« Pause. »Peter kommt nicht vor – wann? Mitternacht zurück?«

»Und ... was sonst noch?«

»Scheiße, warum sehen wir nicht mal, was passiert.«

»Du ...«, sie schluckt. »Willst ... das nicht sehen.«

Ich hocke mich neben sie auf die Matratze, und sie will sich aufsetzen, bescheidet sich dann aber damit, sich gegen die Wand zu lehnen, und fragt mich nach meinem Arbeitstag.

»Wovon redest du?« frage ich. »Du willst was über meinen Tag in der Waschanlage hören?«

»Was ... war los?« Sie atmet tief ein.

»Da ist eine Waschanlage«, erzähle ich ihr. »Da war ein bekloppter kleiner Junge. War alles echt interessant. Vielleicht der interessanteste Tag meines Lebens.« Ich bin müde, und der Joint, den ich anzünde, geht zu schnell aus, und ich lange über sie weg und nehme mir die Streichhölzer, die neben einem Löffel und einem dreckigen Plastiktütchen auf der anderen Seite der Matratze liegen, und zünde den Joint an und frage sie, wie sie an Peter geraten ist.

Sie sagt lange nichts, und ich kann nicht behaupten, daß es mich überrascht. Als sie dann doch etwas sagt, spricht sie mit so leiser, sanfter Stimme, daß ich sie kaum verstehe, und ich beuge mich näher zu ihr, und sie nuschelt etwas, und ich muß sie fragen, was sie gesagt hat, und ihr Atem riecht wie etwas Halbtotes. Aus dem Radio singen die Eagles »Take It Easy«, und ich versuche mitzusummen.

»Peter hat ... ein paar schlimme Sachen gemacht, in der ... Wüste draußen ...«

»Ja?« frage ich. »Ich meine, Scheiße, das glaube ich gern.« Noch ein Zug, und dann: »Was zum Beispiel?«

Sie nickt und ist dankbar, daß ich gefragt habe.

»Wir haben in Carson einen Typ kennengelernt ... und er hat uns auf ... einen ziemlich harten Trip gebracht.« Sie fährt sich mit der Zunge über die Lippen, und ich werde traurig. »Und ... wir haben uns ... eine Zeitlang mit ihm rumgetrieben ... und der Typ war echt nett, und als Peter mal rausgegangen ist, um Donuts zu holen ... er ist Donuts holen gegangen ... und dieser Typ und ich fangen an rumzumachen. Es war nett ...« Sie ist so weit weg, so voll drauf, daß es mich anmacht, und sie verstummt und sieht mich an, um sich zu vergewissern, daß ich da bin und ihr zuhöre. »Peter kam rein ...«

Meine Hand ist auf ihrem Knie, und es scheint so, als hätte sie nichts dagegen, und ich nicke wieder.

»Weißt du, was er getan hat?« fragt sie.

»Wer? Peter?« frage ich. »Was?«

»Rat mal?« Sie kichert.

Ich lasse mir lange Zeit, ehe ich eine Vermutung riskiere: »Er hat... die Donuts gegessen?«

»Er ist mit dem Typ in die Wüste gefahren.«

»Ja?« Ich lasse meine Hand ihren Schenkel hoch wandern, der knochig und hart und staubbedeckt ist, und beim Darübergleiten reibt meine Hand kleine Hautschüppchen ab.

»Ja... und hat ihm ins Auge geschossen.«

»Wow«, sage ich. »Ich weiß, daß Peter so ne Scheiße drauf hat. Es überrascht mich kein bißchen.«

»Dann hat er mich angebrüllt und dem Typ die Hose runtergezogen und hat sein Messer gezogen und dem Typ sein... Ding abgeschnitten und...« Mary bricht ab, fängt an zu kichern, und ich fange auch an zu kichern. »Und er hat es nach mir geschmissen und gesagt: Willst du das, du Nutte, hast du das gewollt?« Sie lacht hysterisch, und ich lache auch, und wir lachen, wie mir scheint, ziemlich lange, und als sie endlich aufhört, fängt sie an zu weinen, richtig heftig, schniefend und würgend und hustend, und ich nehme meine Hand von ihrem Schenkel. »Das ist alles, worüber wir je sprechen werden«, schluchzt sie.

Ich versuche trotzdem, sie zu ficken, aber sie ist so eng und trocken und high, daß ich mir weh tue, also gebe ich erst mal auf. Ich bin aber immer noch ziemlich geil, also versuche ich sie rumzukriegen, mir einen zu blasen, aber sie schläft ein, und ich versuche, sie hochzuheben, mit dem Rücken gegen die Wand zu lehnen und in den Mund zu ficken, aber das funktioniert nicht, und schließlich will ich mir einen abwichsen, kann aber nicht mal kommen.

Ich wache auf, weil irgendwer an die Tür hämmert. Es ist spät, und die Sonne steht hoch und scheint durchs Fenster, mir voll ins Gesicht, und ich stehe auf und sehe mich um, und ich kann weder Peter noch Mary finden, und in der Annahme, daß vielleicht sie an der Tür sind, gehe ich müde und groggy rüber und mache auf, und da ist ein junger, sonnengebräunter Typ mit blondem Haar - gefönt –, ziemlich gut in Form, Tanktop, Segelschuhe, Schlabbershorts, Vuarnet-Sonnenbrille, und er steht da und sieht mich an, als sei er die Antwort auf alle meine Fragen.

»Was willst du, Mann?« frage ich.

»Ich suche jemand«, sagt er und fügt dann *»Mann«* hinzu.

»Hier ist kein Jemand«, sage ich und will die Tür schließen. »Damit hab ich nichts zu tun.«

»Alter«, sagt der Kerl.

»Ich will bloß, daß du weggehst«, sage ich.

Der Typ drückt mit der Hand die Tür auf und geht an mir vorbei.

»O Mann«, sage ich. »Scheiße, was willst du?«

»Wo ist Peter?« fragt er mich. »Ich suche Peter.«

»Er ist ... nicht hier.«

Der Typ sieht sich in der Wohnung um und schnüffelt überall rum. Schließlich lehnt er sich gegen die Couchlehne und fragt nach einem abschätzenden Blick zu mir: »Was glotzt du so?«

»Ich bin nicht mal richtig sauer«, sage ich. »Ich bin es nur echt leid. Ich will einfach, daß Schluß mit dem Ganzen ist, weil es mir echt zuviel wird.«

»Scheiße, sag mir einfach, wo Peter steckt«, verlangt der Kerl.

»Scheiße, woher soll ich das wissen?«

»Tja, Alter« – er lacht – »das solltest du aber.« Er sieht mich an und sagt: »Weißt du, warum?«

»Nein. Warum?«

»Willst du das wirklich wissen?«

»Ja, ich sagte doch gerade, ich will wissen, warum«, sage ich. »Jetzt komm, Mann, nerv hier nicht. Ich hab ne harte Woche hinter mir. Wir können Freunde sein, wenn –«

»Ich sag dir, warum.« Er macht eine Pause und sagt dann in einem mir allmählich vertrauten theatralischen, leisen Ton: »Weil er ganz« – er hält inne, dann – »ganz« – und noch eine Pause, dann – »ganz tief in der Scheiße steckt.«

»Ach? Ist das so?« frage ich beiläufig.

»Ja, das ist so«, sagt der braungebrannte Typ. »Señor.«

»Tja, schön, ich sag ihm, daß du hier warst und so weiter.« Ich halte dem Kerl die Tür auf, und er stellt sich daneben. »Und ich bin kein Mexikaner.«

»Was du ihm sagst, ist ganz einfach«, sagt der Typ. »Ich komme wieder, und wenn Peter es nicht hat, seid ihr alle tot.« Er starrt mich lange an, dieser Typ, achtzehn, neunzehn, volle Lippen und ein nichtssagendes, hübsches Gesicht, das so alltäglich ist, daß ich in fünf Minuten nicht mehr in der Lage sein werde, mich daran zu erinnern oder Peter eine nähere Beschreibung geben zu können.

»Ach ja?« sage ich schluckend, während ich die Tür schließe. »Was willst du tun? Uns tot*bräunen*?«

Er lächelt scheißfreundlich, als die Tür ins Schloß fällt.

Ich mache an der Waschanlage blau, um zu warten, bis Peter oder Mary aufkreuzen, weiß dabei nicht mal, ob sie sich überhaupt noch blicken lassen, und ich habe keine Ahnung, was »es« ist, von dem der Surfer geredet hat, und ich sitze einfach auf einer Couch und starre aus einem Fenster zur Straße, ohne irgendwas anzusehen. Ich kann mich nicht mal mit dem Gedanken trösten, daß Peter alles in die Scheiße geritten hat, weil sowieso schon alles Scheiße lief, und wäre Peter nicht in dieser Woche gekommen, dann vielleicht nächste Woche, oder irgendwann nächstes Jahr, und letztlich kann man sich kaum vorstellen, daß es einen Unterschied gemacht hätte, weil man immer wußte, daß das passieren würde, und man sitzt einfach da, starrt aus dem Fenster und wartet, daß Peter und Mary einlaufen, damit man kapitulieren kann.

Ich erzähle ihnen von dem Surfer, der vorbeigekommen ist.

Peter geht auf und ab. »Ich könnte Scheiße schreien.«

Mary schaltet sich ein: »Ich hab's dir gesagt, ich hab's dir gesagt.«

»Packt zusammen«, sagt Peter zu uns. »Wir kratzen die Kurve.«

Mary weint.

»Ich hab nichts mitzunehmen«, sage ich zu Peter. Ich sehe zu, wie er nervös auf und ab geht. Mary verschwindet ins Hinterzimmer, wirft sich auf die Matratze, stopft sich die Hand in den Mund, beißt zu.

»Verdammt, was machst du da?« ruft Peter.

»Ich packe«, heult sie und windet sich auf der Matratze.

Während sie hinten ist, kommt Peter zu mir, greift in seine Gesäßtasche und gibt mir ein Schnappmesser, und ich frage: »Für wen ist das, Alter?«

»Den Jungen.«

Den Jungen hatte ich ganz vergessen. Ich sehe mich zur Badezimmertür um und fühle mich müde.

»Wenn wir den Jungen hierlassen«, sagt Peter, »wird ihn jemand finden, und er wird reden, und dann sitzen wir in der Scheiße.«

»Laß ihn verhungern«, flüstere ich und starre auf das Messer.

»Nein, Mann, nein«, sagt Peter und nötigt mir das Messer auf.

Ich drücke darauf, und es springt mit einem Klick auf und sieht gefährlich aus, lang, schwer, bedrohlich.

»Es ist so verdammt scharf«, sage ich mit einem Blick auf die Klinge, und dann schaue ich, auf Weisung wartend, zu Peter, und er schaut zu mir.

»Darauf läuft alles hinaus, Mann«, sagt er.

Wir stehen ich weiß nicht wie lange da, und als ich etwas sagen will, sagt Peter: »Na los.«

Ich packe ihn und sage gepreßt: »Aber ich sag ja gar nichts, siehst du?«

Ich gehe zur Badezimmertür, und Mary sieht mich und läuft humpelnd auf mich zu, aber Peter schlägt sie ein paarmal und schubst sie zurück, und ich gehe ins Bad.

Der Junge ist blaß und hübsch und sieht schwach aus, und er sieht das Messer und fängt an zu weinen und wirft seinen Körper herum, um sich in Sicherheit zu bringen, und ich will es nicht bei Licht tun, also mache ich es aus und versuche den Jungen im Dunkeln zu erstechen, aber der Gedanke, ihn im Dunkeln zu erstechen, macht mich irre, also mache ich das Licht wieder an und knie mich hin und stoße ihm das Messer in den Bauch, aber nicht fest genug, also steche ich noch mal zu, fester, und er macht sein Kreuz hohl, und ich stoße wieder zu und versuche, einen Schnitt zu führen, aber der Junge drückt weiter den Bauch durch, als könne er nichts dagegen tun, und ich jage ihm das Messer immer wieder in den Bauch und dann in die Brust, aber das Messer stößt auf Knochen, und der Junge will nicht sterben, also versuche ich, ihm die Kehle aufzuschlitzen, aber er drückt sein Kinn auf die Brust, und ich treffe mit dem Messer sein Kinn und schlitze es auf, und schließlich packe ich ihn an den Haaren und reiße daran seinen Kopf nach hinten, und er heult, macht immer noch sein Kreuz hohl und versucht, sich mir zu entwinden, seine leichten Fleischwunden bluten die ganze Wanne voll, und Mary kreischt im Wohnzimmer, und ich ramme ihm das Messer tief in die Kehle, hacke sie auf, und seine Augen weiten sich verstehend, und eine große Fontäne heißen Bluts spritzt mir ins Gesicht, und ich kann es schmecken und wische es mir mit der Hand, die noch immer das Messer hält, aus den Augen, und das Blut spritzt praktisch überallhin, und es dauert lange, bis der Junge sich nicht mehr rührt, und ich liege auf den Knien, voller Blut, einiges davon hochrot und dunkler als der Rest, und der Junge zuckt nun weniger heftig, und es dringt aus dem Wohnzimmer kein Laut mehr, nur das Geräusch des durch den Badewannenabfluß rinnenden Bluts ist zu hören, und irgendwann später kommt Peter rein und trocknet mich ab und flüstert: »Alles wird gut, Mann, wir hauen ab in die Wüste, Mann, alles wird gut, Mann, schscht«, und irgendwie schaffen wir es in den Transporter und fahren weg von der Wohnung, raus aus Van Nuys, und ich muß Peter einreden, daß es mir gutgeht.

Peter hält mit dem Transporter auf dem Parkplatz eines Taco Bell draußen im Valley, und Mary bleibt hinten im Transporter, weil sie Schüttelfrost hat, und Peter ist schon ganz heiser davon, ihr zu sagen, sie soll die Schnauze halten, und sie hat sich zusammengerollt wie ein Baby und zerkratzt sich das Gesicht.

»Sie dreht durch«, sagt Peter, während er ihr ein paar Kopfnüsse verpaßt, um sie zum Schweigen zu bringen.

»Das kann man wohl sagen«, sage ich.

Jetzt sitzen wir an einem kleinen Tisch unter einem kaputten Schirm, und es ist heiß, und mein Overall starrt vor Blut und gibt jedesmal, wenn ich die Arme bewege, aufstehe, mich hinsetze, ein knisterndes Geräusch von sich.

»Fühlst du irgendwas?« fragt Peter.

»Was zum Beispiel?«

Peter sieht mich an, überlegt, zuckt dann die Achseln.

»Wir hätten den Jungen wirklich nicht abstechen müssen«, murmele ich.

»Nein. Du hättest es nicht tun müssen«, sagt Peter.

»Ich höre, du hast dir in der Wüste ein paar schlimme Sachen geleistet, Mann.«

Peter ißt einen Burrito und sagt: »Ich dachte an Las Vegas.« Er zuckt die Achseln. »Was heißt schlimm?«

Ich starre auf den Taco, den er mir mitgebracht hat.

»Da findet dich keiner«, sagt er mit vollem Mund.

»Du hast da draußen ein paar schlimme Sachen gemacht«, sage ich. »Hat Mary mir erzählt.«

»Schlimme Sachen?« fragt er verständnislos, ungeheuchelt.

»Das hat Mary mir erzählt, Mann.« Ich zittere.

»Was verstehst du unter ›schlimm‹«, sagt er, schlingt den Burrito zu hastig runter und sagt dann noch mal: »Vegas.«

Ich nehme meinen Taco und will ihn gerade essen, als ich das Blut an meiner Hand bemerke, und um es wegzuwischen, lege ich meinen Taco hin, und Peter beißt ein Stück davon ab, und ich esse auch ein Stück davon, und er ißt ihn auf, und wir steigen in den Transporter und fahren los in die Wüste.

12 Am Strand

»Stell dir einen träumenden Blinden vor«, sagt sie. Ich sitze neben ihr am Strand von Malibu, und obwohl es total spät wird, haben wir beide unsere Wayfarers auf, und obwohl ich seit Mittag in der Sonne gelegen habe, am Strand, neben ihr (sie ist schon seit acht am Strand), bin ich immer noch leicht verkatert von der Party, auf der wir gestern abend waren. Von der Party weiß ich nicht mehr besonders viel, aber ich glaube, sie war in Santa Monica, obwohl es auch weiter unten gewesen sein könnte, in Venice vielleicht. Die einzigen Einzelheiten, die ich noch in Erinnerung habe, sind drei Tanks mit Lachgas, die auf einer Veranda am Boden neben der Stereoanlage standen, Musik von Wang Chung, eine Flasche Cuervo Gold in meiner Hand, ein Meer haariger, brauner Beine, jemand mit aufgesetzt schriller Stimme, der immer wieder »Auf ins Spago, auf ins Spago« schreit.

Ich seufze, sage nichts, zittre leicht und drehe die Cars-Kassette um. Ich kann Mona und Griffin unten am Strand sehen, sie schlendern langsam am Ufer entlang. Es wird zu dunkel für die Sonnenbrille. Ich nehme sie ab. Sehe wieder rüber zu ihr. Die Perücke sitzt nicht mehr schief – sie hat sie gerichtet, während ich die Augen zu hatte. Dann schaue ich wieder hoch zum Haus, dann zurück zu Mona und Griffin, die näher zu kommen scheinen, vielleicht aber auch nicht. Ich wette mit mir selbst um zehn Dollar, daß sie vermeiden werden, hier vorbeizugehen. Sie bewegt sich nicht. »Du kannst es nicht verstehen, du kannst diesen Schmerz nicht ermessen«, sagt sie, aber ihre Lippen bewegen sich kaum. Starre wieder auf den Strand, den verschwommenen rosafarbenen Sonnenuntergang. Versuche, mir einen träumenden Blinden vorzustellen.

Sie hat mir beim Abschlußball davon erzählt.

Ich ging mit ihr und mit Andrew, der mit Mona ging, und unsere Limousine hatte so einen verrückten Fahrer, der wie Anthony Geary aussah, und ich und Andrew hatten uns Smokings mit passenden Fliegen ausgeliehen, die viel zu groß waren, deshalb mußten wir am Beverly Center anhalten, um neue zu kaufen, und wir hatten so etwa sechs Gramm dabei, über die Andrew und ich uns hermachten, und ein paar Dosen Djarum-Zigaretten, und sie sah so dünn aus, als ich die Ansteckblume an ihrem Kleid und ihrem Handgelenk befestigte, und ihre knochigen Hände zitterten, als sie mir eine Rose ans Revers heftete. Ich war high und konnte mir gerade noch den Vorschlag verkneifen, sie woanders hinzustecken. Der Abschlußball fand im Beverly Hills Hotel statt. Ich flirtete mit Mona. Andrew flirtete mit mir. Wir verdrückten uns in die Polo Lounge, koksten auf der Toilette. Da sagte sie nichts. Erst später, auf der Party nach dem Ball, auf Michael Landons Yacht, nachdem uns das Koks ausgegangen war, während wir es in der Kabine unten trieben, klappte sie zusammen und sagte, da gäbe es ein Problem. Wir gingen rauf ans Oberdeck, und ich zündete mir ein Beedie an, und sie sagte nichts mehr darüber, und ich fragte nicht, weil ich es wirklich nicht wissen wollte. Der Morgen war kalt, und alles sah grau und trostlos aus, und ich kam geil, müde und mit trockenem Mund nach Hause.

Sie bittet mich im Flüsterton, die Cars auszumachen und die Madonna-Kassette reinzutun. Wir sind jetzt in den letzten drei Wochen jeden Tag am Strand gewesen – das einzige, wozu sie Lust hat. Am Strand in der Sonne liegen, vor dem Haus ihrer Mutter. Mutter dreht in Italien, dann in New York und dann in Burbank. Ich habe die letzten drei Wochen mit ihr und Mona und einem von Monas Freunden in Malibu verbracht. Ihr aktueller heißt Griffin, ein Strandfreak mit Geld wie Heu, er ist nett und besitzt eine Schwulendisco in West

L. A. Mona und ihre Freunde hängen manchmal auch mit uns am Strand rum, aber nicht oft. Nicht so oft wie sie. »Sie wird nicht mal dabei braun«, mußte ich eines Abends feststellen. Mona fuchtelte mit einer Hand vor meinem Gesicht, zündete Kerzen an, schlug vor, mir aus der Hand zu lesen, wurde bewußtlos. Sie sieht oft sogar noch bleicher aus, wenn ich oder Mona ihren Körper mit Sonnenöl einreiben, der zusehends verfällt – schon ein winziger Bikini sieht lappig aus, hängt schlabbrig um milchfarbenes Fleisch. Sie rasiert sich die Beine nicht mehr, weil ihr die Kraft dazu fehlt, und da niemand bereit ist, ihr diesen Dienst zu erweisen, sind die dunklen Stoppeln an ihren Beinen nicht zu übersehen, fettig vom Öl und widerborstig. »Sie war mal total scharf«, sagte ich zu Mona, als ich letzten Sonntag packte und abreisen wollte. Groß (groß ist sie immer noch, aber eher wie ein großes Skelett) und blond (aus irgendeinem irren Grund hat sie sich eine schwarze Perücke gekauft, als alles auszufallen begann), und ihr Körper war geschmeidig und voller Muskeln, aerobicgestählt, und jetzt sieht sie ehrlich gesagt wie der letzte Dreck aus. Das ist auch keinem entgangen. Ein Freund von mir und ihr, Derf von der USC, der am Mittwoch hier war, um Mona zu ficken, sagte mir, während er sein Brett wachste und zu ihr – allein, in unveränderter Lage, bedeckter Himmel, keine Sonne – rübernickte: »Sie sieht ziemlich beschissen aus, Alter.«

»Aber sie stirbt«, sagte ich zu ihm, weil ich mir denken konnte, worauf er anspielte.

»Sicher, sie sieht aber trotzdem ziemlich beschissen aus«, sagte Derf und wachste sein Brett, während ich zu ihr rübersah und nickte.

Ich winke Mona und Griffin zu, als sie auf dem Weg zum Haus an uns vorbeikommen, dann wandert mein Blick zu der Packung Benson & Hedges Menthol an ihrer Seite, neben einem Aschenbecher von La Scala und dem Kassettenrecorder. Sie hat mit dem Rauchen angefangen, als sie es erfuhr. Ich lag auf ihrem Bett rum und sah MTV oder sonstwas auf Video an, und sie zündete sich eine Zigarette nach der anderen an, versuchte Lungenzüge zu machen und hustete mit tränenden Augen. Manchmal schaffte sie nicht mal das. Manchmal machte sie die Zigarette im Aschenbecher aus, in dem meist schon fünf oder sechs ausgedrückte, ungerauchte Zigaretten lagen, um sich gleich darauf eine neue anzuzünden. Sie konnte es nicht ausstehen – den Geruch, den ersten Lungenzug, das Anzünden –, aber sie wollte unbedingt rauchen. Reservierungsanrufe im Trumps, im Ivy oder Morton's endeten unweigerlich damit, daß ich um »Einen Rauchertisch, bitte« nachsuchte, und sie sagte, jetzt käme es nicht mehr drauf an, und sah zu mir hin, als hoffte sie, ich würde widersprechen, aber ich sagte immer nur, ja, klar, wenn du meinst. Also zündete sie sich eine an, inhalierte, hustete, kniff die Augen zu, trank einen Schluck Diet Coke (»Auch egal«, stöhnte sie dann. »Scheiß auf NutraSweet«), die warm auf dem Frisiertisch stand. Manchmal saß sie zwei Stunden lang da und sah zu, wie die Zigaretten verqualmten, und dann zündete sie sich eine neue an, und sie sagte mir, daß sie früher oder später schon auf den Geschmack kommen würde, und mich machte das alles irgendwie fertig, also sah ich einfach zu, wie sie eine neue Packung aufmachte, und Mona sah auch zu, und manchmal trug sie ihre Sonnenbrille, damit niemand sah, daß sie geweint hatte, sie sagte dann, die Sonne würde sie stören, und nachts sagte sie, die Lichter im Haus seien zu grell, deshalb setze sie ihre Wayfarer auf, oder das stechende Licht des Großbildfernsehers, in den sie pausenlos starrte, entzünde ihre Augen, aber ich wußte, daß sie am Ende war und viel weinte.

Es gibt nichts zu tun, außer hier in der Sonne zu sitzen, am Strand. Sie sagt nichts, bewegt sich kaum. Ich will eine Zigarette, hasse aber Menthol. Ich frage mich, ob Mona noch Pot hat. Die Sonne steht jetzt tief, das Meer wird dunkler. An einem Abend letzte Woche, als sie zur Therapie im Cedars war, gingen Mona und ich ins Beverly Center, sahen einen schlechten Film und tranken Frozen Margaritas im Hard Rock, kamen dann zurück nach Malibu, trieben es im Wohnzimmer des Hauses und starrten dann stundenlang auf die aus dem Whirlpool aufsteigenden Dampfschwaden. Ein Pferd trabt an uns vorbei, und irgendwer winkt, aber die sinkende Sonne steht hinter dem Reiter, und ich kneife die Augen zusammen, um zu sehen, wer es ist, kann es aber trotzdem nicht erkennen. Ich bekomme gerade schlimme Kopfschmerzen, gegen die nur Pot hilft.

Ich stehe auf. »Ich gehe ins Haus.«

Ich blicke auf sie hinunter. Die sinkende Sonne, die sich in ihrer Sonnenbrille spiegelt, glüht orange, verblaßt. »Ich überlege mir, heute abend zu fahren«, sage ich. »Zurück in die Stadt.«

Sie rührt sich nicht. Die Perücke sieht immer noch nicht so natürlich aus wie zu Anfang, und selbst da sah sie nach Plastik und hart und zu groß aus.

»Irgendwelche Wünsche?«

Ich glaube, sie schüttelt den Kopf.

»Okay«, sage ich und gehe zum Haus.

Mona ist in der Küche, sieht aus dem Fenster, während sie ein Bong ausspült, und beobachtet Griffin draußen auf der Sonnenterrasse. Er zieht seine Badehose aus und wäscht sich, nackt, den Sand von den Füßen. Mona weiß, daß ich im Zimmer bin, und meint, es sei zu schade, daß die Sushi, die wir zu Mittag hatten, sie nicht haben aufheitern können. Mona weiß nicht, daß sie von Lavaströmen träumt, einem Treffen mit Greg Kihn in der Lobby des Chateau Marmont, Gesprächen mit Wasser, Staub und Luft, als Soundtrack dazu ein Eagles-Medley, »Peaceful Easy Feeling« dröhnend laut, und im türkisfarbenen Napalmregen leuchtet der Text von »Love Her

Madly«, der auf eine Betonwand, einen Grabstein geschmiert ist.

»Ja«, sage ich und öffne den Kühlschrank. »Zu schade.«

Mona seufzt, putzt weiter an dem Bong herum.

»Hat Griffin das letzte Corona getrunken?« frage ich.

»Vielleicht«, murmelt sie.

»Scheiße.« Ich stehe da, glotze mit dampfendem Atem in den Kühlschrank.

»Sie ist wirklich krank«, sagt Mona.

»Ach nee?« sage ich. »Und ich bin sauer. Ich wollte ein Corona. Echt.«

Griffin kommt rein, hat ein Handtuch um die Hüften geschlungen. »Was ist zum Dinner angesagt?« fragt er.

»Hast du das letzte Corona getrunken?« frage ich ihn.

»Hey, Alter«, sagt er, als er sich an den Tisch setzt. »Komm, reg dich ab, nimm's locker.«

»Mexikanisch?« schlägt Mona vor und dreht den Wasserhahn zu. Niemand sagt was.

Griffin summt versonnen einen Song, das Haar feucht, glatt zurückgekämmt.

»Was willst du, Griffin?« fragt sie noch mal seufzend und trocknet sich die Hände ab. »Magst du mexikanisch, Griffin?«

Griffin hebt verdattert den Blick. »Mexikanisch? Klar, Babes. Salsa? Chips? Ist mir recht.«

Ich öffne die Tür, trete auf die Terrasse.

»Hey, Alter, mach den Kühlschrank zu«, sagt Griffin.

»Mach's selber«, sage ich ihm.

»Dein Dealer hat angerufen«, sagt Mona zu mir.

Ich nicke, lasse die Tür offenstehen, steige die Treppe zum Strand runter, überlege mir, wo ich jetzt lieber wäre. Mona folgt mir. Ich bleibe stehen, drehe mich um.

»Ich haue heute abend ab«, erkläre ich ihr. »Ich bin schon zu lange hier.«

»Warum?« fragt Mona und starrt in die Ferne.

»Es ist wie ein Film, den ich schon gesehen habe, und ich weiß, was passieren wird«, sage ich. »Wie das Ganze ausgehen wird.«

Mona seufzt, steht nur da. »Was machst du dann hier?«

»Ich weiß nicht.«

»Liebst du sie?«

»Nein, aber was soll's?« frage ich. »Würde das was helfen?« frage ich. »Wenn ich das täte – würde das was nützen?«

»Es scheint bloß so, als ginge alles zu Bruch«, sagt Mona.

Ich lasse Mona stehen. Ich weiß, was das Wort begraben bedeutet. Ich weiß, was das Wort tot bedeutet. Man wird damit fertig, man regt sich ab, man fährt in die Stadt zurück. Jetzt betrachte ich sie gerade. Madonna läuft noch, aber die Batterien sind fast leer, und die Stimme klingt leiernd und fern, wie aus dem All, und sie bewegt sich nicht, nimmt nicht mal meine Anwesenheit zur Kenntnis.

»Wir sollten lieber gehen«, sage ich. »Die Flut kommt.«

»Ich will hierbleiben«, sagt sie.

»Aber es wird kalt.«

»Ich will hierbleiben«, und dann, schwächer: »Brauch noch ein bißchen Sonne.«

Ein Insekt aus einem Seetangbündel landet auf einem weißen, knochigen Schenkel. Sie schlägt nicht danach. Es fliegt nicht weg.

»Die Sonne ist aber weg, Mensch«, sage ich.

Ich wende mich zum Gehen. Na wenn schon, brumme ich vor mich hin. Wenn sie reinkommen will, wird sie schon reinkommen. Stell dir einen träumenden Blinden vor. Ich gehe wieder zum Haus rauf. Überlege, ob Griffin dableiben wird, ob Mona fürs Dinner reserviert hat, ob Spin zurückrufen wird. »Ich weiß, was das Wort tot bedeutet«, flüstere ich vor mich hin, so leise ich kann, weil es wie ein böses Omen klingt.

13 Mit Bruce im Zoo

Ich bin heute mit Bruce im Zoo, und gerade starren wir auf schmutzigrosa Flamingos, von denen einige auf einem Bein in der heißen Novembersonne stehen. Gestern abend bin ich an seinem Haus in Studio City vorbeigefahren und habe die Silhouette von Grace vor dem Monster-Videoschirm gesehen, der gegenüber dem Futon im oberen Schlafzimmer steht. Bruces Wagen stand nicht in der Auffahrt, obwohl ich nicht sicher bin, was das zu bedeuten hat, da Graces Wagen auch nicht da war. Bruce und ich haben uns in dem Studio kennengelernt, das mein Vater gegenwärtig leitet. Bruce schreibt für »Miami Vice«, und ich studiere jetzt seit Ewigkeiten an der UCLA. Bruce hätte gestern abend mit Grace Schluß machen sollen, und heute, jetzt im Moment, ist sonnenklar, daß er diesen Schritt nicht getan hat. Den Weg über den Hügel zum Zoo fuhren wir in fast völligem Schweigen, abgesehen von der neuen Salsaband aus dem Kassettenrecorder und Bruces Kommentaren zur Soundqualität, die die Stille zwischen den Songs begleiteten. Bruce ist zwei Jahre älter als ich. Ich bin dreiundzwanzig.

Es ist ein Wochentag, später Donnerstag vormittag. Schulkinder spazieren im Gänsemarsch an uns vorbei, während wir die Flamingos anstarren. Bruce raucht Kette. Mexikaner, die heute ihren freien Tag haben, bleiben mit von Papiertüten kaschierten Bierdosen in den Händen stehen, glotzen, tuscheln, kichern besoffen, deuten auf Bänke. Ich ziehe Bruce näher an mich und sage ihm, daß ich eine Diet Coke will.

»Sie schlafen wie Frauen«, sagt Bruce über die Flamingos. »Ich kann's nicht erklären.«

Mir fällt auf, daß buchstäblich Hunderte von Grundschulkindern Händchen haltend an uns vorbeiziehen. Ich stupse Bruce an, und er wendet sich von den Vögeln ab, und ich lache über die riesige Kinderschar. Bruce verliert das Interesse an den staunenden, lächelnden Gesichtern und deutet auf ein Schild: ERFRISCHUNGEN.

Sobald die Kinder aus meinem Blickfeld verschwunden sind, wirkt der Zoo wie ausgestorben. Der einzige Mensch, den ich auf unserem Weg zum Erfrischungsstand sehe, ist Bruce, der vorgeht. Es ist so leer im Zoo, daß man unbemerkt jemand umbringen könnte. Bruce ist anders als die Männer, mit denen ich sonst ausgehe. Er ist verheiratet, nicht groß, als ich ihn einhole, kauft er mir eine Diet Coke von meinem Wechselgeld vom Parken, das er behalten hat. Er beschwert sich, weil er die Gibbons nicht finden kann, murmelt irgendwas, daß die Gibbons hier irgendwo sein müssen. Das heißt wohl, wir werden nicht über Grace sprechen, aber ich hoffe, er wird mich noch überraschen. Ich stelle keine Fragen, weil er wegen der unauffindbaren Gibbons so enttäuscht wirkt. Wir kommen an noch mehr Tieren vorbei. Elend aussehende Pinguine, denen zu heiß ist. Ein Krokodil schleppt sich träge ins Wasser und weicht einem großen, toten Steppenläufer aus.

»Dieses Krokodil sieht dich an, Baby«, sagt Bruce, als er sich eine neue Zigarette anzündet. »Dieses Krokodil denkt: mjamm.«

»Ich wette, die Tiere da sind nicht besonders glücklich«, sage ich, als wir uns einen Eisbär ansehen, der sich mit vom Chlor blau geflecktem Fell auf einen Tümpel mit einem künstlichen Eisberg zuschleppt.

»Ach was«, widerspricht Bruce. »Klar sind die glücklich.«

»Davon sehe ich aber nichts«, sage ich.

»Was erwartest du denn von ihnen? Wunderkerzen? Steptanz? Komplimente über deine schicke Bluse?«

In dem pißgelben Wasser schwimmt ein Fäßchen, und der

Eisbär meidet das Wasser und tapst lieber am Ufer herum. Bruce geht weiter. Ich folge ihm. Jetzt sucht er den Schneeleoparden, der ganz oben auf seiner Prioritätenliste steht. Wir finden schließlich das Gehege, wo die Schneeleoparden sein sollten, aber sie haben sich verkrochen. Bruce zündet sich eine neue Zigarette an und starrt mich an.

»Nur keine Sorge«, sagt er.

»Ich mach mir keine Sorgen«, sage ich. »Ist dir nicht heiß?«

»Nein«, sagt er. »Das Jackett ist aus Leinen.«

»Was ist das?« frage ich und starre auf einen großen, komisch aussehenden Vogel. »Ein Strauß?«

»Nein«, sagt er. »Ich weiß nicht.«

»Ist es ... ein Emu?« frage ich.

»Ich hab noch nie einen gesehen«, sagt er. »Woher soll ich das wissen?«

Mein Auge beginnt zu zucken, und ich werfe den Rest der Cola in einen Abfallkorb in der Nähe. Ich suche eine Toilette, während Bruce sich die Eisbären noch etwas näher ansieht. Auf der Toilette spritze ich mir warmes Wasser ins Gesicht und rette mich unter Aufbietung meiner ganzen Willenskraft über einen Panikanfall hinweg. Eine schwarze Frau hilft einem kleinen Jungen, auf der Klobrille zu sitzen, ohne hineinzufallen. Es ist kühler hier, die Luft unangenehm süßlich. Ich richte schnell meine Kontaktlinsen und gehe wieder zu Bruce, der mir eine riesige, rote, mit dicken, schwarzen Zickzackstichen vernähte Narbe zeigt, die über den Hintern eines der Eisbären verläuft.

Bruce sieht einem Känguruh zu, das verängstigt auf einen Tierpfleger zuhoppelt, sich von dem Tierpfleger aber nicht hochheben läßt. Ängstlich reckt es eine Pfote vor und zischt, ein schauriger Laut für ein Känguruh, und der Tierpfleger packt es am Schwanz und zerrt das Tier weg. Ein anderes Känguruh sieht, in eine Ecke gekauert, angstvoll zu und mümmelt nervös braune Blätter. Das zurückgebliebene Känguruh quiekt und hoppelt im Kreis, bleibt dann mit einem plötzlichen Ruck stehen. Wir gehen weiter.

Ich habe immer noch Durst, aber alle Erfrischungsstände, an denen wir vorbeigehen, sind zu, und einen Wasserspender kann ich nicht finden. Das letzte Mal haben Bruce und ich uns am Montag gesehen. Er holte mich in einem grünen Porsche ab, und wir fuhren zu einem Screening der neuen Teenager-Sexkomödie ins Studio, dann zum Dinner, Tex-Mex in Malibu. Als er an diesem Abend mein Apartment verließ, besprach er mit mir seine Pläne, Grace zu verlassen, die mittlerweile eine der bevorzugten Jungschauspielerinnen meines Vaters ist und die Bruce, wie er sagt, nie wirklich geliebt, aber trotzdem »aus noch unbekannten Gründen« vor einem Jahr geheiratet hat. Ich weiß, daß er Grace nicht verlassen hat, und bin mir zu neunundneunzig Prozent sicher, daß er mir später alles erklären wird, aber gleichzeitig hoffe ich, daß er den Schritt getan hat und daß er deshalb jetzt so schweigsam ist, weil er mich nachher damit überraschen will, nach dem Lunch. Er raucht eine Zigarette nach der anderen.

Bruce ist zwar fünfundzwanzig, sieht aber jünger aus, und das liegt hauptsächlich an seiner kindlichen Statur, seinem makellosen, gleichbleibend haarlosen, stoppelfreien Gesicht, seinem dicken, modisch geschnittenen blonden Haarschopf, und da er viele Drogen nimmt, ist er dünner, als er vielleicht sein sollte, aber auf gute Art, und er hat eine Würde, die die meisten Männer aus meiner Bekanntschaft nicht haben und niemals haben werden. Er biegt vor mir um die Ecke und ist plötzlich verschwunden. Ich folge ihm in eine neue Welt: Kakteen, Elefanten, noch mehr komische Vögel, große Reptilien, Felsen, Afrika. Eine Gang hispanischer Jungs streunt ziellos herum, sie folgen uns, vielleicht schwänzen sie die Schule, vielleicht auch nicht, und ich schaue auf die Uhr, um mich zu vergewissern, daß ich mein Seminar um ein Uhr versäume.

Wir haben uns bei einer Premierenparty im Studio kennengelernt. Bruce kam in meine Ecke, bot mir einen Becher Eis an und sagte: »Du siehst aus wie Nastassja Kinski.« Ich stand stumm da und unternahm eine neun Sekunden währende konzentrierte Anstrengung, diese Geste zu entschlüsseln. Als unsere Beziehung in die dritte Woche ging, erfuhr ich, daß er verheiratet war, und nachdem er es mir eines Freitags im Trumps erzählte, ehe er übers Wochenende nach Florida fliegen mußte, haderte ich den ganzen Nachmittag und Abend mit meinem Schicksal. Ich hatte die Warnzeichen, die mit einer Affäre mit einem verheirateten Mann einhergehen, nicht erkannt, weil es in L. A. so gut wie keine gibt. Nachdem ich es erfahren hatte, wurde mir einiges klar, und alles paßte zusammen, aber da war es schon »zu spät«. Ein Gorilla liegt auf dem Rücken und spielt mit einem Zweig. Wir stehen weit weg, aber ich rieche ihn trotzdem. Bruce geht weiter zu einem Nashorn.

»Sie sind gern hier«, sagt er und guckt das Nashorn an, das reglos auf der Seite liegt und für mich ausgesprochen tot aussieht. »Was sollten sie dagegen haben?«

»Sie wurden eingefangen«, sage ich. »Sie wurden in Käfige gesperrt.«

Bei den Giraffen, nachdem er sich eine neue Zigarette angesteckt und einen faulen Witz über Michael Jackson gerissen hat, sagt Bruce: »Verlaß mich nicht.«

Das sagte er auch, als die britische *Vogue* mir einen lächerlich gutbezahlten Job anbot, zu dem ich nicht befähigt war, den mir meine Stiefmutter besorgt hatte und den ich, im nachhinein gesehen, hätte annehmen sollen, und er sagte es wieder, ehe er an jenem Wochenende nach Florida aufbrach, er sagte »Verlaß mich nicht«, und hätte er diese Bitte nicht gestellt, hätte ich ihn verlassen, aber da er es tat, blieb ich, beide Male.

»Tja«, murmele ich und reibe vorsichtig an meinem Auge.

Die Tiere sehen für mich alle traurig aus, besonders die Affen, die lustlos im Kreis herumlaufen, und Bruce vergleicht die Gorillas mit Patti LaBelle, und wir entdecken noch einen Erfrischungsstand. Ich zahle seinen Hamburger, weil er kein Bargeld bei sich hat. Wir sind heute mit der Dauerkarte eines Freunds in den Zoo gekommen, die Bruce sich geliehen hat. Als ich ihn fragte, was für Menschen Dauerkarten für den Zoo haben, brachte Bruce mich mit einem zarten Kuß zum Schweigen, einer Berührung, einem kleinen Schmatz in meinen Nacken und bot mir eine Marlboro Light an. Bruce gibt mir eine Quittung. Ich stecke sie in die Tasche. Ein frisch verheiratetes Paar mit Kind sitzt am Tisch neben uns. Das Paar macht mich nervös, weil meine Eltern nie mit mir in den Zoo gegangen sind. Das Baby grapscht sich eine Fritte. Mich schaudert.

Bruce nimmt das Hackfleisch aus dem Brötchen und ißt es; das Brot verschmäht er, da er es für ungesund hält – »schlecht für mich«.

Bruce frühstückt nie, nicht mal an Tagen, an denen er Sport treibt, und jetzt ist er hungrig, kaut hörbar, dankbar. Ich knabbere an einem Zwiebelring, kichere vor mich hin, und er wird heute nicht über uns reden. Ein Gedanke geht mir durch den Kopf, verweilt, zerfließt wieder: daß keine Scheidung von Grace zu erwarten steht.

»Gehen wir«, sage ich. »Laß uns die anderen Tiere ansehen.«

»Keine Hektik«, sagt er.

Unser Weg führt vorbei an unsinnig stolzen Lamas, einem Tiger, der nicht zu sehen ist, einem Elefanten, der aussieht, als würde er geschlagen. Folgende Beschreibung steht auf der Tafel am Gehege eines Tiers, das Bongo heißt: »Man sieht sie nur selten, weil sie extrem scheu sind und durch die Zeichnung auf Rücken und Seiten mit den Schatten verschmelzen.«

Paviane paradieren wie Paschas, kratzen sich ungeniert. Weibchen lausen unterwürfig das Fell der Männchen.

»Was machen wir hier?« frage ich. »Bruce?«

Irgendwann sagt Bruce: »Sind wir schon ganz durch?«

Ich starre auf etwas, das ich für Strauße halte. »Ich weiß nicht«, sage ich. »Ja.«

»Nein, sind wir nicht«, ruft er und geht weiter.

Ich folge ihm, bis er stehenbleibt, um sich ein Zebra anzusehen.

»›Das Zebra ist ein wunderschönes Tier‹«, liest er aus der am Gehege hängenden Beschreibung vor.

»Es wirkt ziemlich ... Melrose-mäßig«, sage ich.

»Mir scheint, dir gehen die Adjektive aus, Baby«, sagt er.

Ein Kind taucht plötzlich neben mir auf und winkt dem Zebra zu.

»Bruce«, sage ich. »Hast du es ihr erzählt?«

Wir gehen zu einer Bank. Es hat sich bewölkt, aber es ist immer noch heiß und windig, und Bruce raucht noch eine Zigarette und sagt nichts.

»Ich möchte mit dir reden«, sage ich, greife nach seinen Händen und drücke sie, aber sie liegen schlapp und leblos in seinem Schoß.

»Warum geben sie manchen Tieren große Gehege und anderen nicht?« wundert er sich.

»Bruce. Bitte.« Ich fange an zu weinen. Die Bank ist auf einmal der Mittelpunkt des Universums.

»Die Tiere erinnern mich an Dinge, die ich nicht erklären kann«, sagt er.

»Bruce.« Es schnürt mir die Kehle zu.

Ich fasse rasch mit einer Hand in sein Gesicht, berühre sanft sein Kinn.

Er nimmt meine Hand und zieht sie von sich weg, legt sie zwischen uns auf die Bank und sagt mir schnell: »Hör zu – mein Name ist Yocnor, und ich bin vom Planeten Arachnoid, der liegt in einer Galaxie, die die Erde noch nicht entdeckt hat und vielleicht nie entdecken wird. Ich bin, nach eurer Zeitrechnung, seit vierhunderttausend Jahren auf diesem Planeten, und ich wurde hierhergeschickt, um Verhaltensforschung zu betreiben, die es uns irgendwann ermöglichen wird, sämtliche anderen Galaxien einschließlich eurer zu erobern und zu zerstören. Es wird ein schrecklicher Monat werden, da die Zerstörung der Erde nach und nach vor sich gehen wird, und das wird Schmerz und Leid über euch bringen, die jenseits eurer Vorstellungskraft liegen. Aber du wirst den Untergang nicht selbst miterleben, da der im vierundzwanzigsten Erdjahrhundert stattfindet, und da bist du längst tot. Ich weiß, es fällt dir schwer, das zu glauben, aber ausnahmsweise sage ich dir die Wahrheit. Wir wollen nie wieder davon sprechen.« Er küßt meine Hand, sieht dann wieder zu dem Zebra und dem Kind, das ein CALIFORNIA-T-Shirt trägt und immer noch dasteht und dem Tier zuwinkt.

Auf dem Weg nach draußen finden wir die Gibbons. Es ist, als würden sie aus dem Nichts auftauchen, allein für Bruce Gestalt annehmen. Ich habe noch nie einen Gibbon gesehen und will auch jetzt nicht unbedingt einen sehen, also ist es eine ziemlich ernüchternde Erfahrung. Ich setze mich auf eine andere Bank und warte auf Bruce, während die Sonne durch den Dunst sticht, ihn auflöst, durcheinanderwirbelt, und mir dämmert, daß Bruce Grace möglicherweise nicht verlassen wird und daß ich mich in jemand anderen verlieben könnte, und ich könnte sogar vom College abgehen und nach England oder zumindest an die Ostküste auswandern. Es gibt so vieles, das mich von Bruce fernhalten könnte. Die Chancen stehen eigentlich ziemlich gut, daß es so kommen wird. Aber ich kann mir nicht helfen, denke ich mir, als wir den Zoo verlassen und wieder in meinen roten BMW steigen und er ihn startet, ich vertraue diesem Mann.

Bret Easton Ellis
American Psycho

Roman
Titel der Originalausgabe: *American Psycho*
Aus dem Amerikanischen von Clara Drechsler
und Harald Hellmann
KiWi 300

Patrick Bateman sieht gut aus, ist gut erzogen und intelligent. Tagsüber sitzt er in seinem Büro in der Wall Street und vergrößert seinen Reichtum. Seine Nächte hingegen verbringt er auf unfaßbare Weise. Er ist ein Serienmörder und lebt seinen ganz eigenen amerikanischen Traum.

»*American Psycho* läuft drohend, grollend wie ein Unwetter an, und plötzlich schlägt der grausame Blitz ein: Die Banalität des Schrecklichen, die wir verdrängen wollen, trifft uns und zwingt uns, das Unerträgliche wahrzunehmen: die Oberflächlichkeit, die Brutalität, mit der wir uns abfinden. In einer Medienwelt, die jedes Thema lächelnd in drei Minuten abhandelt – vom Holocaust über die Salatbar zum Krieg – ist dieses Buch ein Schuß ins Herz, Picassos *Guernica* vergleichbar.«
Elke Heidenreich

»Bret Easton Ellis ist mit diesem monströsen Buch (...) eine literarische Markierung des ausgehenden 20. Jahrhunderts gelungen.« *Hubert Winkels, Frankfurter Rundschau*

KiWi Paperbacks bei Kiepenheuer & Witsch

Bret Easton Ellis

American Psycho

[illegible]